KB202329

법의
체
면

법의
체면

도진기
단편소설집

황금가지

차례

법의
체면

갈색 수의를 걸친 남자는 법대 앞에 서서 곧 다가올 자신의 운명 앞에 겸허해진 듯이 고개를 푹 숙이고 있었다.

듬성듬성 자리가 빈 방청석에는 손을 꼭 붙잡은 중년의 남녀가 눈에 띄었다. 그들은 어떤 간절함을 담고서 법대 위 판사를 올려다보고 있었다.

이 법정에서 가장 무심한 사람은 판사였다. 그는 온갖 감정이 교차하는 눈앞의 광경에는 조금도 관심이 없다는 듯, 손에 든 종이 몇 장에 시선을 고정하고 마치 읊조리듯 판결을 읽어 나갔다.

"피고인은 2002년 3월 4일 밤 10시 25분경 서울 면목동 사가정역 앞길에서 혈중알코올농도 0.125퍼센트의 술에 취한 상태로 차량을 운전하던 중 단속 중인 경찰관을 보고 도주하기 위해 중앙분리대를 침범하여, 반대 차선에서 직진하던 피해 차량의 전면부를 들이받아 운전자 및 동승자에게 각각 전치 6주와 전치 14주의 상해를 입게 하였습니다.

아시다시피 음주 운전이 사회에 끼치는 해악은 너무나 큽니다. 피해가 중하고, 혈중알코올농도가 높으며, 피해자 중 한 명과는 합의하지 못했습니다. 또 피고인에게 이미 음주 운전 전과가 1회 있어 정상(情狀)이 매우 불량합니다."

음주 운전으로 큰 사고를 낸 자에 대한 재판이었다. 판사의 말이 이어지는 동안 법대 앞에 선 남자의 낯빛이 하얗게 질렸다. 방청석의 남녀는 초조한 얼굴로 손을 더욱 꼭 맞잡았다. 죄를 나무라는 판사의 말에 법정은 차게 얼어붙었다.

"다만."

판사의 말은 끝나지 않았다. '다만'이라니. 마치 반전을 예고하는 알림 같다. 방청석 남녀의 맞잡은 손이 불안감으로 미세하게 떨렸다. 피고인석의 남자는 눈썹을 움찔했다. 그 아래로 교활한 눈빛이 반짝하고 지나갔지만 아무도 보지 못했다. 판사는 잠깐 쉬었다가 말을 이었다.

"피고인은 20여 년 대과(大過) 없이 공무원으로 일하면서 국가의 공공 업무에 봉사해 왔습니다. 또한, 피해자 중 상대 차 운전자와는 합의를 하였고, 이 법정에 반성문을 열다섯 차례나 제출하는 등 깊이 반성하는 모습을 보였습니다. 음주 운전 전과가 있다 하나 8년 전의 것으로서 오래된 것이며, 종합 보험에 가입되어 있는 점 등을 참작하여 이번에 한 해 집행을 유예하는 관대한 처분을 하도록 결정했습니다."

이어 판사가 말했다.

"피고인을 징역 2년에 처한다. 다만 이 판결 확정일부터 4년간 위 형의 집행을 유예한다."

집행유예!

남자는 오늘 석방된다.

"감사합니다, 감사합니다."

법대 앞에 선 남자가 판사를 향해 고개를 연신 조아리며 감사하다는 말을 마치 염불처럼 중얼댔다.

판사는 그 모습을 보면서 흡족한 표정을 지었다. 큰 잘못을 저지른 죄인이지만 통 크게 '용서'해 주었다. 피고인은 나에게 크게 고마워하고 이제 다시 음주 운전 따위는 꿈도 꾸지 않는 새사람이 되겠지. 판사의 얼굴에는 자신이 좋은 사람 노릇을 했다는 만족감이 번져 있었다.

방청석의 남녀는 잡았던 손을 풀었다. 정확히는 여자가 손을 뺐다. 여자는 벌떡 일어났다. 남자가 말리려던 것 같았지만 늦었다. 여자가 외쳤다.

"재판장님!"

판사가 움찔하더니 방청석 쪽을 쳐다보았다. 여자는 다시

소리쳤다.

"집행유예라뇨! 이게 말이 됩니까?"

"누굽니까?"

판사는 가시 돋친 말투로 눈을 치켜떴다. 여자의 화난 음성이 법정을 덮었다.

"피해자 엄맙니다! 조수석에서 크게 다친 애가 우리 딸이에요. 전치 14주라는데, 지금도 만신창이예요! 14주가 아니라 14개월이라도 회복이 될지 어떨지 몰라요!"

"진정하세요."

피해자의 가족이라니, 판사의 음성이 누그러졌다. 일단은 달래 보려는 모양이다. 하지만 여자의 흥분은 가시지 않았다.

"종합 보험? 그런 건 모르겠고, 저희하곤 아직 합의도 안 되었어요! 우리가 용서 안 했는데, 누가 용서한단 거예요?"

"진정하세요!"

판사가 이번엔 신경질적으로 소리를 높였다. 여자는 멈추지 않았다.

"식물인간이나 다름없이 만들어 놓고! 어떻게 저런 사람을 풀어 줄 수가 있습니까!"

판사는 고개를 옆으로 돌리고 하, 하며 비웃는 듯한 탄성을 냈다. 이어 고개를 되돌리고는 버럭 언성을 높였다.

"똑같이 사람이 다쳤어도 고의적인 상해와 교통사고는 다릅니다. 교통사고는 어디까지나 과실범입니다! 과실범에 대해서 무작정 강한 처벌을 할 순 없습니다!"

여자는 멈칫했다. 판사가 법리적인 이야기를 할 거라곤 예상하지 못했다. 그런 말에는 당장 어떤 반박을 하기도 어려웠다. 여자의 입술이 우물쭈물하다가 닫혔다. 판사가 쐐기를 박듯 말했다.

"법대로 했습니다! 돌아가세요!"

여자는 휘청했다. 판사의 단호한 태도에 어떤 벽을 느낀 듯했다. '법대로'라는 말 앞에서는 어떤 이유도 통하지 않는다. 법정이 울리도록 분노에 찬 음성을 내뱉던 여자가 구멍 난 풍선처럼 훅 가라앉아 버렸다.

여자는 한쪽 어깨를 늘어뜨리고 천천히 뒤돌았다. 동행한 남자는 다리가 풀려 버린 여자를 부축했다. 두 사람은 조용히 법정을 걸어 나갔다. 여자는 탈진했고, 남자는 체념한 표정이었다. 법정은 아무 일 없던 양 이전으로 돌아갔다. 판사는 시선을 되돌려 벌써 다음 사건을 호명하고 있었다.

이제 두 사람에게 관심을 쏟는 이는 아무도 없었다.

*

　실눈 같은 초승달이 겨우 뜬 밤. 어둠 속에 남자의 모습은 흐릿하기만 하다. 중키에 보통의 체격. 검은 마스크로 덮인 얼굴, 거무스레한 실루엣으로 드러난 체형에는 어떠한 특징도 없다. 밤 고양이 같은 남자의 발걸음은 조심스럽지만 자신만만했다. 운동화 위로 커다란 수면 양말을 덧대어 신었다. 혹여 발자국이라도 남으면 추적의 실마리가 될 테니 일체의 흔적을 지우려는 것이다. 위험은 적다. 이틀간 이곳 강원도 홍천의 마을을 돌며 이 집을 살폈다. 칠순의 할아버지 혼자 덩그러니 사는, 마을과 동떨어진 집. 이보다 적합할 순 없다.

　남자의 행색은 누가 봐도 도둑이었다. 가게 매대의 포도 상자를 냅다 들고 튀거나, 도서관에서 아이패드를 슬쩍하는 것도 도둑질이지만, 쉬운 만큼 수익이 작다. 힘들더라도 담장을 넘는 쪽이 역시 수익이 좋다. 전자가 낱개팔이 소매라면 후자는 도매상이다. 시골의 낡은 집이라고 무시할 수 없다. 거미줄밖에 없을 수도 있지만 탈탈 털다 보면 뜻밖의 값나가는 물건도 건지는 법이다. 개중에는 집주인이 경찰에 신고하기 어려운 물건도 있다.

노인은 안방에서 자고 있었다. 남자는 흘러나오는 코골이 소리를 뒤로하고 조심조심 거실을 뒤졌다.

시골집에 물방울 다이아는 없겠지만, 현금 뭉치가 있을 가능성은 높다. 그 나이대 노인들은 장판 밑이라든가 벽 속에 돈을 숨겨 두는 경우가 종종 있다. 오래 살다 보면 은행이 파산하는 일도 보고, 자기 돈을 다른 데 맡기기 꺼림칙해진다.

남자는 서랍장, 부엌 찬장, 쌀통, 냉장고 안을 열어 보았다. 돈이 될 만한 것은 없다. 남자는 서랍을 열어 둔 채 현관에 붙은 방으로 갔다. 천 옷장과 잡동사니가 들어차 있다. 남자는 옷장에서 옷을 꺼내 바닥에 신경질적으로 내던지고는 나왔다.

안방 쪽에서 코 고는 소리가 더 세차게 들려왔다. 노인들은 새벽잠이 없기도 하지만 한번 곯아떨어지면 누가 업어가도 모른다. 설사 깬다 해도 자다가 금방 일어난 노인을 제압하는 일은 그리 어렵지 않다. 어차피 외딴집이다. 약간의 소음이 생긴다 한들 달려올 사람은 없다. 남자는 안방으로 향했다.

발소리를 한층 죽이고 문손잡이를 살금살금 돌렸다. 조그만 불빛을 발산하는 펜 조명을 입에 문 채였다. 빼꼼히 열린 문틈으로 이불 귀퉁이가 시야에 들어왔다. 문을 열어젖히자 이불 위에 누운 노인이 보였다. 입을 메기처럼 벌리고 천장을 향해 컥, 커커컥, 하며 숨이 끊어질 듯한 소리를 내고 있었다.

남자는 발소리를 죽여 문간에 놓인 조그만 서랍장으로 다가갔다. 양 무릎으로 꿇어앉았듯이 하고는 맨 위 서랍부터 열었다. 두 번째 서랍까지 별다른 물건이 없었다. 세 번째 서랍은 뻑뻑했다. 팔에 힘을 주었다. 순간 삐거덕 소리가 났다. 어딘가 끼인 듯한 그 소음은 밤의 적막을 찢어발기는 듯 날카로웠다. 코골이가 멈췄다.

뒤를 돌아보았다. 노인과 눈이 마주쳤다.

"헉! 뭐, 뭐야!"

노인이 먼저 소리쳤다. 남자는 무릎을 튕기듯이 일어나서는 곧장 노인에게 달려들었다. 막 일어나려는 노인의 머리를 왼손으로 짓누르고 오른손으로 입을 틀어막았다.

읍, 읍.

노인은 비명을 지르려 했지만 남자의 억센 손에 입이 틀어막혀 물 마시다 사레들린 소리밖에 내지 못했다. 남자는 오른손으로는 노인의 입을 막은 채 왼손을 빼내어 크로스백에 넣고 헤집었다. 이윽고 왼손에 들린 건 이삿짐 쌀 때 쓰는 청색 테이프. 남자는 마스크를 내리고 능숙하게 테이프 끝을 이로 물더니 길게 뜯어냈다. 이어 노인의 입을 둘러 싸도록 칭칭 동여맸다.

"소리 내면 죽어."

마스크로 걸러진 둔중한 음성이 남자의 입에서 튀어나왔다. 노인은 연신 무언가 외치려 했다. 하지만 테이프로 꽁꽁 덮인 발성기관이 낼 수 있는 소리라곤 읍, 읍, 하는 신음뿐이었다.

남자는 청 테이프를 길게 잘라 냈다. 노인의 팔을 뒤로 돌려 감고, 양 발목을 한데 묶어서 감았다. 그러고는 이불을 뒤집어씌웠다.

"얌전히 있어!"

군대 조교 같은 말투로 위협했다. 그러잖아도 이미 노인의 몸부림은 잠잠해졌다. 휴우, 하고 남자는 긴 숨을 내쉬었다. 상대가 늙었다곤 하나 반항하는 남자를 제압하는 일이 쉽지는 않다.

남자는 아예 불을 켜고서 다시 서랍장으로 다가갔다. 끙끙대며 세 번째 서랍을 마저 열었다. 노력이 무색하게 안에는 아무것도 없었다.

찬찬히 방 안을 마저 둘러보았다. 이불 머리맡에 낡은 문갑이 있었다. 서랍을 일일이 당겨 보았다. 노인도 깨어난 판에 거칠 것이 없다. 서랍 안에 있는 것을 밖으로 내던졌다.

영수증 몇 장과 보험증서, 도장, 주민등록증이 나왔다. 남자는 주민등록증과 도장을 집어 주머니에 넣고는 몸을 돌렸다.

남은 것은 장롱. 남자는 문짝 네 개를 다 열고 이불을 꺼내 마구잡이로 방바닥에 던졌다. 털썩 소리가 났다. 남자의 눈이 빛났다. 오른편 문짝에서 쏟아져 나온 이불 밑에 낡고 조그마한 복주머니가 삐져나와 있었다.

남자는 복주머니를 집어 들고 속을 열었다. 금덩이와 금거북, 금반지 몇 개가 들어 있다. 현금은 전부 은행에 맡겼나 보군. 금붙이는 맡길 수 없으니 이렇게 복주머니에 넣어 보관했을 테고. 노인들 집은 늘 이렇다.

남자는 금붙이들을 꺼내 크로스백에 집어넣고 허리를 폈다. 빈 복주머니는 바닥에 던져두었다.

그제야 노인을 덮은 이불 쪽으로 갔다. 어느 때부턴가 전혀 움직임도 소리도 없었다. 남자가 이불을 걷었다.

노인의 모습이 이상했다. 축 늘어져 있다.

몸싸움 중에 입 둘레를 거칠게 휘감았던 청 테이프가 노인의 코까지 덮고 있었다.

남자는 웅크려 앉아 청 테이프를 조금 걷어 낸 다음 노인의 코끝에 손을 댔다. 이어 눈을 뒤집어 보았다.

"죽었네."

남자가 읊조리듯 말했다. 입과 코가 다 막힌 탓에 질식사

한 것이다. 숨구멍을 다 틀어쥐었던 테이프는 기어이 노인의 숨통을 끊고서야 목적을 다했다는 듯 느슨해져 있었다.

남자는 노인의 죽은 얼굴을 물끄러미 바라보았다. 마지막 몸부림이 남긴 흔적일까, 부릅뜬 눈알이 도드라져 보였다. 깊은 주름은 고달팠던 인생을 말해 주는 듯했지만 남자는 무표정하기만 했다.

남자는 일어섰다. 어둠 속으로 사라지는 그의 걸음걸이는 들어올 때와 마찬가지로 조심스럽지만 자신만만했다.

*

연정은 교대역 앞 스타벅스에서 산 바닐라라테를 손에 들고 건물에 들어섰다.

"변호사님, 안녕하세요!"

연정이 성큼성큼 출입문을 들어설 때면 늘 경비가 친근하게 인사를 한다. 원래 살가운 사람인가 싶었지만 연정한테만 유독 그랬다. 하긴 그 건물에 입주한 많은 변호사 중에 경비원한테 먼저 말을 건네고 가끔씩 커피라도 사다 주는 사람은 연정뿐인 듯하다.

"안녕하세요."

연정은 밝게 웃으며 인사를 받고 엘리베이터로 향했다.

반쯤 마신 커피를 들고 7층 사무실 앞에 다다랐을 때, 서성이고 있는 한 노인이 보였다. 쉽게 안으로 발을 들이지 못하고 망설이는 듯했다. 꾀죄죄한 벙거지 모자를 쓴 채 끈이 다 해진 레자 가방을 멨다.

"혹시 용건 있으세요?"

연정이 멈춰 서서 물었다. 노인이 흠칫하는 기색으로 연정을 올려다보았다.

"……혹시 호연정…… 검사님이신가요?"

"네. 맞습니다. 지금은 변호사지만요."

아직도 자신을 검사라 부르는 노인을 연정은 신기한 듯 쳐다보았다. 검사를 그만둔 지 벌써 5년이 넘었다. 짧은 검사 생활을 마치고 서른도 되기 전에 퇴직했으니, 검사였던 시절 기억이 아득하기만 한데 아직도 가끔 검사라고 불렸다. 특히 노인들은 예전의 직함으로 부르는 습관이 남아 있었다.

검사라는 경력에 젊은 나이, 무엇보다 전형적인 법률가와 어딘가 다른 '힙'한 이미지 덕분에 연정은 여러 번 방송이나 유튜브에 출연했고 글도 많이 썼다. '인지도'라는 것이 쌓여 갔다. 덕분에 그 힘들다는 개인 법률사무소를 열었음에도 그럭저럭 굴러가고 있었다.

연정이 검사직을 던졌을 때 주변에서는 다들 대형 로펌에 가는 줄로만 알았다. 서초동 귀퉁이에 개인 사무실을 연 연정을 본 사람들은 놀랐다.

검사를 그만둔 건 '마음의 꺼림칙함' 때문이었다. 유죄를 가리키는 꽤 많은 증거가 있지만 어딘가 무죄일지 모른다는 의심이 드는 사건이 있다. 그럴 때도 검사는 무조건 재판에 넘겨야 한다. 범죄 의혹이 있으면 기소. 그것이 검사가 맡은 '역할'이기 때문이다. 하지만 이게 아닐지도 모른다는 마음속 거리낌이 남아 있을 때, 기소는 괴로운 일이었다. 억울한 사람을 만드는 게 아닐까. 국가 권력의 이름으로 터무니없는 죄를 짓는 게 아닐까. 물론 재판 과정이 남아 있지만, 거기서 반드시 가려진다는 보장은 없다. 검사를 그만두면 적어도 그런 족쇄에서는 벗어날 수 있다. 변호사가 되면 연정의 판단에 따라 마음껏 변론을 할 수 있고, 그래야 한다. 그게 변호사란 직업이니까.

로펌에 가지 않고 개인 사무실을 연 건 전적으로 연정의 기질 탓이었다. 조직 안의 인간이란 것에 회의를 느껴 그만두는 판에 또 다른 조직으로 들어가는 건 어불성설이었다. 좋은 일만 할 순 없지만 적어도 싫은 일은 하지 않는다. 그러고 싶었다. 돈, 돈이 늘 문제인데, 금세 생각을 지웠다. 많이 벌어 봤자 제대로 쓸 자신도 없었다. 비교적 뒤늦게 깨달은 것인데, 연정은 좋은 차나 집보다는 '몰입'에 만족을 느끼는 부류라는 사실이었다. 그게 낫다며 우기는 게 아니라, 단지 그쪽이 익숙했다.

"들어오세요."

연정이 부드럽게 말했다. 노인은 모자를 벗고 꾸벅 인사를 하고는 뒤따라 들어왔다.

노인이 소파에 앉고 직원이 차를 내오는 동안 연정은 노인을 살폈다. 남루한 옷, 자글자글한 주름, 쭈뼛거리는 태도, 살짝 굽은 등과 거북목. 세파에 부대낀 소심한 사람의 전형이었다. 뻣뻣한 백발만이 노인의 한 가닥 남은 고집을 드러냈달까.

"저는 변상일이라고 합니다."

노인이 이름을 밝혔다.

"어떤 사건이죠? 편하게 말씀하세요."

연정의 친절에 노인의 표정이 한층 누그러졌다.

"부끄럽습니다만, 재판을 받고 있습니다. 장물로."

"네⋯⋯. 장물 취득이요."

연정은 무심한 척 대꾸했지만 내심 약간 놀랐다. 형사사건일 거라고는 예상하지 못했다. 게다가 장물아비라고 하면 '교활하다'는 선입견이 있었고, 실제로 만난 그들도 한결같이 뱀의 눈을 하고 있었다. 눈앞의 노인은 그 전형과 달랐다.

"어떤 내용이죠?"

"……훔친 물건을 샀다는 거죠."

"네……."

이야기가 나아가지 않는다. 대화를 이어 가려면 어떻게 해야 할까…… 연정이 생각하고 있는데, 상일이 다시 입을 열었다.

"제가 그…… 전과가 있습니다. 절도가 한 건 있고, 장물 취득도 있고……. 그래서인지 다들 제 말을 믿어 주지 않는 것 같아요."

"선생님은 무죄를 주장하시는 거네요."

"……그렇지요."

상일은 가볍게 고개를 저었다. 면목 없어 하는 듯했다. 재판을 받는다는 것 자체로 낯을 들기 힘들다는 태도? 하지만 전과가 몇 번 있다면 재판은 이미 익숙할 것이다. 이번이 남다른 이유는 억울하기 때문일까.

"일단 공소장을 좀 볼까요? 가지고 오셨나요?"

상일은 옆 의자에 두었던 가방에서 종이 몇 장을 꺼냈다. 구겨지고 모퉁이가 너덜너덜해져 있다.

연정이 공소장을 받아 들고 읽으려는데, 상일이 입을 열었다.

"……공소장이 더 중요한가요? 판결을 받았는데……."

"네? 벌써 판결을 받았다고요?"

"네. 2심까지……."

그러면서 상일은 다시 가방에서 종이 몇 장을 꺼내 탁자에 올려놓았다. 판결문이었다.

연정은 손에 든 공소장을 조용히 내려놓았다. 판결까지 받았다면 공소장이 문제가 아니다. 연정은 판결문은 힐긋 보았을 뿐 집어 들지 않았다. 맥이 풀린 것이다.

이 노인은 3심인 대법원에서 마지막 희망을 품어 보려는 모양이다. 하지만 가녀린 기대에 불과하다. 장물 취득 정도가 대법원에서 깊게 심리되는 경우는 드물다. 살인, 성폭행쯤 되면 사건 자체의 무게만으로 기록을 보게 만드는 힘이 있다. 하지만, 장물이라니. 죄명 자체로 가볍다. 고래 같은 사건이 즐비한데 정어리급은 애당초 눈길을 끌지 못하는 것이다. 그러지 않아야 하지만 그런 것이 현실이다.

김이 샌 연정의 마음을 아는지 모르는지 상일의 말이 이어졌다.

"1심, 2심에선 유죄가 나왔습니다. 판사님이 사정을 봐줘서 집행유예 정도로 끝났습니다만, 그래도 억울해서요. 그래서 대법원에 상고했습니다. 호 변호사님께서 이번 사건을 좀 맡아서……."

하지만 연정은 이미 '잘 말해서 돌려보내야지.' 하는 생각을 하고 있었다.

"부정적인 말씀을 드려 죄송합니다만, 사건 자체로 승산이 좀 낮습니다."

"네······."

"우리나라는 3심제라고 하지만 사실상 2심이나 마찬가지예요. 대법원은 기대 않는 게 좋습니다. 대법관이래 봤자 겨우 열네 명, 한 사람당 1년에 3700건을 맡습니다. 제대로 살펴보는 사건은 드물죠. 언론에 대서특필되거나 정치적인 사건, 아니면 법리가 꼬인 사건 정도만 본다고 보시면 돼요. 그래서 대법원에서 뒤집히는 사건도 가물에 콩 나듯 합니다. 체감으로는 1퍼센트도 안 돼요. 그만큼 드물기 때문에 대법원에서 사건을 깨면 뉴스에도 나오는 겁니다."

"그래도 꼭 하고 싶습니다만······."

상일은 우겼다. 연정은 다시 말했다.

"눈길을 끌 만한 사건이 아니에요. 대법관이 일단 기록을 읽어 봐 줘야 뒤집든 말든 할 텐데요. 아마 석 달 안에 상고기각으로 끝날 겁니다. 저는 결과야 어떻든 사건을 맡아서 수임료만 챙기자는 식은 싫거든요. 그래서 안 되는 건 처음부터 안 된다고 말씀드립니다. 그게 제 원칙이라서요."

그건 도의라기보다 일종의 처세였다. 귀찮은 일을 당할까 봐서였다. 이미 기운 사건이라도 의뢰인은 누구나 승소의 기대를 가지고 온다. 그래서, 예견된 패배가 훗날 닥쳤을 땐 원망이 생긴다. 질 게 뻔한 사건을 왜 맡았느냐며 질책하는 이도 있다. 그런 트러블을 피하고 싶었다. 상일은 돌연 단호하게 말했다.

"그래서입니다."

"네?"

연정이 눈을 올려 떴다.

"호 변호사님은 유명하신 분이잖아요. 그래서 변호사님을 사면, 아니 선임하면 대법원에서도 좀 더 신경을 쓰겠지요."

후우, 연정은 가볍게 한숨을 쉬었다. 어디서부터 어떻게 말해야 할까.

"그렇지 않습니다. ……군이 조금이라도 가능성을 높이고 싶으시다면 전직 대법관 변호사를 선임하시는 방법은 있어요. 같은 대법관 출신 변호사들 사건은 그래도 읽어는 본다는 말이 있거든요. 하지만 선임료도 그만큼 비쌀 테고, 또 기록을 한번 본다 하더라도 아까 말씀드렸듯 뒤집히는 사건이 워낙 적어서요. 권하고 싶지는 않습니다."

"……그래도 우리나라 최고법원 아닙니까. 꼭 판단을 받고 싶습니다. 반드시 뒤집힐 걸 바라는 것도 아닙니다. 그저…… 그러면, 할 수 있는 데까지 해 보면 적어도 후회는 남지 않을 것 같아서요……."

상일이 말끝을 흐리다가 고개를 푹 숙였다. 그의 눈에서,

주름에서, 움츠린 어깨에서, 갈라진 목소리에서 어떤 간절함이 전해졌다.

연정은 가슴이 저릿해 오는 걸 느꼈다. 내 선입견 아닐까. 이 노인은 정말 억울할지도 모른다. 장물 사건이 대법원에서 뒤집힌 경우를 본 적은 별로 없지만, 상일 말대로 되든 안 되든 끝까지 해야 한이라도 남지 않을 모양이다. 갑부의 소송도 아니고, 변호사비로 눈먼 돈이 나가는 법인 사건도 아니다. 그래서 오히려 마음이 갔다. 이성적 판단으로는 돌려보내야 맞겠지만 당장 앞서는 건 애잔함이었다. 억울한 사정을 대법관들이 헤아려 줄 거라고 믿는 저 간곡한 눈빛. 연정조차 더 이상 믿지 않는 것을 믿고 있는 소박함. 잘라 내치기 어려웠다. 그랬다간 이 노인이 왠지 다른 뱀의 입으로 걸어 들어갈 것만 같았다. 변호사란 이름의 뱀 입으로.

연정은 당장 사건을 맡겠다는 말을 하려다 삼켰다. 최후의 남은 냉정함이 연정으로 하여금 신중하게 말하게 했다.

"알겠습니다. 일단 어떤 사건인지 알아나 보죠. 사건 기록을 두고 가세요. 읽어 보고 다시 연락드리겠습니다."

"아! 네! 고맙습니다. 그저 감사합니다……."

상일은 계시를 들은 순례자처럼 감격스러워했다.

상일이 떠난 후 연정은 판결문을 읽어 보았다. 범죄 사실은 간단했다. 지난해 11월 2일 밤 10시경 변상일이 부산 사하구 괴정동 소재 자신이 운영하는 전당포에서 김맹기가 가져온 장물인 시가 180만 원 상당의 금거북을 매입했다는 것이었다.

연정은 고개를 갸우뚱했다. 이런 내용이라면 역시 무죄일 가능성이 거의 없다. 변상일은 무얼 주장하는 걸까?

이어 수사 기록을 펼쳐 보았다. 경찰 신문에서 변상일에 대한 간단한 신상 조사가 있었다. 가족도 없이 혼자 살아온 노인. 절도와 장물 전과가 한 번씩 있고, 3년 전 한적한 뒷골목에 전당포를 개업했지만 수입은 미미함. 주변에서 이런 노인을 본다면 안타깝게 여기겠지만 경찰의 시각은 다르다. 애당초 범죄에 발을 담그기 십상인 환경이라고 보는 것이다. 아니면 아예 장물을 거래하기 위해 전당포를 열었거나.

사건의 실체 쪽은 더 명백했다. 김맹기의 법정 증언이 있었다. 그날 그 장소에서 상일에게 금거북을 팔았다는 진술. 움직일 수 없는 증거였다. 금거북도 증거품으로 압수되어 있었다. 그렇다면 금거북은 어디에서 온 것일까. 김맹기는 택시 안에서 다른 손님이 흘린 가방을 몰래 들고 나왔는데 그 안에 금거북이 있었다고 했다. 거짓말일 가능성이 높다. 다른 사람 집에서 훔쳤다면 절도죄가 되지만 택시에서 몰래 주웠다면 점유이탈물횡령죄에 해당하여 형이 낮다. 피해자가 누군지 알 수 없다면 도둑이 물건을 '주웠다'고 거짓말하더라도 경찰은 그 말을 뒤집을 방법이 없다. 김맹기의 말 자체가 의심스럽더라도 그렇다. 잃어버린 사람이 누군진 모르지만 금거북을 가방에 담아 가지고 다니다니. 좀처럼 없는 일이다. 김맹기가 어디선가 훔쳐 온 물건 아닐까. 하지만 역시 입증할 수 없다. 아무튼, 김맹기의 죄가 절도인지 점유이탈물횡령인지는 여기서 중요하지 않다. 그걸 사들이면 장물죄가 된다는 것은 같으니까. 의뢰인은 김맹기가 아니라 장물을 산 혐의를 받는 변상일이다.

상일의 태도에는 큰 문제가 있었다. 처음에는 그저 아니다, 그런 일 없다고만 했다. 나중에는 금거북이 장물인 줄 몰랐다는 식으로 주장을 바꾸었다. 왜 영업시간도 아닌 밤중에 금거북을 매입했는가 하는 검사의 추궁에는 제대로 대답을 하지 못했다. 구체성도 신빙성도 없는 데다 일관성도 없다. 이런 범행 부인이 법정에서 통할 리 없다. 유죄는 확정적이다.

연정은 고개를 도리도리 저었다. 비록 이 소송이 생이 얼마 남지 않은 노인의 한풀이라 해도, 안 되는 건 안 되는 것이었다.

"기록을 읽어 보았는데요."

다음 날 사무실을 찾아온 상일을 앞에 두고 연정이 입을 떼었다. 상일은 멀뚱멀뚱한 눈을 하고서 연정을 쳐다보았다.

"범행을 부인하신다는 건 알겠는데, 그런 일이 없었다고 했다가, 장물인 줄 몰랐다고 했다가 입장이 좀 정리가 안 된 것 같습니다."

"그런 일이 없었습니다. 그렇게 주장해 주십시오."

"아예 김맹기한테서 금거북을 산 일이 없다는 겁니까?"

"네. 절대 없습니다!"

상일은 울컥한 듯 보였다.

"그럼 금거북을 사긴 했는데 그게 장물인 줄 몰랐다는 말은 왜 한 겁니까?"

"변호사가 자기 맘대로 그런 주장을 했어요. 그래서 제가 화를 냈습니다. 한번 데이고 나니까 상고심에는 제대로 된 변호사를 선임하고 싶어서 호 변호사님을 찾아온 거고요."

"네⋯⋯. 그건 그렇고, 김맹기 씨나 선생님 두 분 다 불구속으로 재판이 진행됐더라고요. 드문 경운데. 어떻게 이렇게 된 거죠?"

"김맹기는 점유이탈물횡령죄라서 죄가 가볍다나요. 또 경찰에 다 자백하고 저를 장물아비라고 찔렀으니 공을 세웠답시고 선처를 받은 거죠. 경찰은 구속영장 신청조차 하지 않았습니다. 결국 판결도 집행유예로 나왔고요."

"그럼 선생님은요? 원래 절도보다 더 무겁게 취급되는 게 장물범이거든요. 게다가 전과가 있고 범행까지 부인하고 있는데, 십중팔구 구속됐을 텐데요."

"실은……."

상일이 머뭇거리다가 말을 이었다.

"제가 살날이 얼마 안 남았습니다."

"네?"

"폐암 4기고, 의사 선생님 말로는 앞으로 1년이면 오래 사는 거라더고요. 그 덕분에 구속은 면했습니다……."

상일은 씁쓸한 웃음을 덧붙이며 겸연쩍은 듯이 뒷머리를 쓸어내렸다.

"아…… 저런…… 네……."

연정은 말을 제대로 잇지 못했다. 갑작스러운 고백과도 같은 상일의 말에 어떻게 반응해야 할지 알지 못했다. 구속을 앞둔 사람은 많이 만났지만, 죽음을 앞둔 이는 처음이었다. 법률이 문제라면 얼마든지 이야기할 수 있지만 곧 세상을 떠날 이한테는 어떤 말을 건네야 하나? 위로는 이미 질릴 만큼 들었을 텐데.

상일의 표정은 씁쓸하면서 공허했다. 모든 것을 버린 자의 허무일까. 상일을 바라보다가 연정은 문득 의아한 생각이 들었다. 생의 종막(終幕)을 앞둔 그가 굳이 불구속으로 끝난 재판 결과를 뒤집으려 애쓴다는 것이. 그 의문을 안다는 듯 상일이 말했다.

"어쩌면 제가 죽을병이 아니었다면 재판에 이렇게 매달리지도 않았을 겁니다. 어차피 절도니 장물이니 전과 있는 인생. 하나 더 추가된다고 뭐가 달라질까, 단념했을 겁니다. 근데 말이죠. 이제 죽는다고 생각하니까, 오히려 뭐랄까요, 마지막을, 적어도 추잡한 누명을 쓰고 끝내고 싶지는 않아졌습니다. 좀 이해하시기 어려울 텐데요, 아마 저 같은 상황이 아니면 잘 모르실 겁니다……."

상일의 말과 달리 연정은 그를 이해할 것 같았다. 한을 품은 채 눈감고 싶지는 않겠지. 인생이라는 방을 말끔히 정리하고 떠나고픈 마음, 그런 것 아닐까. 도와줄까.

다만 그 전에, 마지막으로 그가 선택할 수 있게 해야 한다. 사건의 어려움을 한 번 더 분명히 알려야 했다.

"상고심, 그러니까 대법원은 하급심의 법률 적용에 잘못이 있는지만을 보거든요. 애당초 사실관계 자체를 다투는 건 받아 주지 않아요. 그러니 이제 와서 그런 사실이 없다고 주장해 봐야 안 먹힐 가능성이 높습니다."

상일은 풀 죽은 얼굴을 하고서 말했다.

"죄송합니다……. 그런 어려운 얘긴 모르겠습니다. 그냥…… 대법원은 우리나라 최고법원 아닙니까? 저 같은 사람이 마지막으로 기댈 수 있는 곳 말이죠. 거기에 제 억울함을 호소하려는데, 왜 그게 안 된다는 것인지……."

그의 말에 점점 힘이 없어졌다. 끝에 가서는 거의 들릴락 말락 했다. 하지만 한 방울의 빗줄기가 정적을 깨듯 말에 담긴 뜻만은 확실히 전해졌다. 이 노인의 소망은 '무죄'라는 결과가 아니다. '후회 없이 갈 수 있다'는 위안이다. 연정도 더는 거절할 수 없다고 생각했다.

"알겠습니다. 한번 해 보죠."

"네? 정말입니까?"

상일의 얼굴이 활짝 폈다. 연정이 말을 덧붙였다.

"다만 지난번에도 말씀드렸다시피 인용될 가능성은 아주 낮단 걸 아셔야 합니다."

하지만 이미 상일의 귀에는 그리 깊게 닿지 않는 듯했다.

"물론입니다. 호 변호사님이 해 주시는 것만으로도 전 다 이룬 기분입니다. 어떤 결과가 나오든 상관없습니다. 어쨌든 끝까지 해 봤으니 한은 없겠죠."

연정은 표정을 굳히며 힘 있게 고개를 끄덕였다. 어차피 맡기로 한 사건, 이제부터는 신뢰를 주어야 한다.

상일은 일어서서 허리를 깊이 숙인 후 돌아갔다.

'상고이유서.'

서면의 제목만 써 놓고 하루가 지났다. 아무리 기록을 파보고 머리를 쥐어뜯어도 그럴듯한 이유가 없었다. 법조에서 30년 이상 묵은 너구리 대법관들의 시선을 끌 만한 논리가 도무지 떠오르지 않았다.

연정은 기록에서 몸을 떼고 일어나 사무실 안을 서성였다. 아무래도 사실을 다툴 수 없다면 사실을 구축한 증거를 건드려 보는 수밖에 없다. 이 사건의 강력하고도 유일한 증거는 바로 김맹기의 진술이다. 그가 변상일을 유죄로 만들었다. 만나 볼까. 법률만 살피는 상고심에서 증인의 증언을 어떻게 해 본댔자 소용없지만 해 볼 만한 게 그것밖에는 없었다. 무작정 부딪치는 건 연정의 버릇이기도 했다.

하지만 정작 연정이 상일에게 전화를 걸어 김맹기의 연락처를 물었을 때 반응은 미적지근했다.

"만나 봤자 불리한 말만 할 텐데요……."

주저주저하는 말투. 상일은 김맹기를 두려워하고 있다……. 연정은 그렇게 느꼈다. 혹시 김맹기로부터 심리적 지배를 당하기라도 한 것은 아닐까. 자신도 모르게 빠져든 함정의 길을 걸어가 버린 건 아닐까.

상일의 반응이 그럴수록 연정은 김맹기를 더 만나고 싶어졌다. 물건을 주웠다는 죄목으로 처벌받았지만 도둑이 분명한 김맹기를.

연정은 휴대전화를 꺼내 부산행 SRT 예약 버튼을 눌렀다.

김맹기는 의외로 건실한 생활을 하고 있었다. 적어도 겉으로는 그랬다.

부산 괴정동 외딴 골목 안 '써니 자원'이라는 상호의 고물상에서 김맹기를 찾았을 때, 그는 마당에 쌓인 폐품 더미에서 열심히 철물을 골라내는 작업을 하고 있었다. 이마에는 땀이 번져 있었다.

"변상일이?"

연정이 이야기를 꺼내자 그의 눈빛이 변했다. '건실하게 살고 있다'는 첫인상을 폐기하고 싶어질 만큼 살쾡이를 연상케 하는 표정이 드러났다.

"선생님의 증언 때문에 유죄를 받았거든요."

연정은 일부러 도발적으로 말했다.

"그래서, 내 증언을 바꾸어 달라고?"

김맹기는 조금 신경질적으로 대꾸했다. 노인답지 않게 어딘가 예민한 구석이 엿보였다.

"그건 아닙니다. 다만 사실을 확인하고 싶어서요."

김맹기의 얼굴에 도사린 살쾡이 같던 표정이 사라졌다. 그는 말없이 허리를 쭉 펴더니 사무실로 걸어갔다. 마치 연정이 눈앞에 없는 듯한 몸짓이었다. 연정이 그 뒤를 따랐다.

김맹기는 사무실 간이 의자에 털썩 걸터앉았다. 얼굴 위로 짙은 음영이 드리워졌다. 밝은 마당에서 그늘진 공간으로. 어떤 '은폐'의 은유일까. 그런 생각마저 들었다. 김맹기가 말했다.

"내가 증언한 그대론데."

김맹기의 어조가 차분해져 있다. 마치 연정의 속셈을 다 안다는 듯 가벼운 미소까지 덧붙이고 있었다.

"변상일 씨는 무죄를 주장하고 있거든요. 선생님한테서 장물을 산 적이 없다고."

"그래서?"

"두 분의 말씀이 전혀 다르잖아요. 어느 쪽이 진실일까요?"

흐음. 김맹기는 가볍게 콧숨을 내쉬었다. 그사이 연정은 사무실 벽에 걸린 액자를 바라보았다. 사업자등록증이 끼워져 있다. 사업주 이름은 '김맹기'. 그가 말했다.

"팔았어."

"네?"

"그날 변상일이네 가게에 가서 금거북을 판 게 맞는다고. 그건 택시에서 주운 거고."

연정은 물끄러미 그를 내려다보았다. 연정이 눈빛으로 살폈지만 김맹기는 사무실 책상만 톡톡 두드리고 있었다. 그저 전자계산기를 두드리는 듯한 말투와 몸짓. 만약 이것이 어떤 연기나 위장이라면 김맹기는 말도 못 하게 굵은 신경 다발을 갖고 있는 게 분명하다.

"위증이 무거운 죄인 건 아시죠?"

연정은 의도적으로 도발했다. 화를 내게 만들고 싶었다. 조금 전 김맹기는 어딘가 예민한 반응을 보였다. 하지만 잠깐의 틈을 보인 이후 지금의 김맹기는 마치 마를 대로 마른 수건처럼 건조한 대답으로 일관하고 있다. 다시 흔들어 보고 싶었다. 말이 많아지면 허점이 보일지 모른다. "위증이라니! 내가 거짓말한다는 거야?"라며 주절주절 떠들어 대다가 말이 꼬인다면.

"사실을 말했어. 그뿐이야."

하지만 김맹기는 흥분하지도 무례하지도 않았다. 물처럼 담담한 그를 보며 연정은 화나게 만들려는 전략을 금세 포기했다.

더 묻는다고 해서 달라질 건 없어 보였다. 그의 진술을 움직이는 건 불도저를 밀어내기보다 더 어려울 것 같았다. 물론 움직일 필요가 없을 수도 있다. 사실이라면.

연정은 고물상을 나오다가 잠깐 멈춰 섰다. 마당을 휘이 둘러보고는 뒤따라 나오던 김맹기에게 물었다.

"언제 개업하셨어요?"

"몇 달 됐어."

"연세도 지긋하신데 갑자기 돈이 생긴 모양이네요."

"뭐 그랬나 봐."

역시 김맹기는 움찔하지도 않았다.

"선생님에 대한 경찰 조서도 읽어 봤거든요. 별 재산이 없으신 걸로 아는데요."

연정이 조금 집요하다고 느꼈는지 김맹기는 그윽한 눈길로 연정을 보았다.

"변호사 양반."

"네."

"금거북을 팔았어. 그 돈이야."

얼토당토않은 대답이었다. 금거북은 경찰에 압수당했는데 어떻게 무얼 팔았다는 건가.

하지만 더 물어 봤자 사실대로 대답해 줄 것 같지는 않았다. 무언가 떳떳지 못한 다른 출처가 있지 않을까 짐작할 뿐이었다.

연정은 발길을 돌렸다.

서울로 돌아와 상일을 만난 곳은 후암동 언덕길에 있는 조그만 카페였다. 상일이 서울역 부근에서 임시로 거처를 얻어 지내고 있어 연정이 근처로 들른 참이었다.

"기어이 부산까지 다녀오셨습니까?"

전화로 이야기는 해 두었지만 정작 만나니 상일은 더 미안해하는 기색이었다.

"길이 별로 보이지 않아서요. 김맹기 씨 증언에 문제가 없는지 알아봐야겠더라고요."

"바쁜 중에 하루를 다 날리셨네요. 그것참……."

상일의 눈꼬리가 미안하다는 듯 또 내려갔다. 하지만 그는 분명히 말렸다. 부산까지 내려간 건 연정의 선택이었다.

"선생님은 절대 장물을 산 적이 없다 하시고, 김맹기 씨는 그렇다고 말하잖아요. 선생님은 억울하다고 하시니 김맹기 씨가 거짓말을 하는 것일 수밖에 없지 않겠어요?"

"김맹기는 뭐라던가요?"

"사실이라던데요."

"……그렇군요."

상일이 눈을 지그시 감았다. 사건을 되돌릴 수 없다는 걸 일찌감치 감지한 탓일까. 김맹기의 거짓말에 익숙해질 만큼 시간이 흘러서일까. 분노라든가 동요는 느껴지지 않았다.

상일은 눈을 천천히 떴다. 옆에 두었던 낡은 숄더백 안에 손을 집어넣더니 종이 뭉치를 꺼내 연정에게 내밀었다.

"뭐예요?"

연정이 물었다.

"판결문입니다. 벌써 한 20년 되었네요."

떨떠름했다. 뜬금없이 20년 전 사건이라니.

"글쎄요, 왜일까요. 변호사님한테 문득 옛이야기를 하고 싶어졌습니다. 저한테 법이란 건 늘 '거절한다'는 기억이었거든요. 엄격하고 도무지 말이 통하지 않는……. 근데 변호사님은 제 말을 들어 주시고 믿어 주시는군요."

"네……."

특별히 이 노인에게 잘 대해 주었던가. 별로 그런 기억이 나지 않았다. 서류 작업으로 끝날 대법원 사건에서 굳이 증인을 만나러 부산까지 다녀오는 수고를 하기는 했다. 하지만 특별히 사명감이랄까 하는 동기에서는 아니라고 연정은 여기고 있다. 굳이 깎아서 이야기하자면, 습관이랄까. 그래도 상일은 다르게 느끼는 모양이다. 연정에게 심금을 털어 놓을 만큼 고마워하고 있다. 그저 조금 더 들어 주고, 열성을 보였다는 이유만으로. 아무래도 법 앞에서 문전박대를 당해 온 긴 세월이 있었나 보다. 아무튼 이 판결문은 노인의 한 많은 사연일 순 있어도 사건과는 무관하다.

"알겠습니다. 찬찬히 읽어 볼게요."

연정은 판결문을 옆으로 밀어 두었다.

상고이유서에 쓸 그럴듯한 말은 결국 찾아내지 못했다. 모니터를 뚫어져라 쳐다보던 연정은 마침내 생각을 고쳐먹기로 했다.

어차피 논리가 중요한 사건이 아니다. 상일이 원하는 것은 '대법원까지 가 봤다, 마지막까지 시도했다'는 것 자체니까. 연정도 마찬가지였다. 증인인 김맹기까지 만나 봤다. 혹시 애매한 기억으로 증언한 것은 아닐까, 진술에 모순은 없을까, 실낱같이 기대했지만 그의 태도는 확고했다. 분명하게 변상일에게 장물을 팔았다고 했다. 그게 사실이든 아니든 움직일 틈이 없다는 것을 확인했다. 그런 식으로 법정에서 진술했으면 판사도 믿을 수밖에 없었으리라. 확고한 그 진술 앞에 상일도 체념한 듯 딱히 반박하지 않았다. 할 수 있는 건 다 한 것이다. 이젠 남은 가능성 안에서 싸울 뿐이다.

원론으로 돌아갈 수밖에 없었다. 무언가를 증명하기보다 의혹을 제기하는 데 힘을 기울여야 했다. 연정은 '상고이유서' 문서를 띄우고 키보드를 연타하기 시작했다.

김맹기는 금거북을 훔쳤을 것이다. 죄상을 덜기 위해 주웠다고 거짓말했을 것이다. 마찬가지로 장물을 처분하고서도 공범인 그 장물범을 숨기기 위해 애먼 변상일에게 뒤집어씌웠을 수 있다……. 이런 가설에 가까운 주장을 써 내려갔다.

뒤이어 김맹기의 경찰 진술과 법정 증언을 비교해 조금이라도 불일치하거나 모호한 진술이 있으면 물고 늘어져서는 그것이야말로 김맹기의 말을 믿을 수 없는 근거라고 박박

우겨 댔다.

결국 한마디로 하자면 '변상일이 의심스러울 수는 있지만 유죄로 확정할 증거가 충분하지 않다'는 논지였다.

결과가 나올 때까지 걸린 시간은 3개월도 채 되지 않았다. 예상은 한 치도 어긋나지 않았다. 상고기각.

판결문에는 '원심 판결의 이유를 살펴보아도 사실을 잘못 인정하거나 법리를 오해한 위법이 없다.'라는 단 한 줄의 이유만이 쓰여 있었다. 점잖은 표현이지만, '뭐 이딴 걸 상고하고 그래!' 하는 신경질이 느껴졌다.

예상했던 결과라도 늘 마음은 좋지 않다.

연정은 조심스럽게 상일에게 전화를 걸었다.

"결과가 나왔는데요……."

말투나 뉘앙스에서 이미 느껴졌으리라. 물론 상고한 지 불과 석 달 만에 판결이 나왔다는 것에서도 이미 결과는 드러나 있었다. 결론이 뒤집히는 사건은 절대로 석 달 만에 판결이 나오지 않는다. 연정이 말을 끄는 동안 상일이 입을 뗐다.

"……기각입니까?"

"네……. 사무실로 오시면 판결에 대해 설명을 드릴게요."

"예. 지금 들르겠습니다."

메마른 목소리였다. 실망을 애써 감추는 듯했다. 대법원 판결에는 설명할 만한 거리가 없었다. 달랑 한 줄짜리 판결문에 어떤 말을 덧붙일 것인가. 연정이 상일을 만나려 한 데에는 자신을 향한 원망을 무마시키려는 마음이 컸다. 그렇지 않아도 상일은 법이란 것에 큰 기대가 없는 눈치였다. 그런 마음이 법률가들에 대한 미움으로 이어졌을 것이다. 적어도 연정은 그 미움의 대상에서 벗어나고 싶었다. 난 할 만큼 했습니다. 대법원이란 데가 원래 그래요. 아마 기록도 제대로 안 보고 판결했을걸요. 뭐, 그런 말을 에둘러 할 참이었다.

꽤 애먹으리라는 연정의 예상과 달리 상일의 표정은 비교적 담담했다. 그는 이런 말까지 했다.

"억울하지만 결과를 받아들여야죠. 우리나라 최고법원에서 한 판결인데. 여한이 없습니다."

표면적으로 거친 태도를 보이지 않은 건 다행이지만 연정에게는 그 마음 안쪽이 들여다보였다. 담담한 그의 말이 오히려 한을 담고 비꼬는 말처럼 들렸다. 자신을 장물아비 취급한 판단을 존중하겠다는 얘기가 진심에서 나올 순 없는 법이다.

아무튼 상일에게 판결에 대한 이론적 설명을 할 필요는

더 이상 없어 보였다. 연정은 상일에게 위로의 말을 적당히 건넸다.

벌컥, 사무실 문이 열렸다.

깜짝 놀랄 정도로 광폭한 기세였다. 들어온 사람은 중년 남자 한 명과 젊은 남자 한 명이었다. 중년 남자 쪽은 한눈에도 거칠어 보이는 인상이었고, 이마에 기름이 번져 있고 낯빛이 붉었다. 젊은 남자는 그를 뒤따른 모습이었지만 오만한 표정과 기세는 동행자 못지않았다. 열린 방문 뒤편으로 직원이 걱정스러운 눈빛을 하고 서 있는 모습이 보였다. 이들은 직원의 제지에도 불구하고 들이밀고 온 모양이다.

"누구시죠?"

연정이 놀란 마음을 추스르고 불쾌감을 담아 물었다. 하지만 중년 남자는 연정 쪽은 보지도 않고 상일을 불렀다.

"변상일 씨."

변상일이 눈을 동그랗게 떴다. 중년 남자가 품에서 무언가를 꺼내 그의 눈앞에 바짝 내밀었다. 얼핏 독수리 모양의 문양이 보였다. 남자가 말했다.

"당신을 ……강도 살인 혐의로 긴급체포 합니다."

'당신을' 뒤에 이어진 말을 남자가 읊조리듯 빨리 뱉었기에 연정은 제대로 알아듣지 못했다. '강도 살인'이라는 단어만이 귀에 박혔다.

44

"네?"

"네?"

연정과 상일이 동시에 놀라 소리쳤다. 하지만 남자들은 거침없었다. '살인 용의자를 잡으러 왔으니 우리는 어떤 것도 뭉갤 수 있는 정의다.'라는 듯한 기세였다. 젊은 남자가 변상일의 팔을 잡아끌었고, 중년 남자가 거의 기계적인 투로 말했다.

"당신은 묵비권을 행사할 수 있고, 변호사를 선임할 권리가 있으며……."

*

영문을 알 수 없었다. 상일이 돌연 살인 혐의로 체포되다니. '무슨무슨' 강도 살인이라며 형사들이 우물거렸지만 연정은 놀라 제대로 듣지 못했다. 그렇다고 형사들이 제삼자인 연정에게 더 이상의 자세한 설명을 해 주지도 않았다. 연정은 장물 사건의 변호인이지 강도 살인의 변호인은 아닌 것이다.

연정이 어렴풋하게나마 영문을 알게 된 것은 다음 날에 실린 신문 기사에서였다.

'홍천 노인 청 테이프 강도 살인 용의자 체포.'

유사한 제목 아래 많은 기사가 잇달았다. 이른바 '청 테이프 살인'은 연정도 뉴스를 통해 들어 본 사건이었다. 작년 가을이었던가, 강원도 홍천의 한 외딴 시골 농가에 강도가 들어 혼자 사는 노인의 입을 결박하고 금품을 훔쳤는데, 그때 입을 막은 청 테이프에 노인이 질식돼 사망한 사건이었다. '홍천 노인 청 테이프 강도 살인'이라는 긴 이름이 붙었다가 언론은 어느새 '청 테이프 살인'으로 줄여서 헤드라인을 달아 왔다.

어느 기사의 한 대목이 눈에 띄었다.

'용의자 변 모 씨(71세).'

다른 기사에서는 'A 씨'라고 지칭했지만 유독 그 신문에서만 기사를 차별화하려는 의도에서였는지 '변 모 씨'라고 성을 특정해 놓았다. 변 씨. 변상일. 나이도 같다. 71세.

'변상일 씨가 범인이라고?'

연정은 놀라 입을 조금 벌린 채 연관된 기사를 마구 읽어 나갔다. 거의 동일한 내용이었다. 연정은 모니터에서 눈을 떼고 의자 등받이에 몸을 기댔다.

설마.

장물을 취급했는지 어떤지는 몰라도 변상일은 선량해 보였다. 연정도 검사 시절부터 지금껏 범죄자를 직간접으로 보며 살았다. 나름의 '인상 분류'에 따르면 적어도 상일이 강도 살인을 할 만한 사람은 아니었다. 사는 곳도 다르지 않은 가. 상일은 부산에서 전당포를 하는 사람인데, 강원도 홍천 시골까지 가서 강도 짓을?

경찰이 무언가 오해한 걸까. 하지만 경찰이 아무런 증거 도 없이 그랬을 것 같지는 않았다. 그날 상일을 연행해 가던 형사들의 자신만만한 눈빛. 자신들에게 오류는 있을 수 없 다는 듯 뻔뻔하리만치 당당한 걸음걸이.

연정은 호기심을 참지 못하고 수화기를 들었다.

"어, 김 기자, 오랜만이야, 잘 지내지?"

연정이 전화를 건 상대는 오래전부터 친분이 있던 J신문 법조 출입 기자 김서준이었다.

"아, 예, 호 변호사님! 잘 지내시죠? 요즘 어떠세요?"

김서준은 연정과 오래 알던 사이인 데다 연정이 대형 로 펌에 가지 않고 개인 사무실을 개업한 것에도 호감을 품고 있었다. 기분 좋을 때면 연정을 누나라고 불렀다. 오랜만이 다 보니 다시 '호 변호사'로 돌아갔지만.

간단한 인사말이 오간 후 연정이 말머리를 열었다.

"한 가지 좀 알아보고 싶은 사건이 있어서 말이야."

"뭡니까?"

"청 테이프 살인 사건 있잖아. 거기 용의자 이름이 혹시 변상일 아니야?"

용의자 이름을 곧바로 물으면 아무래도 경계할 수 있다. 이쪽이 이미 알고 있는데 맞는지 확인한다는 식으로 묻는 게 편하다.

"잠깐만요……."

김서준은 무언가 찾아보는 듯하더니 곧 대답했다.

"아, 네, 맞아요. 혹시 아는 사람이에요?"

"어, 별건 아니고. 그냥 호기심에서."

"뭘 알고 싶으신데요?"

"용의자가 범행을 인정한대?"

"강력 부인 중이죠."

역시. 왠지 연정은 안심했다. 변상일이 범인이 아니었으면 하는 마음이었던 모양이다.

"경찰이 그 사람을 용의자로 본 이유가 있을 거잖아? 혹시 알고 있어?"

"하하하, 이건 아직 공개 안 된 건데요."

"좀 알려 줘. 어차피 나중에 보도될 거잖아. 내가 밥 살게."

"좋아요. 국정원 기밀도 아니고, 뭐. 물론 증거가 있었죠."

'증거'라고 하는 순간, 연정의 뇌리에 얼핏 떠오르는 것이 있었다. 금거북. 혹시 변상일이 장물로 취득했다던 금거북이 관련이 있는 걸까? 그래서 살인자로 몰린 걸까? 하지만 김서준의 대답은 뜻밖이었다.

"현장에 지문이 있었대요."

"지문?"

지문이라니. 움직일 수 없는 직접증거다.

"죽은 노인의 입을 막은 청 테이프 일부에 범인의 것으로 보이는 쪽 지문이 남아 있었대요. 그게 일치한 거죠."

"응, 쪽 지문이……."

쪽 지문은 지문이 완전한 형태로 남은 게 아니라 일부만 남은 것을 말한다. 그래서 확인 작업에 꽤 시간이 걸린다. 이 것으로 대조를 해 나가다가 마침내 상일에게 다다른 모양 이다.

"혹시 뭐 현장에서 훔친 물건을 갖고 있었다거나, 그런 건 아니고?"

"그런 얘긴 못 들었어요. 아직 자세한 건 모르니까요."

통화를 마친 연정은 입술을 문질렀다. 금거북이 문제가 아 니라면 다행이지만, 지문은 또 어떻게 된 것일까. 쪽 지문이 라도 범행 도구인 테이프에 남았다면 확실히 강력한 증거다.

연정은 다시 한번 상일을 떠올려 보았다. 강도 살인이라 니. 아무리 생각해도 매치가 되지 않았다. 무기력하고 소심 한 노인. 만만해 보여서 손해 보는 타입이지 스스로 먼저 남 을 해칠 사람으로는 결코 보이지 않았다.

혹시 그래서일까. 내향적인 사람은 자기 해명도 서툴다.

그래서 '또' 누명을 뒤집어쓰고 이번엔 살인으로 구금돼 버린 걸까. 설마. 한 번도 아니고 두 번이나.

물론 사람은 겉으로만 봐서는 알 수 없다. 하지만 연정은 평범한 인상 속에 감춰진 살인자들의 광기를 엿보았다. 그들은 서류철처럼 분류돼 있다. 그 안에 상일의 모습은 없었다. 그가 선량함의 결정체라고는 못 해도, 강력 범죄를 저지르는 부류의 어떤 '결핍' 같은 것은 없어 보이는 사람이었다.

아무래도 찜찜했다.

어쨌든 그것은 연정의 한낱 주관적인 감상일 뿐, 증거가 확보돼 있으니 수사는 일사천리였다.

한 가지 이상한 소식은 들려왔다. 검찰이 기소 여부를 목전에 두고 고민한다는 거였다. 지문이라는 강력한 물증이 있는데, 왜? 그 내막은 신문 기사에 나오지 않았고 법조 기자들도 모르는 눈치였다.

하지만 지문이 확보된 살인 사건을 기소하지 않는 검찰이란 있을 수 없다. 결국 구속 기한을 꽉 채운 어느 날, 상일은 강도 살인으로 기소됐다. 그리고 한 달 뒤 첫 공판이 열렸다.

재판에 이르기까지 우여곡절이 있었지만 일관된 사실 하나는 '용의자'가 끝까지 범행을 부인하고 있다는 것이었다.

도저히 살인자 같지 않은 살인 용의자, 그걸 무색케 하는 분명한 물증, 그런데도 기소를 망설였던 검찰. 아귀가 맞지 않는 구석이 너무 많다.

아무래도 이상해.

연정은 재판에 가 보기로 했다.

변상일의 강도 살인 재판 첫 번째 공판기일.

의뢰인과의 상담이 예상보다 늦어졌다. 연정이 허겁지겁 법정에 들어가 보니, 재판은 이미 시작해 있었다.

법정에서 수의를 입은 상일의 모습은 어딘지 어색했다. 선량한 얼굴은 그대로였지만 곧은 심지가 내비치는 듯한 표정이 낯설기만 했다. 꼿꼿한 자세는 자신이 떳떳하다는 무언의 외침으로 보였다.

하지만 그간의 보도에 따르면, 상일은 어떠한 구체적인 이유를 들어 변명하지 않고 그저 자신이 살인을 저지르지 않았다고만 주장해 왔다. 그런 항변이 수사관들을 설득할 수 있을 리 만무하다. 오히려 의혹만 더할 뿐.

연정이 법정에 들어갔을 때는 검사가 결의에 찬 음성을 높이고 있었다.

"범인이 청 테이프로 입과 코를 틀어막았고 피해자는 현장에서 질식사했습니다. 그 청 테이프에서 피고인의 쪽 지문이 검출되었습니다. 다른 누구의 지문도 없었습니다. 오로지 피고인의 것만 있었습니다. 이것이야말로 절대적인 범행 증거입니다!"

역시 검찰의 가장 든든한 증거는 청 테이프에 남은 지문이었다. 물론 그 강력함은 누구도 부정할 수 없다. 판사도 고개를 가볍게 끄덕끄덕하더니 변호사를 향해 말했다.

"청 테이프는 이 사건에서 범행 흉기이자 가장 중요한 증거물입니다. 거기에 피고인의 지문이 찍혔습니다. 그런데도 피고인은 범행을 부인하는 겁니까?"

이런, 이런. 연정은 조용히 혀를 찼다. 이 재판은 끝났는 걸. 유죄로.

판사의 말에 결론이 짙게 내비치고 있었다. '변상일 당신이 범인이야!'라는. 판사의 마음은 쉽게 읽힌다. 포커페이스를 유지한다고 자부하겠지만, 표정과 단어 선택에, 심지어 말의 높낮이에도 선입견이 덕지덕지 묻어난다. 앞면이 훤히 비치는 카드놀이를 하는 것 같다. 피고인한테는 불행히도, 판사의 선입견은 거의, 아니 절대 뒤집히지 않는다. 패는 읽을 수 있지만 절대 이길 수 없는 이상한 게임. 재판이라는 게 철 가루 사이를 지나는 자석처럼 한번 서 버린 판단에 증거를 줄 세우는 절차에 불과한 경우도 많다. 편견과 유죄 추정으로 범벅이 된 판단.

내 의견이 틀릴 수 있다는 겸손을 갖기란 무척 어렵다. 판사도 마찬가지다. 포청천처럼 강한 신념의 소유자가 인기는 얻겠지만 물에 물 탄 듯 소박한 이가 판사로서는 낫다. 이 재판의 판사는 포청천류(類)가 아닐까. 시작부터 유죄로 단정하고 있는 눈치가 역력했다.

"네. 부인합니다."

국선변호인으로 보이는 변호사가 성의 없이 대답했다. 그러다 자신이 생각해도 역할을 너무 안 했다 싶은지 한마디를 덧붙였다.

"쪽 지문이니까 부정확할 수도 있겠죠."

무책임한 변론이었다. 구체성도 설득력도 없는 항변. 연정은 안타까웠다. 지문은 현장 방 안에 남은 것도 아니고 청 테이프 위에 찍혔을 뿐이다. 다른 곳에서 지문이 묻은 청 테이프가 어떤 알 수 없는 경로로 범인 손에 넘어가 현장에서 사용되었을 수도 있다. 왜 그런 구체적인 항변을 하지 않는지. 물론 억지라고 폄하될 수도 있지만 범인이 아닐 수 있다는 의문을 제기하는 것이 출발이다. 변호인이 저렇게 미지근해서야 이미 선입견을 가진 판사를 설득하는 일은 요원하다.

연정은 상일을 보았다. 고개를 숙이고 있어 표정은 알아볼 수 없다. 어떤 기대감도 내려놓은 듯 축 처진 어깨가 눈에 띌 뿐이었다. 그런데 돌연, 상일이 고개를 퍼뜩 쳐들었다.

"판사님."

그저 불렀을 뿐이지만, 발음은 선명했고, 어떤 의지가 담긴 듯했다. 지금까지의 재판이 하나의 유리판이라면 거기에 쨍하고 돌을 던진 것 같은 느낌이었다.

상일이 고개를 숙이고 있던 것은 연정의 오해와 달리 자포자기해서는 아니었던 모양이다. 이제 보니, 오히려 그는 고개를 숙인 채 손으로 서류 몇 장을 주섬주섬 챙기고 있었다.

그는 자리에서 일어났다. 판사는 턱을 쳐들고 그를 보았다. 다소 돌발적인 상황으로 여긴 듯하다. 상일이 오른손을 들었고, 거기에는 몇 장의 종이가 쥐어져 있었다.

"이 문서를 봐 주십시오."

그러고는 상일은 자기 옆에 있는 실물 화상기 위에 서류를 놓았다. 살인 사건의 무게와 어울리지 않게끔 별 볼 일 없이 진행되던 재판에, 상일의 돌출 행동이 작은 파장을 일으켰다. 맥 빠진 법정에 돌연 긴장감이 서렸다.

법원 서기가 법정 조도를 낮췄고, 상일의 뒤편 벽면 스크린에 서류가 떠올랐다. 그 서류는 몇 장의 판결문이었다. 상일이 말했다.

"강도가 들었던 건 작년 11월 2일 밤 홍천 아닙니까? 그런데, 그날 밤 전 부산의 제 전당포에서 장물인 금거북을 샀다고 이렇게 유죄 판결을 받았습니다."

상일은 똑바로 서서 당당하게 말했다. 수의만 아니면 상일이 마치 변호인 같아 보일 정도였다.

아!

연정은 자신도 모르게 작은 신음을 뱉었다. 변상일이 장물을 샀던 그날, 강도 살인이 벌어졌던가!

판사는 눈을 동그랗게 떴다. 피고인 변상일의 주장은 다른 무엇보다도 법정 스크린에 대문짝만하게 비친 판결문에서 입증되어 있었기 때문이다.

"저는 그날 밤 홍천에서 강도 짓을 하지 않았습니다. 부산에서 장물을 샀습니다."

상일의 말은 담담했고, 그리 길지 않았다. 상일은 보란 듯이 판결문을 떡하니 펼쳐 놓고는 자리에 앉았다. 판사의 음, 하는 신음이 들리기 전까지 법정에 잠시 정적이 흘렀다. 가장 당황한 이는 아마 판사일 것이다. 하지만 가장 놀란 이는 다름 아닌 연정이었다.

검사는 어떨까? 연정은 거의 반사적으로 검사를 보았다. 그는 고개를 조금 숙이고 있었다. 손을 이마에 대고 고민에 잠긴 듯한 모습이었다. 연정은 깨달았다. 알고 있었구나. 당연히, 모를 리 없다. 기소하는 피의자의 전과 사실을 확인하는 것은 기본 중의 기본이니까.

그제야 이해가 갔다. 지문이라는 확실한 물증을 두고도 검찰이 기소를 고민했던 그 소식이. 피해자가 살해당한 날, 변상일은 부산에서 장물을 샀다는 죄로 처벌을 받았다.

그 모순을 어떻게 할 것인가. 검사는 장물 판결문을 앞에 두고 고민했을 것이다. 하지만 어차피 결론은 정해져 있다. 검찰은 판단자가 아니다. 그 불일치를 어떻게 할 것인지는 법원의 몫이다. 범죄가 있고 증거가 있으면 기소한다. 그뿐이다. 그것이 검찰이다.

어쩌면 기소를 하면서도 피고인 측이 그런 주장을 하지 않을 수 있다고 기대했을지 모른다. 그 점은 바로 다음 순간 검사가 일어서서 외친 말이 증명해 주었다.

"모순입니다! 피고인은 장물 사건에서 자신이 하지 않았다고 항변했습니다. 즉, 피고인 스스로가 그날 밤 부산에서 장물을 산 적이 없다고 주장한 겁니다. 그렇다면 홍천에서 살인을 하는 데 아무런 지장이 없습니다. 피고인의 알리바이는 본인 스스로가 부정했습니다!"

검사가 지나치게 흥분한다 싶었다. 그만큼 오히려 주장에 힘이 없어 보였다. 상대적으로 상일은 차분했다.

"물론 그 재판에서 저는 그날 장물을 사지 않았다고 호소했습니다. 그런데 판사님께서 제가 그날 장물을 샀다고 하셨습니다. 1심뿐만이 아닙니다. 2심에서도 그랬습니다."

상일은 조금 전 올린 실물 화상기의 1심 판결문 위에 또 다른 서류를 얹었다. 스크린에 2심 판결문이 비쳤다. 유죄.

"그리고."

상일은 그 위에 또 서류를 얹었다. 대법원 판결문이었다.

"우리나라에서 최고 높으신 대법관님들도 그렇다고 하셨습니다. 제가 그날 밤 부산에서 장물을 산 것이 맞는다더군요."

검사의 반박은 더 이상 없었다. 상일의 논리 모순을 깰 수 없어서인지, 아니면 대법원 판결문의 권위가 그를 침묵시켰는지는 알 수 없었다.

이후의 재판은 다소 형식적이었다. 증거 조사, 인부(認否), 의견 진술…… 모든 절차가 조금 전의 격론이 언제 있었는가 싶게 조용히 진행되었다. 하지만 재판이 물밑에서 완전히 전복되었다는 것을 연정은 누구보다도 잘 알고 있었다.

재판은 이제 변상일의 문제가 아니었다. 사법부가 떠안은 짐이었다. 절대 벗을 수 없는 짐. 작년 11월 2일 밤 변상일이 부산에서 장물을 샀다는 '사실'을 사법부가 선언했다. 그래놓고 다시 11월 2일 밤 홍천에서 강도 살인을 했다고 판단할 수는 없다. 한 입으로 두말할 수 없다. 그것은 법의 체면이다. 그리고 그것은 법의 이치보다 더 중요하다.

연정은 주먹을 꼭 말아 쥐었다. 이마에는 진땀이 번져 있었다.

그날 공판이 채 끝나기 전에 연정은 법정을 빠져나왔다.

문득 어떤 것에 생각이 미쳤기 때문이다. 왜 그것이 생각났는지는 알 수 없지만, 그저 머리에 퍼뜩 떠올랐다. 그때, 서류를 건네받았을 때, 자신이 느낀 가벼운 위화감이 괜한 것이 아니라는 번득임이 확신처럼 깃들었다. 거기에 이 괴상한 사건 전개의 열쇠가 있을 것 같았다.

　확인해 봐야겠어.

　연정은 발걸음을 서둘렀다.

　사무실로 돌아온 연정은 캐비닛을 열었다. 두툼한 기록 더미 사이에 끼여 있는 것. 지난번 부산을 다녀온 후 상일을 만나 건네받은 판결문이었다. 그때는 장물 사건과 무관한 데다 노인의 한풀이로 치부해서 보지도 않고 넣어 두었다. 하지만 지금, 알고 싶어졌다. 20년 전 사건. 상일에게 법이란 늘 '거절'이었다는 기억을 갖게 한 그 사건. 그건 무엇이었을까.

범죄 사실

피고인은 2002년 3월 4일 밤 10시 25분경 서울 면목동 사가정역 앞길에서 혈중알코올농도 0.125퍼센트의 술에 취한 상태로 운전하던 중 음주 운전을 단속 중인 경찰관을 보고 이를 회피하기 위해 중앙분리대를 침범하여 당시 차로를 따라 직진하던 피해자 차량의 전면부를 들이받아 상대 차량 운전자

김찬주에게 전치 6주의 상해를, 동승자 변효영에게 전치 14주의 상해를 입게 하였다.

'범죄 사실'에서 확인된 이름. '동승자 변효영'이 눈에 들어왔다. 변 씨는 흔한 성씨가 아니다……. 전치 14주라면 엄중한 부상이다. 변상일은 오랫동안 혼자 살아왔다고 했지. 그렇다면…….

연정은 떨리는 손으로 판결문 맨 앞장을 넘겨 피고인의 이름을 보았다.

장봉호.

조금 전 법정에서 확인했다. 홍천에서 청 테이프로 살해당한 노인의 이름이 장봉호였다.

연정은 의자에 깊숙이 몸을 묻었다. 극심한 피로가 몰려왔다.

멍하니 초점을 잃은 눈이 허공을 맴돌았다.

＊

여덟 달 뒤.

대법원에서 최종 판결이 나왔다. 변상일의 강도 살인 무죄. 연정이 예상한, 당연한 결론이었다.

어쩌면 1심, 2심만이 아니라 대법관들조차 변상일이 강도 살인의 범인이라고 의심했을지 모른다. 하지만 아무도 그렇게 판결할 수 없었다. 강도 살인이 있던 그날 변상일은 부산에서 장물을 샀다고 사법부 스스로가 선언했으니까. 심지어 변상일이 억울하다며 강력하게 부인했음에도 판관들은 '너는 그날 그곳에서 장물을 샀어!'라고 거의 신경질적으로 단정했다. 그래 놓고 이제 와 뒤집을 수 없다.

변상일의 무죄 확정 소식을 기사로 읽고 있는데, 연정의 휴대전화 벨이 울렸다. 무심코 액정 화면으로 눈길을 돌리던 연정은 흠칫 놀랐다. 상일이었다.

"여보세요."

연정은 짐짓 아무렇지 않은 척 전화를 받았다.

"호 변호사님, 안녕하십니까, 변상일입니다."

"아, 네, 선생님, 안녕하세요. 무죄 축하드립니다. 지금 막 기사에서 봤어요."

"관심 가져 주셔서 감사합니다. 무죄판결 기사는 조그맣게 났던데."

"당연한 결론이에요. 그동안 고생 많으셨어요."

상일은 조금 뜸을 들이다가 말했다.

"……실은 부탁드리고 싶은 일이 있어서 연락드렸습니다."

"부탁이요?"

연정은 긴장했다. 부탁이라니. 상일이 말했다.

"변호사님은 제 보잘것없는 장물 사건을 정말 열심히 해 주셨죠. 부산까지 내려가서 증인을 만나 주시고. 제가 만난 법률가 중에 그런 분은 없었습니다. 그리고 그날, 법정에서 변호사님을 봤거든요. 제 공판에 와 계신 것을요."

"네."

연정은 상일이 자신을 보았다는 데서 왠지 서늘함을 느꼈다.

"글쎄요. 괜한 저만의 기대일지 모르겠습니다만. 호 변호 사님은 저를 이해하고 계실 거라는 생각이 들어서요. 아니, 이해한다는 말은 좀 어폐가 있겠습니다. 지금은 저에 대해 좋지 않은 감정을 가지셨을 테니까요. 그저 저에 대해서 가장 잘 알고 계신다고 하면 좋겠네요. 그래서인데요, 호 변호 사님께 기자회견을 부탁드리고 싶습니다."

"기자회견이요?"

의외의 말에 연정이 물었다.

"네. 뭐 거창한 건 아니고요. 그러니까…… 꼭 기자가 아니라도 좋습니다. 유튜브 하는 분도 좋고, 블로그 하는 분도 좋습니다. 뭐랄까요, 세상에 말을 하실 수 있는 분들. 입을 가진 분들. 제가 그런 분들을 불러 봤자 올 리는 없겠지요. 그래도 변호사님은 그쪽으로 아는 분도 많을 테고, 조그맣게라도 자리를 만들어 주셨으면 하고 부탁드립니다."

연정은 즉시 대답하지 않았다. 상일이 어떤 마음인지는 어렴풋하게 알 것 같았다. 그런데 자신이 그런 역할을 하는 게 맞는 걸까. 상일은 연정의 망설임을 아는지 말없이 한참을 기다려 주었다.

두 가지 생각이 이유가 되어 갔다. 상일은 어차피 할 것이었다. 둘째로는, 연정 역시 상일이 말하려는 것에 마음이 이끌렸다. 그러지 말아야 함에도.

잠시 후 연정이 말했다.

"알겠어요. 사람들을 불러 볼게요."

*

서초동 어느 법조 빌딩의 13층 회의실.

테이블을 앞에 둔 상일의 등 뒤에 큰 유리창이 마치 병풍처럼 둘려 있다. 창가에 빛이 비스듬하게 들어왔지만 상일이 앉은 곳은 안쪽이라 그늘이 졌다. 그 옆 조금 떨어진 곳에 연정이 앉았다. 테이블 건너편에는 열대여섯 명이 앉았는데, 주로 유튜버, 인플루언서 들이었다. 몇몇은 카메라를 테이블 위 간이 촬영대에 올려놓기도 했다. 명목이 기자회견이었지 정작 기자는 세 명밖에 없었다. '청 테이프 강도 살인'

사건이라고 하니 언론은 별 관심을 보이지 않았다. 이미 대법원에서 종결되었으니 '죽은 사건'인 셈이다. 참석한 기자들은 그나마 연정과 친분이 있거나, 부근에서 점심을 먹은 김에 커피나 한잔할 겸 들른 이들이었다.

언제 시작합니까? 대충 모인 것 같으니 시작하시죠! 다들 한마디씩 던지고 있었다. 정식 회견이라기보다 혹시 재미있는 일이라도 있을까 두리번거리는 호사가들의 모임 같은 분위기다. 연정도 언제 시작할 거냐는 듯 상일을 쳐다보았다. 시선을 마주한 뒤 상일은 가볍게 기침을 했다. 이어 물을 한 모금 마시고는 입을 열었다.

"안녕하십니까. 저는 변상일이라고 합니다."

이어 바쁘신데 와 주셔서 감사하다, 어쩌고 하는 인사말이 이어졌다.

모인 사람들은 벌써 지루하다는 표정을 지었다. 다들 눈으로 재촉했다. 빨리빨리 본론을 시작하시오.

상일은 마른침을 한번 삼키고는 가방으로 손을 뻗었다. 주섬주섬하더니 종이를 몇 장 꺼냈다. 지난번 연정에게 건넸던 20년 전 판결문의 복사본이었다. 상일은 판결문의 범죄 사실 부분을 읽다시피 하며 사건을 설명하고는 말을 덧붙였다.

"……딸이 이 사고로 크게 다쳤죠. 아주 크게요."

그 짧은 이야기조차 힘들었는지 긴 한숨을 내쉬었다.

"……말씀드렸다시피 음주 운전이었습니다. 전치 14주라지만 딸은 거의 식물인간이 됐죠. 근데, 범인은 집행유예를 받았습니다. 네, 집행유예요. 선고를 받은 날 바로 석방되더군요……. 제 아내가 판사님한테 형이 너무 약한 거 아니냐고 항의했는데, 과실범이라서 그렇답니다. ……그 뒤로 저희 집은 풍비박산이 났지요. 딸은 사고 후유증에다 합병증으로 결국 세상을 뜨고 말았습니다. 2년 뒤, 아내도 세상을 떠났습니다. 딸을 따라간 거겠죠……. 그렇게 20년이 지났습니다……."

상일은 탄식하듯 재차 깊은 한숨을 쉬었다. 하지만 청중 대부분은 지루하다는 표정이었다. 안타까운 사연이지만 남일이고 지난 일이다. 그래서 뭐? 그런 이야기 들으러 온 게 아닌데? 그들의 잠을 깨우듯 상일이 말했다.

"제가 죽였습니다."

청중이 그 뜻을 이해하고 깨어나는 데에는 시간이 필요했다. 정적이 흘렀다. 그걸 덮듯이 상일의 말이 이어졌다.

"제가 청 테이프 살인의 진범입니다."

봇물이 터지듯 정적이 무너졌다. 오! 정말? 이거야! 웅성웅성. 청중 사이에서 온갖 말이 튀어나왔다. 놀라지 않고 있는 사람은 연정뿐이었다. 몇몇은 다짜고짜 상일에게 질문을 퍼부었다. 상일은 제지하듯이 한 손을 가볍게 들었다.

"죄송합니다. 지금 좀 숨이 가빠서요, 우선 제가 나머지 말씀을 다 올리겠습니다. 길진 않을 겁니다……."

상일은 거칠게 호흡을 몰아쉬었다. 좌중은 다시 조용해졌다.

"작년 봄인가요, 진단을 받았습니다. 의사 선생님이 폐암 4기라고 하더군요. 1년 정도 남았다고요. 아마도 딸과 아내를 잃은 뒤 담배를 너무 피워 댄 때문인 것 같습니다. 인생의 끝을 마주하고 보니 허무했습니다만 온갖 감상적인 얘기는 여기서 의미가 없겠죠. 다만 딱 한 가지가 가슴에 맺혔습니다. 우리 딸. 억울하게 죽은 우리 딸 말이죠. 도무지 말이 안 되는 재판이었습니다. 고민도, 생각도 많이 했습니다. 그 과정은 다 생략하겠습니다. 결국 전 마음먹었습니다. 딸을 죽인 자를 내가 직접 심판하기로."

"그럼 청 테이프 살인의 피해자가 20년 전 음주 운전 가해자였습니까?"

큰 목소리로 질문한 사람은 젊은 유튜버였다. 상일은 고개를 끄덕였다.

"맞습니다. 장봉호."

오오, 청중이 술렁였다. 상일은 가방에서 무언가를 꺼냈다. 주민등록증이었다.

"그날 강도로 위장해 장봉호를 살해하고, 현장에서 가져온 장봉호의 신분증입니다. 제가 살해했단 말이 사실이란 게 이걸로 증명될 거라고 생각합니다."

앞자리에 앉은 이가 주민등록증을 집어 들여다보더니 고개를 끄덕끄덕했고, 옆자리 사람에게 넘겼다. 그 역시 놀란 얼굴로 들여다보았다. 누군가는 사진을 찍고, 누군가는 영상 촬영을 했다.

"장봉호를 추적하고, 살해하는 일은 그리 어렵지 않았습니다. 더구나 얼마 남지 않은 목숨, 잡혀도 상관없었지요. 다만, 제겐 한 가지 더 남은 일이 있었습니다."

"뭡니까?"

조금 전의 그 유튜버가 다시 큰 음성으로 물었다.

"그…… 법이란 것에게 한 방 먹이고 싶었습니다."

그의 말에 좌중이 일순 조용해졌다.

"상식으로 이해 안 가는 판결을 해 놓고, 그것이 법이라 우기는 법관들도요."

연정은 시선을 살포시 내렸다. 차마 그 순간 상일의 표정을 보기 힘들었다. 역시. 짐작한 대로. 어쩌면 그가 오늘 이 모임을 가지고 싶어 한 이유도, 연정이 그 부탁을 거절하지 못한 이유도 여기에 있을지 몰랐다.

상일은 연정을 힐긋 보았다. 그러고는 무언가를 확인한

듯 안심한 눈빛을 하고는 다시 말을 이었다.

"장봉호의 집을 알아 놓고서 기회를 엿보고 있었습니다. 그러던 중에 제가 아는 누군가가 절도와 장물 취급으로 경찰에 걸려들었습니다. 그 친구는 동료 장물아비를 경찰에 알리지 않으면 괘씸죄로 경을 칠 판이었어요. 그렇다고 동료를 팔아넘길 수도 없고, 고민 중이었죠. 전 그 친구를 찾아갔습니다. 내가 뒤집어써 주겠다, 내가 그 장물을 산 걸로 해 주겠다. 친구는 무척 좋아하더군요. 그 직후에, 그때가 작년 늦가을이었지요, 홍천으로 가서 며칠간 주변을 살핀 후 11월 2일 장봉호를 살해했습니다. 그러고는 부산으로 돌아와 친구와 말을 맞추었습니다. 실제로 친구가 훔친 물건은 모 유력 정치인의 집에서 가져온 물방울 다이아였는데 금거북으로 급을 낮춰 주었으니 더 좋아하더군요. 금거북이는 장봉호 방에서 가지고 나온 겁니다만 그건 아무도 알 수 없었죠. 전 장물 취득으로 재판을 받고 유죄를 받았습니다. 무려 대법원에서도요……"

연정이 찾아갔을 때, 도둑인 김맹기는 돌연 버젓한 고물상을 차리고 건실한 생활을 하고 있었다. 몰수를 피한 물방울 다이아를 처분한 돈이었겠지. 상일은 가쁜 숨을 몇 번 더 쉰 다음 말했다.

"언젠가 체포될 것은 각오했습니다. 아니, 제 계획이었죠.

만약 지문이 드러나지 않았다면 장봉호의 주민등록증 같은 다른 증거를 슬쩍 흘릴 생각이었습니다. 다행히도, 쪽 지문이 추적됐고, 장물 사건이 확정된 뒤에 체포되었습니다. 그리고 전 장물 사건의 판결문을 공판에서 내밀었습니다. 살인이 있던 날 나는 부산에서 장물을 산 걸로 이미 처벌받았고 그 높으신 대법원에서도 그렇다고 했는데, 이제 와서 무슨 살인이냐고요. 그때 하얗게 질리던 판사와 검사의 얼굴…… 지금도 기억에 선하네요. 결국 무죄를 받았죠. 제 지문이 있는 테이프가 살인에 쓰였는데도요.

장물 재판에서 저는 일부러 무죄를 강하게 주장했습니다. 그날 거기서 장물을 사지 않았다고요. 그런데도, 판사님은 제가 했다고 판단했습니다. 저 높은 대법관님들도요. 그래 놓고는 이제 와 말을 바꿀 수 없었던 거지요. 자그마치 '법'이니까요. 어쩌면…… 그 장물 사건 판결에도 불구하고 제가 살인으로 유죄를 받았더라면 그나마 법을 다시 보고 존경했을지도 모르겠습니다. 하지만 역시나, 그렇더군요. 법은 진실이 무엇인지는 관심이 없었어요. 그들에게는 법의 체면이 더 중요했던 겁니다……."

연정은 차마 마음으로부터 부정할 수 없었다. 설사 변상일이 살인했다고 믿었더라도 판사들은 그를 유죄로 판결할 수 없었으리라. 그랬다가는 비웃음을 살 테니까. 법의 '권위'

가 흔들린다고 생각했을 테니까. '법의 수호자들'에겐 진실보다 법의 체면이 앞선다. 그것은 살인자 한 명을 풀어 주는 일보다 훨씬 중요했다. 묻어 둘 수밖에 없다. 강도 살인은 아닌 것으로 하자……. 그런 법을, 진실을 외면한 판관들을 변상일은 처절하리만큼 조롱하고 있었다. 그리고 그 조롱의 완성이 바로 이 자리였다. 자신의 죄를 공개적으로 밝힘으로써 완벽한 체하던 법의 머리 위로 흙탕물을 졸졸 들이붓고 있었다.

좌중은 조용했다. 각자의 감상에 잠긴 듯했다. 연정은 문득 깨달았다. 상일이 굳이 자신을 찾아온 것도 결국 여기까지 생각한 거였나. 언론이나 SNS에 자주 나오는 변호사니까 이런 자리를 만들기도 쉽다고 판단했겠지. 그래서 내가 사건을 맡겠다고 하자 지나칠 정도로 좋아했어…….

누군가가 갑자기 큰 소리로 물었다.

"일사부재리니까 이젠 무슨 말을 털어놔도 처벌 안 받는다 이거죠? 살인이든 뭐든. 그래서 막가는 겁니까?"

거의 감정적이리만큼 공격적인 말투였다. 연정도 아는, 법률 콘텐츠를 다루는 젊은 유튜버였다. 자극적인 영상을 만들려는 의도가 빤히 보였다. 하지만 상일은 미동도 하지 않았다.

"……그렇게도 보이겠네요."

상일은 그렇게 말하더니 자리에서 일어났다. 의자를 테이블로 밀어 넣고 천천히 창가로 걸어갔다. 모두가 말없이 시선으로 그를 좇았다. 사선으로 들어온 쨍한 햇빛에 비친 표정은 더할 나위 없이 맑아 보였다. 방금 살인을 고백한 얼굴이 아이러니하게도 마치 모든 욕망을 초극한 성자의 얼굴 같았다.

입술이 달싹하며 마치 중얼거림 같은 말이 새어 나왔다.

"20년…… 밤이 길었습니다……. 정말 지긋지긋하게요……."

서러움이 깃든 탄식 같은 말에 다들 멍해 있었다. 무슨 말을 하려는 걸까. 상일은 빙그레 웃었다.

"이제야 푹 잘 수 있겠네요. ……후회는 없습니다. 아니, 실은 모든 걸 털어 내고 홀가분하게 갈 수 있어서 너무 좋습니다. 이제 때가 되었네요. 세상에서 유일하게 사랑했던 딸과 아내 곁으로 갈 때가."

말을 마치는 것과 동시에 상일은 창을 향해 한 발을 쭉 내디뎠다.

"안 돼!"

연정이 새파래진 얼굴로 달렸다. 기자회견이라고 하니 한풀이를 할 거라곤 생각했지만 이런 선택을 할 줄은 몰랐다. 굳이 고층을 원했던 이유가 이런 거였나? 안 돼! 이건 아니란 말이야!

하지만 늦었다. 연정의 팔은 상일의 옷깃을 스칠 뿐이었다.

쨍그랑!

상일이 몸을 날리는 게 조금 빨랐다.

저런! 헉! 사람들이 우르르 달려왔다.

하지만 이미 13층 창 너머로 상일이 모습을 감춘 뒤였다.

연정은 깨진 창문 밖으로 목을 내밀고 아래를 내려다보았다. 보도 위에 하늘을 향해 누운 상일의 모습이 보였다. 꽤 멀었기에 상일의 조그만 사체는 인형처럼 현실감이 없었다.

왠지 얼굴만은 마치 눈앞에 있는 듯 생생했다. 마치 길고도 먼 여행 끝에 마침내 짐을 벗은 사람처럼 편안해 보였다.

당신의
천
국

문이 열렸고 명환은 고개를 들었다. 방문객은 금세 들어오지 않았다. 목발이 먼저 보였다. 이어 절뚝거리는 다리가 보였다. 천천히 드러난 여자의 몸은 왜소했고, 걸음은 심하게 기우뚱거렸다. 오른편 겨드랑이에 낀 목발에 아직 익숙하지 않은 듯 보였다. 반대편 자유로운 왼손은 큰 가방을 들고 있다.

"안녕하세요."

여자는 고개를 겨우 들어 인사했다. 명환은 여자를 도우러 일어섰지만 여자는 급히 다시 입을 열었다.

"아뇨, 괜찮아요. 혼자서 할 수 있어요."

복도에서 사무실까지 들어오려면 구조상 부속실을 한 번 더 거쳐야 하는데 그곳은 지금 비어 있다. 굳이 도움을 구하지 않고 불편한 몸으로 혼자서 문 두 개를 열고 들어온 것이다. 이 여자는 자존심이 꽤 센 것 같다. 아니면 장애를 가진 몸에 아직 마음이 적응하지 못한 탓이거나.

여자가 책상 건너 맞은편 의자에 힘들게 앉는 동안 명환은 가만히 앉아 있었다. 아까의 태도로 보아 서툴게 도움의 손길을 내밀다간 기분을 더 상하게 할지 몰랐다. 헐렁한 검정 바지, 자줏빛 티셔츠 차림의 여자는 가방을 옆 의자에 올려놓고, 목발을 옆벽에 기댔다.

여자의 얼굴을 찬찬히 뜯어보았다. 전화상의 목소리로는 30대 전후일 거라고 예상했지만 실제로는 더 어린 나이인 것 같았다. 웃자란 넝쿨처럼 헝클어진 머리카락이 얼굴 왼쪽을 가렸고, 남은 얼굴에는 힘든 삶이 새겨져 있다. 눈꺼풀은 처졌고 입매도 풀어졌다. 거친 피부 아래로 젊음이 비쳐 보였기에 더 암울했다. 명환은 생각했다. 이 여자는 곧 자살이라도 해 버릴 사람 같아. 도와야 해. 사연을 들어 보기도 전에 그런 사명감 같은 것이 치솟았다.

"어제 전화드린 박성혜예요."

"네, 어서 오세요."

"최명환 선생님 맞으시죠?"

"네. 맞아요. 어제 우리 통화했죠."

성혜는 가방을 뒤적거리더니 포장된 물건을 꺼냈다. 풀어 보니 마카다미아가 든 초콜릿이다. 성혜는 초콜릿 포장을 주섬주섬 뜯으며 말했다.

"보잘것없어서 죄송해요……."

"뭘 이런 걸 가져와요? 편하게 이야기하시다 가면 되는데."

명환은 짐짓 인자하게 웃었다. 거절하면 여자의 마음을 상하게 할 것 같다. 선물이 마음에 든다는 티를 내 주어야 했다.

"죄송한데요, 목이 마른데 물 좀 주실 수 있겠어요?"

여자는 힘겹게 말했다. 그제야 명환은 물 한 잔 갖다주지 않았다는 걸 깨달았다. 명환은 부속실로 나가 찬장에서 찻잔을 두 개 꺼냈다. 녹차 티백을 한 개씩 넣고 조그만 전기 포트형 정수기의 뜨거운 물이 나오는 버튼을 눌렀다.

저 여자의 예의 바른 화법이 마음에 들어. 문득 그런 생각이 들었다. 하긴 항상 그랬다. 거칠게 살아온 사람들도 명환 앞에서는 착했다. 그들에게 명환은 도움의 손길을 줄 수 있는 마지막 사람이었으니까.

국회의원 최명환. 이 직함은 꽤 쓸모 있었다.

의원이 되기 전에는 '정신문화의 정화'를 외쳐 온 사회운동가로서의 긴 세월이 있었다. 그에게는 사회의 마음이 썩어 간다는 위기의식이 늘 있었다. 무차별적인 방종을 보고만 있을 순 없었다. 이제는 케케묵어 아무도 돌보지 않는 그

것, 숨이 끊어져 가는 도덕 되살리기. 그것이 명환의 고민이었다. 현장에서 일해 온 지 벌써 30년이 되어 간다. 굴곡은 있었다. 처음에는 어떤 사회단체에 들어가 일했다. 하지만 곧 몸에 맞지 않는 옷을 입은 거북함을 느꼈다. 어딘가 성에 차지 않았고, 명환이 지향하는 수준에는 모자랐다. 어차피 결정권을 갖지 못한 단체였고, 결정권자에게 호소하는 데에 그치는 활동에는 한계가 있다고 생각했다. 그마저도 단체의 의사 결정 과정을 거치다 보면 명환이 갖던 명징한 주장은 두루뭉술해지기 마련이었다. 얼마 후 명환은 단체를 나왔다.

한동안은 혼자서 글을 쓰고 현장을 다니며 고군분투했다. 하지만 단독 활동은 곧 또 다른 한계에 부딪혔다. 소위 '말발'이 먹히지 않는 것이다. 뒤에 어떤 조직이나 권력의 그림자가 비치지 않으면 무시당하기 일쑤였다. '꼰대, 윤리 보이'라는 비하도 여러 번 당했다. 그러던 명환에게 기회가 왔다. 나름대로 이름이 알려진 명환을 눈여겨본 정당에서 높은 비례대표 순번을 주었고, 선거 없이 수월하게 의원 배지를 달았다. 그 후 명환의 활동은 탄탄대로였다. 이전투구의 정치판에서 정신의 가치를 외치는 명환의 주장은 오히려 신선하게 받아들여졌고, 당내에서의 위상도 올라갔다. 언젠가 SNS에 '대중은 쥐 떼다. 따를 게 아니라 가르칠 대상이다.'라고 썼다가 대판 욕먹은 일이 위기라면 위기였지만, 금세 잊혔다. 국회의원이라는 명함은 명환의 존재감을 몇 배나 높여 주었다. 그건 명환을 위해서도, 명환이 추구하는 '공동체의 가치'와 '정신문화'를 위해서도 좋은 일이리라. 그렇게 믿고 있다.

지역구는 없지만 명환은 자신이 거주하는 T시 외곽에 조용한 개인 사무실을 하나 얻었다. 회기가 아닌 때는 이렇게 틈틈이 사무실에 나와서 지역의 사람들을 만나곤 했다. 아직 '의원님'보다는 '선생님'이라고 불리는 때가 많았다. 그들은 자신을 '인생의 어른'으로 여기며 온갖 일을 털어놓고 도움을 요청하곤 했다. 명환은 싫지 않았다. 남을 돕고 가르침을 주는 일은 즐거웠고, 또 그렇게 인심을 쌓다 보면 다음번엔 지역구 의원도 가능할 일이었다.

어제 명환에게 전화를 주었던 이 여자, 박성혜는 조용히 상담을 원한다는 뜻을 전했다. 명환은 아무도 없는 시간에 사무실로 찾아오도록 약속을 잡았다.

찻물을 다 받은 명환은 사무실로 들어갔다. 자리에 앉아 앞에 한 개씩 찻잔을 밀어 넣을 때까지도 성혜는 망부석처럼 아무런 움직임이 없었다. 시야 안에 찻잔이 들어오고 나서야 성혜는 "감사합니다." 하며 고개를 가볍게 숙였다. 마치 찻잔에다 대고 하는 인사 같다.

성혜는 손을 들어 왼쪽 얼굴을 덮은 머리카락을 천천히 넘겼다. 명환은 흡, 하고 신음을 내며 손등으로 입을 가렸다.

왼쪽 눈알이 없었다. 그 아래로 마치 돌쩌귀에 끼인 듯 찌그러진 눈두덩이 있었다.

명환은 고개를 돌리고 싶었지만 참았다.

"추악하죠?"

성혜가 말했다.

"아……니에요."

아니라고 하면서도 명환은 조금 머뭇거리고 말았다. 성혜는 처량하게 웃었다. 웃음조차 기괴했다.

"예전에는 좀 예쁘단 얘기도 들었어요. 근데 이렇게 되고 나선 남자들이 괴물이라도 본 것처럼 다 도망쳐요."

"……외모가 다는 아니에요. 마음이 중요한 거죠."

명환은 애써 말했지만 위로하기에는 터무니없이 부족했다.

성혜는 명환을 물끄러미 쳐다보았다. 잠시 후 둑이 터지듯 눈물이 주르르 흘러내렸다. 성혜는 책상 위에 엎드려 얼굴을 묻었다. 그리고 소리 내어 울음을 터뜨렸다.

명환은 조금 당황했지만 이내 평정을 되찾았다. 성혜의 뒤통수를 뒤덮은 넝쿨 같은 머리칼을 침착하게 내려다보았다. 잠시 후 손을 뻗어 책상 위에 널브러진 성혜의 손을 잡았다. 가늘게 떨고 있었다.

그다지 드문 상황은 아니었다. 자신을 찾아올 정도면 힘든 삶을 살았고, 그 가운데에서도 특히 힘든 순간에 처한 때였다. 들어오면서부터 눈물을 글썽이는 이들도 종종 있었다. 엎어진 여자의 등 너머로 벽에 기대어 놓은 목발에 눈길이 갔다. 이 여자는 어떤 종류의 피해자일까. 산업재해? 가정 폭력?

한바탕 눈물을 쏟아 낸 성혜는 겨우 추스르고 고개를 들었다.

"선생님, 전……."

"그래요. 편하게 얘기해요."

명환의 다정한 말에 성혜는 울컥한 것 같다. 그녀는 고개를 푹 꺾었다.

"사람을 죽였어요."

명환은 화들짝 놀라 성혜의 손을 놓았다.

살인이라니.

이 여자는 잘못 찾아왔다. 경찰에 찾아가야 할 일인데. 이 여자는 착각하고 있는 게 아닐까. 정치인이니까 뭐든지 보호의 손길을 내밀어 줄 수 있을 거라고? 무슨 상담이든 당장 거절해야 한다. 잘 타일러 돌려보내야 한다. 경찰서에 가서 자수부터 하라고.

막 입을 열던 명환은 퍼뜩 어떤 생각을 떠올렸다. 혹시 성혜는 가정 폭력 때문에 살인을 저지른 게 아닐까. 심한 상처를 입은 얼굴과 목발을 보면······. 그런 사건들이 있다는 건 알고 있다. 무작정 경찰한테 보내기보다 이야기를 들어 보는 게 우선이다. 그런 다음 방향을 정하자. 그렇게 마음을 고쳐먹었다.

"누구를 죽였단 거예요?"

"······제가 제일 미운 사람이요."

명환은 성혜의 다음 말을 기다렸다.

"전 모든 걸 잃었어요. 이런 몸으로 더 살고 싶지 않았어요. 그래서 자살하기로 마음먹었답니다."

명환은 흠칫 놀랐다. 하지만 무작정 말리기보다는 말을 좀 더 들어야겠다고 생각했다.

"혼자 죽기 억울했어요. 너무너무. 그래서 결심했죠. 어차피 죽는 거, 저승길 동무로 정말 미운 인간, 날 이 꼴로 만든 인간 딱 한 명만은 데리고 갈 거야, 그렇게 말이에요."

정서가 심각하게 불안정해 보였다. 이런 경우에는 실컷 말을 하게 하면 크게 도움이 된다. 그게 당장 그녀가 누굴 죽였는지 우격다짐으로 밝히는 일보다 먼저였다.

"저런. 무슨 사연인지 모르겠지만 이야기해 줄 수 있어요?"

명환은 조심스레 물었다.

성혜의 뺨에 다시 눈물이 흘러내렸다. 한쪽 눈에서만 눈물이 흐르는 모습은 섬뜩하기까지 했지만 명환은 시선을 돌리지 않았다.

그녀가 입술을 떼기까지 그렇게 많은 시간이 걸리지는 않았다. 어차피 이야기를 하러 이곳을 찾아온 것일 테니까.

이윽고 성혜는 고개를 한번 끄덕했다.

그녀는 오른편 벽에 기대어 놓은 목발을 한번 힐끔 쳐다보고는 이야기를 시작했다.

사실 선생님께 전화를 드리면서도 많이 망설였어요. 자칫하면 넋두리가 될지도 모르고 울음만 터져 나올까 봐서요. 결국 마음을 정했고, 따뜻하게 받아 주셔서 정말 감사하게 생각해요.

제가 금방 사람을 죽였다고 했던가요? 그랬죠…… 분명히. 바로 조금 전에 말해 놓고도. 요즘 정신이 오락가락해서요……. 네, 사람을 죽였어요. 지금 멀쩡해 보여도 마음은 사시나무 떨듯 떨고 있어요. 희망이 없고 인생을 포기했는데도 말이죠. 무슨 짓이든 저지를 수 있다고 생각했는데, 정작 이렇게 떨릴 줄은 몰랐어요.

왜 인생을 포기했냐고요? ……보고 계시지 않나요? 다리는 불구고 한쪽 눈을 잃었어요. 원래부터 이렇지는 않았답니다.

제 이야기를 하려면 아무래도 어린 시절까지 거슬러 올라가야 할 것 같아요. 겨우 스물아홉 살밖에 안 된 여자가 무슨 옛날이야기냐고 탓하진 마세요. 제가 어떤 아이였는지를 말씀드려야 저를, 제 인생을 이해시켜 드릴 수 있을 것 같아서요.

어린 시절에는 이곳 T시에서 살았어요. 여기는 아시다시피 그렇게 부자 동네는 아니죠. 저희 집은 양판동이라고, 아시죠? 볼품없는 집들이 다닥다닥 붙어 있는 그 동네예요.

아빠는 생활보단 꿈을 좇는 사람이었어요. 젊은 시절부터 영화에 뜻을 두고 영화 촬영 담당 스태프로 일했죠. 근데 그런 일이란 게 늘 있는 것도 아니고, 보수란 것도 촬영팀에 몇천만 원 하는 식으로 한꺼번에 나오면 촬영 감독이 큰 몫을 가져가고 나머지 기사들이 나눠 갖는 구조이다 보니 아빠 손에 떨어지는 돈은 얼마 되지 않았답니다. 그래도 그런 아빠의 열정에 반해 엄마는 결혼까지 했더랬죠. 하지만 결국은 생활고를 견디지 못하고 오빠와 나를 남겨 두고 가 버렸어요. 제가 초등학교 3학년인가 4학년을 다니던 무렵이었는데, 지금까지도 엄마 소식을 모른답니다. 제가 엄마를 많이 그리워했던 것 같진 않네요.

뭐, 사는 동네만 봐도 짐작하시겠지만, 가난했어요. 지겹도록 가난에 익숙했어요. 그게 없으면 오히려 이상할 만큼

이요. 없는 집 아이들이 크면서 겪는 배고픔이나 어려움 같은 건 대략 다 비슷할 테니 그 부분은 넘어갈게요.

아빠는 좋은 분이셨어요. 하지만 그것도 이혼하기 전까지였다고 해야겠네요. 엄마하고 헤어진 뒤로는 심이 빠져 버린 연필처럼 넋이 나간 채 멍해졌던 것 같아요. 그나마 아빠를 지탱하고 있던 마지막 기운이 쑥 하고 빠져나가 버렸다고나 할까요. 아빠는 재혼할 생각도 않으셨어요. 늘 묵묵히 일하셨고, 가끔 소주 한잔. 오빠하고 날 먹여 살려야 한다는 마음은 버리지 않았지만 거의 기계적인, 뼈다귀만 남은 책임감? 그런 거였던 것 같아요. 그럭저럭 굶지는 않게 해 주었지만 그 이외의 우리 생활이나 공부에는 아무런 관심이 없었어요. 아니, 그만한 여력도 없으셨을 거예요. 남은 힘을 짜내 최저생계비에 가까운 돈을 벌어 오는 것이 아빠의 최대한이었던 거죠.

고등학생이 되고는 곧 집을 나와 혼자 지냈어요. 제 의지로요. 제 안에서 자유를 갈구했나 봐요. 굳이 밖에서 이유를 찾는다면 오빠 탓이라고 하는 게 맞을 거예요. 오빠는 어릴 적부터 남자임을 내세우며 으스대는 마초적 성향이 있었는데, 엄마가 집을 나간 뒤부터는 아주 가관이었어요. 독재자처럼 굴었죠. 동생을 키우는 닭 정도로밖에 여기지 않은 인간. 하지만 경멸과 증오는 표면의 감정이었어요.

제가 오빠한테 가진 진정한 감정은 무서움이었어요. 오빠는 늘 큰 소리로 기를 죽였고, 제멋대로 화를 냈고, 저를 시종처럼 부렸어요. 불러서 3초 내로 달려오지 않으면 기합을 준답시고 때렸어요. 영하 20도의 한겨울에 게임기 연결 잭을 사 오라며 시내까지 심부름을 시키기도 했고, 성적이 떨어졌다는 이유로 엎드려뻗쳐를 시켜 놓고 매질도 했답니다. 괴물보다 무서웠고, 말소리만 들려도 벌벌 떨었답니다. 방과 후엔 집에 들어가기 싫어서 시내를 하염없이 헤매었죠. 참 어이없죠?

그런 노예 비슷한 관계가 만들어진 데는 오빠의 성격 탓도 있지만 반대되는 제 성격도 한 몫 한 것 같아요. 저는 원래 기가 약해서 남의 부탁을 잘 거절하지 못하고, 다른 사람의 기분을 먼저 헤아리느라 웬만하면 상대가 하자는 대로 해 주는 편이었어요. 주변 사람들이 착하다, 착하다 하니까 그 평판을 놓치고 싶지 않아서 더 그랬는지도 몰라요. 그 칭찬이란 게 결국 자기들 편한 대로 날 주무를 수 있어서 좋다는 말의 다른 표현인 것도 모르고 말이죠.

제가 어린 나이에 너무 사람을 삐딱하게 본다고요? 글쎄요…… 죄송하지만 저처럼 살아오지 않은 분께 그런 말은 듣고 싶지 않아요. 제가 선생님께 꾸중 들으러 온 건 아니잖아요. 후훗, 지금은 이런 말도 당차게 할 수 있을 만큼 변했네요. 아니, 사실 제 기질은 조금도 바뀌지 않은 건지도 몰라요. 그저 생을 놓아 버리려는 이 순간, 텅 빈 마음에서 오히려 어떤 힘이 생겨나는 것 같아요. 끈적끈적하게 감겨드는 남의 시선을 뿌리칠 수도 있고, 제 진실을 마주할 용기도 비로소 갖게 된 거 같아요. 아무튼.

아마 오빠가 없었다면 전 그 지긋지긋한 가난을 저주하며 물욕을 좇는 쪽으로 나갔을지도 몰라요. 하지만 그 미친놈, 아니 오빠가 집 안에서 왕 놀이를 할수록 전 안으로 안으로 숨어들어 갔답니다.

아빠는 재미있는 옛날 소설이나 만화책 같은 걸 집에 쌓아 두고 있었어요. 아마도 직업 때문이기도 했겠죠. 전 골방에서 그 책들을 뒤적이며 어린 시절을 보냈어요. 딱히 놀 거리가 없어서가 아니었어요. 전 그 시간이 너무너무 좋았거든요. 행복이라기보다는, 괴로운 현실을 피할 수 있었으니까요. 현실에 없는 파랑새를 머릿속 세상에서 찾았나 봐요. 소설을 덮고 나면 잠들기 전 저만의 세상을 그렸답니다. 그 안에서 전 팝스타가 되기도 하고 여전사가 되어 세상 구석구석을 방랑했답니다. 부끄럽지만 너무너무 예쁜 아이가 되어 세상의 멋진 남자애들이 저를 좇아다니는 꿈도 꾸었고요. 또 다른 제가 다른 세상에서 살고 있었어요. 초라한 현실의 저와는 비교도 되지 않는 멋진 인생을 말이죠. 저만이 아는 저만이 몰래 세운 공상의 세계. 그 안에서 위안을 찾고, 더 나아가선 천국을 엿보았던 거죠.

고등학교 때부턴가, 그런 걸 글로 끄적이기 시작했어요. 주로 예쁜 여주인공이 멋진 남자들에 둘러싸여 로맨스를 벌이는 얘기들이었죠. 친구들은 하나둘씩 제 글을 가져다 읽곤 했어요. 근데, 이상한 일이 일어났어요. 다들 너무 재미있다는 거예요. 반에 소문이 돌고, 아이들은 빨리 다음 이야기를 쓰라며 재촉했죠. 어느 날엔 학교 일진 아이가 와서는 그래요. "성혜 건드리면 다 죽어!" 그러면서 저한테 눈을 찡긋해요. 다음 편을 자기한테 제일 먼저 보여 달라고요. 하하하. 얼마나 으쓱했는지. 전 깨달았죠. 제 이야기를 사람들이 재미있어한다는 걸요. 세상으로부터 도망쳐 저 혼자만의 세상으로 들어와 꿈꾸며 끄적인 게 오히려 세상과의 통로가 된다는 걸 알았을 때 그 놀라움, 기쁨, 고양감. 아마 선생님은 잘 모르실 거예요.

전 자연스럽게 작가를 꿈꾸기 시작했어요. 대학엘 가서도 공부는 제쳐 두고 글 쓰는 법에 관한 책을 읽고 강연을 듣고, 유튜브 영상도 찾아봤죠. 제가 지향한 건 순문학이 아녔어요. 사람들을 즐겁게 하고 그래서 사람들이 절 좋아해 주는 게 좋았어요. 그래서 그런 걸 썼죠. 재미있는 이야기, 사람들을 매혹시키는 그런 것들. 주로 쓴 건 동화 같은 연애

이야기였어요. 뭐, 솔직해야겠네요. 제가 글쓰기 자체를 너무나 좋아해서는 아니었어요. 문학에 대한 열정이나 철학이 있는 것도 아녔죠. 진정한 이유는, 그게 이 허름하고 진창 같은 세상에서 탈출할 수 있는 유일한 밧줄이었기 때문이었어요. 내가 가진 건 이 조그만 재능밖에 없었으니까요.

하지만 전 곧 벽에 맞닥뜨렸어요. 도무지 제 글을 받아 주는 데가 없었어요. 메이저 출판사는커녕 1인 출판사 같은 데도 원고를 들이밀어 봤지만 다 거절. 역시 그때까지 제가 쓴 글은 애들 사이에서나 통하던 판타지였어요. 공짜니까 읽었던 것, 혹독한 평가 없이 맘껏 쓴 글, 기대감 없이 봤으니까 재미있었던 이야기. 딱 그 정도였던 거죠. 돈을 받고 글을 팔아야 하는 '리얼 월드'에선 전혀 먹히지 않았어요. 전 열일곱 번째 거절 이메일을 받고선 꺼이꺼이 목 놓아 울었답니다. LED 스탠드 하나만 켜진 반지하 월세방에서 밤이 새도록요.

어떻게 해야 할까. 재능이 없는 걸까. 반딧불만 한 내 재주로는 이 난장판에서 살아남을 수 없는 걸까. 이제 어떻게 살아야 하나……. 희망을 잃어 가고 자신감 상실에 허우적대면서 오로지 몇 푼 돈을 벌기 위해 글을 쓰는 날들. 막노동 같은 글쓰기. 마치 모래알을 씹어 넘기는 심정이었죠.

그러다가, 전 필생의 은인 같은 사람을 만났어요. 작가 지망생들 몇 명이 모여서 호프를 마시는 자리였어요. 얼굴도 몇 번 본 적 없는 무명작가인데, 그날 술을 좀 마셨던 것 같아요. 제가 올린 짧은 소설을 두고 평을 하는데, "어차피 천박한 소설 쓰면서 점잖은 척은 또 더럽게 해요."라는 거였어요. 순간 그 자리에 정적이 일 정도로 얼어붙었죠. 상상이 되시나요. 전 멈칫했지만 곧 깔깔깔 웃었죠. 분위기를 무마하느라고요. 그제야 사람들도 적당히 따라 웃으며 넘어가긴 했어요. 하지만 맥주잔을 든 제 손은 덜덜 떨리고 있었답니다. 얼굴 근육은 제 통제를 벗어나 제멋대로의 형상으로 굳어 가기 시작했어요. 집에 와서도 화를 참을 수 없었죠. 분노로 밤을 하얗게 새웠답니다. 왜 그 자리에서 받아치지 못하고 웃음으로 넘겼을까. 가슴을 치며 자책했어요. 고소할까 생각도 했고요. 아니, 실은 이름도 잘 기억 안 나는 그자를 아예 죽여 버릴까 생각도 했어요. 그러다 아침이 되고 낮이 되고 날이 바뀌었어요. 자포자기하는 심정이 되어 시간이 지나면 잊히겠지, 그렇게 생각했어요. 그런데 이상하게요, 그 말이 마음에서 도무지 지워지지 않는 거예요. 몇 날 며칠 가슴을 부여잡고 떠나가지 않았어요. 자꾸만 커지는 자명종 소리처럼 머릿속에서 뎅뎅 울렸어요.

그런데, 그런 사람이 왜 은인이냐고요? 괴로웠던 만큼 전바뀌었으니까요. 아주 철저히요. 동정해 주며 좋은 말로 순간의 위안을 준 친구보다 상처를 후벼 파고 아예 도려내 버린 적, 그 처절한 적이 제겐 더 도움이 되었으니까요.

그래, 어차피 순문학 할 거 아니잖아? 노벨상 탈 거야? 품위 지킨다고 그 판에서 날 받아 줄 거 같아? 어차피 내가 추구하는 건 재미야. 이야기. 사람들을 홀리고 홀딱 반하게 만들 이야기. 퀄리티? 수준? 그딴 건 모르겠어. 무조건 많은 사람이 좋아하면 돼. 품격이니 문법이니 왜 필요해. 그래, 아주 제대로 망가지자. 여기에 내 취향이란 건 없어. 사람들을 자극하고 몰려들게 만들면 돼. 마음속 깊은 곳 사람들의 쾌락 버튼을 스윽 건드리는 이야기. 그런 게 필요해. 작품이라는 탈을 쓰지만, 교묘하게 죄의식과 줄타기하며 은밀한 즐거움을 건드리는 것. 그런 것. 그걸 찾아야 해.

난 변했어요. 완전히. 이전과는 다른 사람, 아니 다른 작가가 된 거죠. 난 드라마를 연구하기 시작했어요. 돈을 벌려면 책 같은 것보단 드라마 대본을 써야 한다고 결론 내린 거죠. 시청률 어중간하게 나온 것들 말고, 무조건 탑을 찍은 드라마들. 욕을 먹었건 아니건 그런 건 안중에도 없었어요. 오직 시청률. 많은 사람들이 본 드라마. 그게 바로 사람들이 좋아했단 증거 아니겠어요?

그중에서도 어느 정도 작품성을 인정받은 드라마들은 또 제외했어요. 인기 있으면서 작품성까지 챙기는 건 너무 힘든 거 아니겠어요? 그러다 보니, 제가 관심을 두게 된 건 소위 '막장'이라고 하는 드라마들이었어요. 제가 봐도 재미있더라고요. 그리고 거부감도 없었어요. 전혀. 오히려 인간들의 모습을 있는 대로, 적나라하게 그렸다고만 생각되더라고요. 사람들이 욕하는 건 어쩌면 그 드라마들이 자신들의 모습을 너무 솔직하게 그렸기 때문에, 들통난 기분에 그런 건지도 모르죠. '아니야, 우린 이렇지 않아!'라면서요. 어딘지 발끈한 듯한 모습 같지 않나요?

처절하리만큼 철저한 막장극을 하나 썼어요. ……네? 스토리요? ……제가 아무리 낯이 두꺼워졌어도 선생님같이 점잖은 분 앞에서 제 각본 이야기를 하려니 차마 입이 안 떨어지네요. 그래도 괜찮다고요? 네…… 실은 상류사회에 들어가기 위해 수단과 방법을 가리지 않는 여자 이야기예요. 미스터리도 섞였죠. 어떤 미스터리냐고요? ……여자는 재벌가 장남을 유혹해요. 근데 그 아들이 알고 보니 상속에서 팽 당한 핫바지였던 거예요. 그래서 둘째 아들로 갈아타요. 장남이 질척대니까 여자를 추종하는 남자 놈을 사주해서 몰래 살해해 버리죠. 둘째 아들과의 결혼이 임박했는데, 셋째 아들이 유학에서 돌아오고, 이 여자한테 반해 버리는 거예요. 재벌 회장은 이 셋째 아들을 내심 후계자로 삼고 있었고요. 그걸 안 여자는 다시 살인마를 사주해서 살인을 계

획하는데…… 네, 그렇게 전개되는 이야기예요. 역시…… 안
색이 변하시는군요. 아…… 네…… 드라마 얘긴 그만하고
제 이야기를 계속해도 괜찮겠죠?

아무튼, 제 첫 각본은 통했어요! 제작사 관계자 눈에 띄어
서 초고속으로 투자를 받고 드라마 제작에 들어갔답니다.
오로지 판매만을 목적으로 쓴 상업의 정화. 내면의 울림 따
윈 개나 줘 버리고 철저히 기획으로 생산해 낸 글. 그게 먹
혔던 거예요. 근데, 저 자신도 작품에 떳떳하진 못했나 봐
요. '신시아'라고, 필명으로 한 걸 보면 말이에요.

첫 드라마 첫 회가 나왔을 때, 반지하 월세방에서 오른쪽
모퉁이에 색이 번진 17인치 TV로 지켜보면서 얼마나 마음
을 졸였던지! 드라마가 끝난 뒤 눈가가 시큰했어요. 됐다 싶
더라고요. 서둘러 댓글 창을 봤어요. '첫 회부터 과몰입', '다
음 회까지 어떻게 기다림?', '작가 신시아가 누구야?' 호평 일
색이더라고요. 전 아예 눈물을 펑펑 흘렸어요. 이제 됐다,
된 거야.

드라마의 인기는 고공 행진이었어요. 끝까지 높은 시청률
을 기록했더랬죠. 아쉽게도 탑은 못 찍었지만 동 시간대 드
라마 중에 3위를 차지하는 좋은 결과였어요.

막장이다, 서사가 개연성이 없다, 말초신경만을 자극한다,
비판도 꽤 있었죠. 대중문화 평론가란 사람 두어 명이 독설

을 퍼부었어요. '시청자의 정서를 망친다, 이런 드라마가 제작된다는 건 한류에 독이다.'라고까지 했어요. 이런 드라마? 막장? 그렇다고 쳐요. 근데 왜 유독 내 드라마에만? 균형 잃은 개자식들. 전 불쾌했지만 으레 있기 마련인 질투 정도로 여겼어요. 그냥 두면 제풀에 사그라지는 조그만 쥐뿔 같은 것. 어쩌면 제 드라마가 탑은 아니었기 때문에 그런 반응도 격렬하진 않았던 것 같아요. 하지만 그땐 성공에 도취해서 그런 반응을 과소평가했던 거예요. 무서움을 몰랐던 거죠. 별것 아닌 애가 성공하는 꼴을 절대 보아주지 못하는 이 세상 사람들의 무서움을……

드라마 완결편도 나기 전에 벌써 차기작을 계약하자는 제안이 여러 건 들어왔어요. 이전에는 제 글을 거들떠보지도 않던 유수한 제작사들로부터요. 제 몸값은 천정부지로 뛰었답니다. 제 글을 품평하고 가르치려 들던 사람들도, 적어도 제 눈앞에서는 싹 사라졌어요. 아, 성공의 달콤함이란. 또 다른 큰 변화는 돈이었어요. 첫 드라마 집필로 이미 꽤 큰 돈을 거머쥐고 곧 차기작 계약도 앞두었죠. 필시 첫 계약보다 몇 배의 고료와 대우를 받게 될 그 계약들이요. 갑자기 돈이 생기니 세상이 달라 보여요. 안 먹어도 배부르단 말을 이때 이해했답니다.

전 정말 오랜만에 T시 아빠 집엘 들렀어요. 그날도 아빤 소주잔을 들고 있었죠. 집을 떠났을 때보다 아주 많이 마르고 늙은 모습으로. 아빠는 절 보고 펑펑 울었어요. 신차 계약서를 드렸더니 눈물을 줄줄 흘리시더라고요. 무엇보다 통쾌했던 건 그 밉살스러운 오빠가 오줌 마려운 똥개처럼 제 눈치를 슬슬 보는 거예요. 처음 보는 낯빛이었어요. 무언가 곁다리 붙을 게 없나 살피는 모습이었어요. 하하하. 사람은 이런 맛에 성공하나 봐요. 옛말에 그거 있잖아요? 금의환향. 그걸 느낀 기분이었어요.

지난 시간을 돌이켜 보니 왜일까요, 웃음보단 눈물이 앞섰어요. 난파선 조각을 붙들고 망망대해를 떠다니는 것 같았거든요. 너무 힘들었어요. 죽을 만큼. 기초생활수급자로 겨우겨우 먹고살았는데. 젊다는 것 하나로 버텼는데. 식당으로, 편의점으로 온갖 파트타임 알바를 뛰면서 졸린 눈을 비벼 가며 되도 않는 글을 타이핑하던 그 시간들. 얼마나 막막했던지. 누구에게 기댈 수 없단 그 느낌이 말이에요.

아, 두 번째 드라마요? 바로 계약했죠. 원고도 나오기 전이었어요. 처음 쓴 드라마가 이만큼 성공한 건 방송가에서도 전례가 드문 거라고들 했지만 전 성에 차지 않았어요. 1등이 아니었잖아요. 아무래도 눈치를 보느라 제가 쓰고 싶은 만큼 못 썼던 것 같아 마음에 걸렸어요. 좋아, 내 생각이, 내 드라마가 통하는 걸 확인했어. 이젠 금기 따위 걸지 않고,

끝까지 가 보는 거야. 전 제 상상이 이끄는 대로, 세상에 있을 수 있는 스토리의 끝까지 가 보기로 했어요. 막돼먹은 서사 꾸며 내면서 미화한다고 폄훼하셔도 좋아요. 저도 작가, 창작자예요. 그걸 구상하는, 아니 공상하는 그 시간만큼은 정말 제게 순수한 자유였어요.

두 번째 드라마는 이런 거였어요. 이번에도 신분 상승을 간절하게 원하는 악녀가 주인공이에요. 자신의 육체적 매력을 너무나도 잘 알고 활용하는 여자죠. 그러면 안 된다는 세상의 도덕을 비웃으면서 말이죠. 이번에는 나이 차가 서른 살 이상 나는 재벌 회장이 상대예요. 첫 번째 막장에다 약간의 성적 코드를 가미한 거랄까요. 이 악녀는 처음에는 순수함을 꾸며 접근해요. 하지만 서서히 실체를 드러내죠. 말라비틀어져 가는 육체의 남자를 바로 그 육체의 쾌락으로 휘감아 버리는 거예요. 남자는 나이가 적으나 많으나 여자에 눈이 멀어 버리면 바보가 되는 것 아니겠어요? 어머, 죄송해요. 선생님 앞에서 이런 말을 하다니. 아무튼, 처음에 여자의 매력에 저항해 보려던 남자는 무너지고 완전히 여자의 손아귀에 떨어져요. 그리고 남자 주변의 적들을 하나하나 제거해 나가죠. 그 방법은 역시 여자의 육체…… 네, 줄거리 이야긴 그만할게요.

전 로맨스 드라마를 표방했지만 사람들은 '치정극'이란 이름을 붙이더군요. 어쨌든, 일은 초고속으로 진행됐어요. 대본이 채 완성되기도 전에 투자, 캐스팅이 완료되고 제작에 들어갔죠. 전 대본을 쓰면서 제가 쓴 드라마가 방영되는 걸 보았답니다. 이번엔 한결 여유 있었죠. 첫 회, 2회, 3회⋯⋯ 방영 후에는 어김없이 댓글 반응을 살펴보았고, 매일 아침 시청률을 체크했어요. 근데⋯⋯ 대박이었어요! 메이드로 들어온 주인공이 늙은 재벌 회장 앞에서 떨어뜨린 물건을 주우며 일부러 가슴골을 노출하고, 그걸 몰래 훔쳐보며 튀어나올 듯 커지는 회장의 눈, 그리고 그걸 알고 있는 여자의 눈이 같이 클로즈업되는 장면으로 끝났을 때부터 난리였어요. '너무 재미있다!', '쫄깃쫄깃, 빨리 다음 회를!', '역시 막장의 대가 신시아 작가!' 난 그 댓글들을 모조리 읽으면서 즐겼답니다. 욕하는 댓글들이 유독 다른 드라마보다 많긴 했지만 무시했어요. 재미있다는 쪽이 훨씬 많았으니까요. 시청률도 곧장 1위를 달성했어요.

전 신나게 글을 썼어요. 좋아, 이번에 제대로 먹혔어. 애당초 구상보다 더 밀어붙이는 거야. 2회, 3회까지도 열렬한 반응은 이어졌어요. 재벌 회장이 나름대로 저항해 보려던 주인공의 매력에 결국 무너지고 눈을 희번덕거리며 여자를 침대에 넘어뜨리던 때가 반응이 최고조였던 것 같아요. 그때 침대로 쓰러지는 여자의 눈동자는 회장의 몸을 넘어 천장의 빛나는 샹들리에를 응시하고 있었더랬죠. 근데, 4회쯤인가, 회장 주변 인물들이 방해꾼으로 등장하고, 회장의 동생과 아들이 줄줄이 주인공의 매력에 넘어가는 때부터 반응이 좀 이상해졌어요. '이게 뭐야, 너무 막 나간다, 이거 15금 맞아? 19금도 모자라.' 이런 글들이 올라오다가, 주인공이 실세로 떠오른 회장의 동생과 호텔 방에 들어선 때, '결국 또 이 ㅈㄹ, 또 벗기냐? 신시아표 막장.' 이런 글들이 올라왔고요, 그다음 화에선 아예 옮기기조차 힘들 만큼 험한 욕설이 드라마 게시판을 도배하기 시작했어요. 다음 화도, 다음 화도. 욕설과 악플은 심해져만 갔고, 간간이 있던 칭찬 글은 거의 자취를 감추었어요. 전 당황했죠. 왜 이럴까. 이런 거, 사람들이 좋아하는 거 아녔어? 혹시 누군가 내 성공을 질투해서 여론을 조작하는 건 아닐까…….

주변에서는 절 위로했어요. 그래도 시청률은 탑이잖아. 평판 따윈 신경 쓰지 마. 하긴, 이미 계약금은 받았고, 드라마가 망한다고 약속된 제 고료가 지급 안 되는 것도 아니니까요. 심지어 드라마 제작사는 오히려 좋아했어요. 어떤 이유로든 화제성이 곧 인기라고요. 욕먹는 건 그만큼 인기 있다는 반증이라고. 벌써 다음 작품도 계약하자고까지 했어요. 저도 뒤덮인 악플에 풀은 많이 죽었지만 그렇게 절망을 하거나 하진 않았어요. 어차피 이런 반응, 예상하고 쓴 거 아니었어? 막장의 끝까지 가 보자고 작정했던 거잖아? 예상대로인걸.

근데 조금 흐름이 달라진 건 드라마 중반 이후부터였어요. 이유는 모르겠지만 제 드라마가 사회의 건전한 성(性) 풍속을 해친다며 방영을 중지해 달라는 청원이 일어난 거예요. 처음 그 기사를 보았을 때 놀랐지만 여전히 주변에서는 드라마 인기의 증거라며 가벼이 취급했어요. 근데 그게 기사화되고 이곳저곳 인터넷 언론사에서 다루면서 자꾸 커져 가는 거예요. 급기야 'K-막장, 이대로 좋은가', '건전한 성 의식이 아쉬운 요즘 드라마'라는 기획 기사도 나왔어요. 연이은 언론의 때리기 때문일까요, 급기야 최후의 보루이던 시청률마저 급전직하하고 있었죠.

하필이면 왜 내 드라마에 이런 일이…… 끝났어…… 40배 상승한 주식이 하루아침에 상장폐지 됐어도 이보단 덜 억울했을 거예요. 너무 분했어요. 현실은 더 시궁창이면서! 점잖은 척들은!

그래도 어찌어찌 버틸 수 있었어요. 어차피 예상했던 반응에서 조금 더 나간 것뿐이야…… 어차피 그런 댓글이나 기사 들은 휘발유 냄새처럼 금세 지나가는 거니까…… 시청률이 바닥을 쳐도, 내게 남는 건 고액의 원고료와 차기작 계약 기회 같은 것이니까…….

그런데 얼마 후, 그렇게 근근이 버티던 저를 완전히 무너뜨린 사건이 일어났어요. 늦은 저녁, 집에서 모니터를 멍하니 응시하며 욕하는 댓글들을 톡톡 내려 보고 있었는데, 현관 벨이 울렸어요. 근데, 경찰이라며 모니터에 경찰수첩을 들이대는 거 아니겠어요? 놀라 문을 열었더니, 점퍼 차림의 험상궂은 남자 두 사람이 들어오더라고요. 경찰이 왔다는 사실도 겁났지만, 그 사람들의 표정도 너무 무서웠어요. 마치 절 잡아먹기라도 할 것처럼 딱딱한 표정이었어요.

"박성혜 씨죠? 신시아란 필명으로 글을 쓰는."

"네, 네……."

"연락이 안 돼서 직접 왔어요. 왜 휴대전화를 안 받으셨어요?"

"아, 네……."

그 무렵 머리가 너무 복잡해서 휴대전화를 꺼 두고 있었거든요.

"근데, 어떤…… 무슨 일이에요?"

겨우 힘을 내서 물었어요.

"음란물 제조죄로 고발이 들어와서요."

"음란물 제조죄요? 그게 무슨……."

너무나도 뜻밖의 말에 경악했답니다.

"드라마 있잖아요, 드라마."

형사가 짜증스럽단 듯 말했어요. 드라마? 내 드라마가 음란물? 순간 머릿속에서 하얀 폭발이 일었어요.

"무슨 말이에요! 제 드라마가 음란물이라고요?"

"그런 고발이 들어왔단 말입니다."

전 아무 말도 못 하고 입을 떡 벌렸어요.

"시민단체가 고발했어요. 젊은 여자가 영감하고 침대에서
뒹구는 걸 TV에서 방영하는 게 말이 되냐고."

그러면서 형사는 저를 똑바로 쳐다보았어요. 나를 경멸
하고 심판하는 듯한 눈길이었어요. 전 한동안 아무 말도 할
수 없었답니다. 형사들이 소환 날짜를 잡자며 뭐라고 몇 마
디 더 말을 했지만 귀에 들어오지 않았어요. 머릿속이 그저
하얘졌거든요. 잠시 정신이 딴 세상으로 가 버린 느낌이더라
고요.

형사들이 떠나고 겨우 정신을 차렸을 때 제일 먼저 든 느
낌은 의외로 그거였어요.

부끄러움.

정말 이루 말할 수 없이 수치스러웠어요. 음란물을 만들
었다는 혐의라니. 벌거벗은 채 토끼몰이를 당한 기분. 애당
초 그런 드라마를 썼으면서 뭐가 그리 부끄러웠냐고 생각
하실지도 모르겠네요. 그렇지 않으시다고요? 이해하신다고
요? 네…… 감사해요.

그런 고발, 무시하라고 하시겠죠. 어차피 유죄까진 안 된

다고요. 네, 물론 주변에서도 다들 그러더라고요. 근데, 당사자인 제가 느끼기엔 꼭 그렇지는 않더라고요. 제가 고발되었던 게 조그맣게 뉴스로 보도가 되었거든요. 드라마 작가를 음란물로 수사한다는 게 말이 되냐. 전 그런 여론이 일 줄 알았어요. 창작의 자유, 표현의 자유 같은 거창한 말을 앞세우지 않더라도, 그게 상식이고 합리일 줄 알았거든요. 근데, 그렇지 않았어요. '잘했다, 진작 고소미 먹였어야 했다.' 그런 건 막글이니 넘긴다고 쳐도, 진지하게 내 드라마가 해로우니 법으로 단죄해야 한다는 의견도 상당했어요. 그리고 시시각각 그런 여론이 힘을 얻어 가더라고요. 전체와 맥락은 사라지고 드라마의 일부 요소만을 뚝 떼서는 저질이라고 심판하고, 사회를 좀먹는 해충처럼 취급했어요.

약속된 날짜에 경찰에 가서 진술했어요. 생각보다 느낌이 좋지 않았어요. 으레 그런지 몰라도 형사는 딱딱한 태도로 절 범죄자 취급했어요. 무슨 멋있는 거악(巨惡)도 아니고, 기껏 음란물을 제조한 잡범. 고압적인 말투도 그렇지만 조사 내내 그 형사가 보낸 빈정거리는 눈빛을 잊을 수 없을 거예요. 그 모욕, 그 수치…… 경찰서를 나오며 머리를 쥐어뜯었어요. 왜 당당하지 못했을까, 왜 형사의 눈치를 그리 보았을까……

돌아오는 길, 차마 집까지도 이르지 못하고 골목길 어두운 데에 쪼그려 앉아 펑펑 울었어요. 누군가 그랬죠. 이것 또한 지나가리라고. 하지만 얼마나 견뎌야 할까? 앞으로 얼마나 견디고 버텨야 이 일이 지나갈까? 수사를 받고 재판까지 받고 2심, 3심…… 몇 년이 걸리는 걸까. 예측조차 안 된다는 게 더욱 무서운 일이었어요. 그 과정에서 얼마나 많은 조롱과 눈총을 받아야 하는 걸까. 음란물 제조범 박성혜…… 그 절망과 함께 그동안 살면서 겪었던 좋지 못한 감정들이 무리 지어 한꺼번에 몰아닥쳤어요.

집에 돌아와 침대에 몸을 던졌어요. 겨우 든 생각은 얼마일지 알 수 없는 시간이 지나지 않으면 도저히 빠져나갈 길이 없단 거였어요. 그 시간을 도저히 견딜 엄두가 나지 않았어요. 끝장이야. 밑바닥에서 기어올라 겨우 달콤한 성공의 과실을 맛보나 했는데, 문턱에서 이게 무슨 꼴이람. 세상은 그리 호락호락하지 않았어요. 드라마 작가로서 다시는 글을 쓰지 못할 것은 물론, 불결한 인물로 낙인찍혀 법정에 서서 손가락질을 받다가 결국……. 아, 사람들은 위로했어요. 그런 일은 해프닝이라고. 무혐의로 끝나고 법정에까진 안 설 거라고. 하지만 전 당사자잖아요. 그런 냉정하고 객관적인 판단은 제삼자일 때만 가능한 거잖아요. 제 불안감은 의지로 지울 수 있는 게 아니었어요. 이성으로는 별것 아니라 했지만, 더러운 것을 보는 듯한 형사들의 그 눈빛을 떠올리면 또 자신이 없었어요. 지금도 저의 정신을 갉아먹는 악플들인데, 언제까지 가게 되는 걸까. 법정에서 많은 사람들의 경멸 어린 시선을 한 몸에 받으며 고개를 숙이는 제 모습이 자꾸 그려졌어요. 온갖 미칠 듯한 상상만이 이어졌어요. 아빠는 얼마나 실망할까. 안 그래도 성치 않은 몸, 충격으로 완전히 쓰러져 버릴지도 몰라.

저는 침대에 앉아 거세게 도리질을 쳤어요. 혹시라도 이게 나쁜 꿈이라면 깨게 해 달라고. 어느 순간 제 손발을 찬찬히 내려다봤죠. 마치 짚신벌레의 꾸물거리는 섬모처럼 하찮게 여겨졌어요. 이딴 게 다 뭐란 말이야. 남은 게 없어……. 한 번도 멋지게 산 적 없는 년. 벌레처럼 기다가 쏟아지는 세상 사람들의 손가락질이나 받고. 거기다 희번덕 떠오르는, 늑대처럼 히죽 웃고 있을 오빠의 모습…… 도저히…….

아마 전 그때 일시적으로 미쳤나 봐요. 그냥 끝이라는 생각 말곤 아무것도 할 수 없었죠. 이 모든 걸 피하고 싶어. 내가 없어지면 다 끝나겠지? 절망이라는 감정이 거대한 해일처럼, 그것도 급성으로 몰아닥친 상태였다고나 할까요. 전무엇에 홀린 듯 창가로 걸어갔어요. 그리고 창밖으로 몸을 던졌어요.

그때 죽었어야 했어요. 깨어나지 말았어야 했어요. 정신을 차려 보니 병원 침대였고, 사물이 잘 보이지 않았고, 몸은 움직이지 않았답니다. 지금 보시는 대로예요. 얼굴 한쪽이 뭉개졌고, 눈알 하나를 완전히 잃었죠. 다리 하나도요.

겨우 목숨을 건졌지만, 전 그때 이미 죽었어요.

집을 정리하고 이곳 T시의 아빠 집에 완전히 들어왔어요. 몸이 이렇게 되니 혼자 살 수 없겠더라고요. 오빠는 원래의 미친개로 돌아와 저를 향해 이를 갈다가 집을 나가더군요.

며칠을 방바닥에 누워 울었답니다. 한 눈을 잃으니 눈물도 한쪽으로만 나오데요. 아빠는 저를 측은한 눈길로 보며 아무 말이 없었지만 그게 더 견디기 힘들었어요. 한밤중에 혼자 소주를 병째 기울이며 꺼이꺼이 우시는 모습을 우연히 보지 않았더라면 제 마음이 아마 덜 아팠을 텐데요.

제 삶이 하나하나 잘려 나가는 걸 지켜보았어요. 전 아무 것도 할 수 없었죠. 성한 몸으로도 그랬는데 이런 몸으로야 뭘. 제 마음도 조금씩 죽어 갔어요. 살아 있는지 죽어 있는지조차 모르게 되었죠. 아빠는 그 아픈 몸으로 막노동이라도 하겠다며 날이 밝으면 어딘가로 나갔어요.

······어머, 제 얘기를 들어 주시느라 아직 차를 한 모금도 드시지 않았네요. 잠깐 쉬면서 목이라도 축이세요. 네? 제가 예의가 바르다고요? 감사합니다······. 하지만 대부분의 사람들은 그렇게 생각 안 할걸요. 제가 했던 일이 어떤 건지를 전 이번에 깨달았답니다.

제 투신은 외부에 알려지지 않았는데, 차라리 다행이었어요. 그 무렵 한국 드라마의 건전성을 점검한다는 어떤 기획 기사가 시리즈로 나왔어요. 제 드라마도 슬쩍 언급되었더라고요. 물론 나쁜 표본으로요. 그때 처음 객관적인 입장이 된 것 같아요. 남들 눈에는 어떻게 보이는지, 이런 드라마를 쓰는 게 얼마나 욕을 먹는 일인지 처음으로 실감했어요. 제가 그 안에 있을 때는 나쁘다는 생각 자체를 못 했는데…… 아니, 할 수가 없었죠. 그때의 저는 그렇게 할 수밖에 없었으니까요. 다른 식으로 쓸 거라는 생각조차 못 했으니까요. 그런 작품은 누구나 쓰는 거니까, 그저 돈을 조금 받는 것뿐이니까, 사람들이 쉬쉬하면서도 다 좋아하는 거니까, 이해받을 수 있을 거라고 순진하게 생각했어요. 막상 일이 불거지고 보니 어디서도 옹호받지 못하는 무섭디무서운 사회악으로 취급되고 있었어요.

그 무렵 우연히 선생님이 신문에 쓰신 칼럼을 읽었어요. '합법적인 관음증, 우리 사회를 좀먹는다'라는 제목의 글, 기억나시죠? 그걸 이렇게 오려 갖고 다녀요. 워낙 인상적인 글이어서요.

문화 산물로 포장된 사실상의 음란물은 그게 정상으로 위장되어 있다는 점에서 청소년뿐만 아니라 우리 사회의 건전한 성 의식에 미치는 부작용이 더욱 심각하다. 이런 부적절한 문화의 범람에 대해 긍정적인 측면을 주장하는 이들도 있다. 본능적인 욕구를 억제하기보다는 대리 만족을 통해 표출하도록 하는 쪽이 낫다는 것이다. 실로 기만적인 주장이다. 차라리 내 관음증을 방해하지 말라고 하는 게 솔직한 것 아닐까. 자극은 자극을 부르고, 음란은 무의식을 물들일 뿐이다. 창작의 자유를 억압하지 말라는 말도 한다. 하지만 모름지기 창작의 자유를 불결한 욕구를 포장하는 구실로 쓰지 말아야 한다. 우리의 행동에 도덕이란 제한이 있듯이 자유에도 한계가 있다. 사회의 관용 아래 독버섯처럼 피어난 음란물은 정서적으로 왜곡된 성 가치관을 갖게 할 뿐이다. 사회 공동체는 물질보다 의식으로 유지되며 그 의식의 핵에 도덕이 있다. 그 도덕이 더 이상 지탱하는 도구로 유용하지 않다면 법이 나설 수밖에 없다. 방탕한 자들이 저지른 정신의 폭력에 대해 사회는 방위 행위를 할 권리가 있다…….

정확히 내 건너편에 있는 생각. 뭐랄까요, 이게 사회인 거구나. 그런 기분이 들었어요. 자유란 것의 허상. 자유는 타고나는 권리가 아니라 허락받는 것이었구나. 어쩌면 내가 세상을 너무 우습게 보았어. 도덕이니 관습 같은 벽은 아득히 멀리 있는 것 같지만, 그 끝에 도달하면 용서가 없는 거구나. 그렇게 느꼈죠. 선생님을 찾아오게 된 계기가 된 글이었어요. 일종의 고해성사랄까요. 물론 선생님이 같은 T시에 계시다는 것도 큰 이유였지만요.

그런데, 그런데 말이죠. 사람이 그렇더라고요. 제가 한 일이 어떻게 받아들여지는지 충분히 알았는데요, 그래도 너무 억울했어요. 내가 뭘 그렇게 잘못했는지 하는 생각이 자꾸만 드는 거예요. 비록 잡스러운 글을 썼지만 남한테 해 끼치지는 않고 살았는데. 슬쩍 표절해 놓고도 뻔뻔하게 넘어가는 드라마도 있는데. 적어도 난 그 짓은 안 했는데……. 왜 나만? 가족을 잃고 몸은 엉망이 되고 돈도 평판도 바닥나고…… 다 잃었어요. 남은 게 없었어요. 장애인 보조금으로 겨우 장만한 목발 하나만이 제 곁에 있었어요.

어두컴컴한 방 안에서 내리 잠을 자고 일어나면 물만 조금 마시곤 다시 자고, 가끔 인터넷 켜 보고…… 그러면서 며칠이 지났어요. 오랜만에 거울을 보았더니 외눈박이에 다리를 저는 괴물이 비쳤어요. 마음이 허허로워지데요. 욕심도 없어지고, 미련도 없어지고. 머릿속에 남은 건 오직 한 가지 생각뿐이었어요.

이제 그만 편해지고 싶어. 다 잊고 싶어.

없어지고 싶어.

죽고 싶어.

그래서 전 그렇게 하기로 결심했어요. 자살, 말이죠.

홋. 갑자기 표정이 심각해지시네요. 그러실 필요 없어요. 뭐라고 설득하시든 제 마음이 바뀌지도 않을 거고요. 아빠한테는 밥만 축내는 제가 없는 쪽이 더 낫겠죠.

제가 오늘 드릴 얘기는 제 죽음에 관한 게 아니에요. 아까, 제가 사람을 죽였다고 했죠? 그것에 관한 이야기예요.

막상 죽으려고 생각하니까 다른 아쉬움, 미련 같은 건 없는데, 자꾸만 어떤 기분이 오롯이 고개를 쳐들더라고요.

억울해. 왜 나만.

어차피 죽는 거, 저승길 동무로 정말 미운 인간 딱 한 명만은 데리고 갈 거야.

날 이 꼴로 만든 인간들 중 딱 한 명만.

놀라시네요. 뭐, 제가 평소에 잔인한 걸 좋아하는 사람은 아니에요. 끔찍한 장면이 나오는 영화는 잘 못 보고요. 오히려 마음이 여리단 얘길 많이 들었답니다. 될 수 있으면 착하게 살려고도 했고요. 하지만 그것도 다 살 때의 이야기예요. 제가 죽는데, 세상에서 없어지는데, 도덕이 다 뭐고, 살인이 다 뭐란 말이에요? 억울하고 억울해서 참을 수 없었어요. 혼자 쓸쓸히 간다고 하니 외로웠는지도 모르겠어요.

스스로 이유를 더 묻거나 캐고 싶진 않아요. 그럴 여유 따윈 저한테 없었답니다. 제 마음의 유혹이랄까, 결심이랄까 그게 확고하다는 사실, 그것만이 중요했죠.

누굴 데려갈까? 생각해 봤어요.

저를 고발한 시민단체요? ……믿죠. 아마 눈앞에 있었으면 당장…… 근데, 일단 사람이 많으니 책임이 흐릿해져요. 누굴 타깃으로 하기가 힘들더라고요, 무엇보다 저 개인을 표적 삼은 게 아니란 생각이었어요. 그 단체는 그런 일에 고발을 일삼는 곳이었는데, 존재감 높이려고 으레 해 온 짓이었어요. 말하자면 여론의 꼭두각시 정도의 역할이었달까요.

네? 그럼 혹시 제가 무너지니까 뒤도 안 보고 도망친 드라마 제작사 관계자들이 대상이 아니었냐고요? 설마요. 아무리 그래도 제 작품을 사 준 곳인데. 거액의 고료를 주고 잠깐의 꿈을 꾸게 해 준 사람들인데. 제가 여론의 폭격을 받자 도망친 건 인지상정 아니겠어요? 그들은 그저 이윤을 따른 것뿐. 물론 등 돌린 건 밉지만 한땐 절 위해 주었죠. 이젠 그런 기억조차 가물가물해요.

퍼뜩 떠오른 증오의 대상은 따로 있었어요.

형사.

절 취조하면서 마치 벌레 보듯 하던 그 더러운 자식 말이에요. 그 눈길, 그 목소리, 건들거리는 그 태도. 그때 제가 받았던 그 모욕, 도저히 잊을 수 없었죠. 그 앞에서 벌벌 떨며 굴종했던 저 자신을 용서할 수 없는 만큼 그런 제 앞에 있었던 그자를 용서할 수 없었어요. 발가벗은 내 정신을 물끄러미 날것 그대로 들여다보는 그 시선. 말할 수 없는 수치를 안긴 그 인간.

전 그 형사를 죽이기로 결심했어요. 겨우 몸을 추스르고 일어났어요. 목발을 짚고 전철을 한참 타고 T시 경찰서 앞까지 갔어요. 장애인 교통카드 덕분에 다행히 전철은 무료였네요.

막상 경찰서 앞에 가니 막막하데요. 우선은 어떤 계획 없이 막연히 찾아가 본 거였긴 했지만, 찾던 형사를 살해하기는커녕 어떻게 만나야 할지도 모르겠는 거예요. 그런데 마침 운이 좋았던지, 경찰서 앞을 서성이고 있는데, 누가 먼저 "박성혜 씨." 하고 부르며 알은척하는 거예요. 돌아보았더니 저를 취조했던 그 형사였어요! 전 당황해서 머리를 조금 숙였어요.

"몸은 좀 괜찮아요?"

형사는 머리카락으로 가려진 제 왼쪽 얼굴과 목발을 번갈아 쳐다보면서 물었어요. 그 형사는 조사 직후 제가 투신한 걸 알고 있었던 거죠.

"네…… 그럭저럭."

"이렇게 된 걸 보니 정말……."

그 사람은 왠지 미안하다는 말을 하려 했는데 삼킨 것 같다는 느낌을 받았어요. 대신 다른 말을 하더군요.

"점심시간도 됐는데, 가시죠. 요 앞에 잘하는 국밥집이 있어요."

전 말없이 고개를 끄덕이고 그 형사를 따라갔어요. 아, 근데 왠지 벌써 그 형사를 향한 살의가 흐물흐물 없어지는 것 같았어요. 그렇게나 불태웠던 적의인데…… 아마 그 형사가 저를 보는 눈에서 단순한 동정이 아니라 공감하는 듯한 마음을 읽었는지 모르겠어요. 별 대화 없이 국밥을 다 먹고 형사가 비로소 그 말을 했어요.

"미안해요."

진심이 담긴 것처럼 느껴졌어요. 전 그만 울컥하고 말았답니다.

"그렇게 될 줄 정말 몰랐습니다. 그저 형식적인 조사 과정이었어요. 제가 좀 무리했습니다. 죄송합니다."

전 아무 말도 할 수 없었어요. 그저 성한 오른 눈으로 그 형사를 지그시 노려볼 뿐이었죠. 들끓던 화는 식어 버렸지만 그래도 그렇게 노려보기라도 해야 할 것 같았어요. 제가 겨우 입을 열었어요.

"……왜 그렇게까지 하셨어요? 마치 날 중범죄자처럼……."

형사의 이마에 땀이 번졌어요. 그게 국밥의 더운 김 때문이었는지 아니면 난처해서였는지는 모르겠네요.

"······솔직히 나도 그런 조사는 하고 싶지 않았어요. 왜 비싼 세금으로 쓸데없이 그런 데가 힘을 쏟는지, 짜증 납니다. 좀 더 중요한 사건 현장을 뛰고 싶거든요. 강력 사건 같은."

그 무섭던 형사가 그 순간 왜 그리 초라해 보이던지요.

"요즘 여론이 그랬잖아요. 막장 드라마 혼내 주라고. 경찰 이래 봤자 여론 눈치 볼 수밖에 없거든요. 서장도 제대로 하는 척이라도 하라고······ 저기 윗분들이 눈살을 찌푸렸다나 뭐라나. 아무튼 뭐 우리 서가 하도 얻어맞다 보니 눈에 보이는 실적도 올려야 했고······ 박성혜 씨는 여러 가지로 참 재수가 없었던 거죠······."

형사는 고개를 숙였어요.

그때였어요. 내가 누구를 미워해야 하는지 명확히 알게 된 거 말이에요. 아니, 내가 누구를 정말 미워하는지를요. 그때까지 어렴풋하게 마음에 걸리던 게 있었는데, 그 형사를 만난 후에 비로소 명확해지더라고요.

형사는 제 눈앞에 있었기 때문에 당장 미웠어요. 하지만 그 사람은 그저 물 위에 떠다니는 거품에 불과했던 거예요. 스스로 의지를 가지고 밀어붙인 인간이라기보단 역할극에서 한 역할을 맡은 배우 정도. 저도 물론 알고는 있었지요. 하지만 그래도 당장 눈앞의 그 사람이 원망스러웠는데······

정작 만나고 이야기를 나누면서 그 형사에 대한 저의 미움은 식더라고요.

사람들의 관심은 얕아요. 산들바람처럼 스치고 지나가는 것에 불과하죠. 근데 그 깃털처럼 가벼운 말들이 모여 단단한 망치가 되어 제 발밑을 부수고, 제 생계를 무너뜨렸어요. 왜냐하면요, 그 거품들 밑바닥에는 거품을 일으킨 실재가 있었거든요. 어떤 거대한 정신 같은 것 말이에요.

그 정신은 도덕으로 포장된 통제욕, 어디에도 비교할 수 없을 만큼의 격렬한 미움, 그리고 폭발이었어요. 제가 악플 세례도 받고 쌍욕도 들었지만 가장 끔찍한 게 어떤 거였는지 아세요? 뭔가 그럴듯하고 어려운 말로 높은 데서 날 심판하고, 이름 짓고, 분석하는 말들이었어요. 살았던 흔적은 모조리 부정되고, 난 그저 없어져야 할 인간, 근절의 대상에 불과했어요. 길 잃은 고양이를 불쌍히 여겨 밥을 주고, 버스에 오르시는 할머니를 부축하고, 방긋 웃는 아기 손가락을 따스하게 잡아 주던 내 모습은 모두 지워지고, 난 오직 질 낮은 글을 생산해 사회를 좀먹는 괴물로서만 존재하더라고요. 날 심판한 그 거룩한 정신이 가장 크게 놓치고 있는 게 뭔지 아세요? 하루하루 고단한 인생살이에 시달리며 저처럼 힘든 나날을 이어 가는 시청자들한테 내 글이 위안을 주었단 거예요. 그건 아무것도 아닌가요? 거룩한 당신들은 할

114

수 있는 일이었나요?

……왜인 거죠? 보기 싫으면 안 보면 되잖아요. 왜 다른 사람도 못 보게 막는 거죠? 왜 쓰는 것도 막는 거죠? 제가 "TV를 봐." 하며 그분들 목을 틀어쥐기라도 했나요? 내가 쓴다고요. 보려는 사람만 본다고요. 그게 재미있다고, 그것만 봐야 한다고 소리 높인 적 있었나요? 선생님 세계에 난 침범하지 않았는데, 왜 선생님은 제 세상을 함부로 이리 자르고 저리 자르고 하는 거죠? 선생님이 무슨 자격으로요? 그건 당신만의 천국이지, 제 건 아니에요. 자유에도 한계가 있다고요? 설마요. 선생님이 그 힘을 쥐기 전에는 자유를 달라고 부르짖지 않았던가요? 근데 왜 이제 와 말을 바꾸시는 거죠? 그 자유와 이 자유는 다른가요?

미웠어요. 그 '위대한 정신'이, '거룩함'이. 도덕이라는 시시한 물건을 강매하는 깡패에 불과한 자식이. 그러면서도 끝끝내 내건 그 고상한 가면이! 그 위선이!

위대한 정신은 분명 내 삶을 짓누르는 실재였지만, 추상적인 존재였어요. 너무너무 역겹고 밉지만 죽일 수가 없더라고요. 그래서 인간을 택했어요. 그 고상한 정신을 상징하는 훌륭한 인간이신 선생님을요.

죽여 버릴 거예요. 그 탓에 제가 죽는데 못 할 이유가 있나요? 전 그 정신이, 아니 선생님이 미워요. 죽일 만큼. 그래서 죽이려고 해요. 아니, 이미 죽였다고 해야겠네요.

안색이 새파래지셨군요. 슬슬 효과가 나오나 봐요.

들어오기 전, 바깥에 있는 생수통에 약을 풀어 넣었어요. 청산가리는 꽤 센 독약이랍니다. 선생님이 조금 전에 마신 찻잔 안에도 들어갔을 거예요. 목이 마르시게 하려고 견과류가 든 초콜릿을 일부러 가져왔어요. 독하게 마음을 먹고 왔어도 막상 독을 풀어 넣으려니 손이 덜덜덜 떨리긴 하데요. 그 순간 전 이미 사람을 죽인 셈이죠. 지금은 제가 선생님을 구하고 싶다 해도 구할 수 없어요. 뭐, 구할 마음도 없지만요.

아. 이젠 얼굴이 완전히 새하얘지셨네요. 눈동자도 풀어지고. 약이 완전히 퍼진 모양이에요. 그렇게 고통스럽진 않으실 거예요. 느끼는 것과 거의 동시에 즉사한다고 하니까요…….

명환은 언제부턴가 성혜의 말을 듣고 있지 않았다. 속이 따갑고 토할 것 같았다. 무언가가 위장을 마구 휘저어 놓은 것 같았다. 성혜의 말이 채 끝나기 전에 마지막 힘을 짜내 일어나 허우적대며 사무실을 나섰다. 빠져나가야 한다는 생각뿐이었다. 성혜는 명환을 제지하지 않았다. 사형수의 마지막 걸음에 관용을 베푸는 망나니처럼 처연한 얼굴이었다. 뒤를 힐끔 돌아본 명환은 말을 마친 성혜가 자신 앞에 놓인 찻잔을 들이켜는 장면만을 보았을 뿐이다.

명환은 성혜가 쫓아올까 봐 있는 힘을 다해 엘리베이터까지 걸어갔다. 문을 닫고 버튼을 누를 무렵엔 벌써 창자까지 타들어 가는 것 같았다. 일찍이 경험해 보지 못한 고통이 배에서부터 위장을 거쳐 식도를 타고 올라왔다.

어서 저 여자한테서 도망쳐야 해. 그리고 도움을 요청해야 해.

엘리베이터는 지하 1층에 멎었다. 바로 옆에 명환의 차가 주차되어 있다. 명환은 차 문을 향해 발걸음을 내딛다가 차의 보닛 위에 엎어졌다. 비대한 몸이 쓰러지자 철판이 우는 소리가 났고, 그 충격으로 며칠 전부터 덜렁거리던 벤츠 엠블럼이 깨져 날아갔다.

의식이 가물거렸다. 하지만 그 와중에도 한 줄기 또렷한 생각은 있었다. 이것이 내 삶의 마지막은 아닐 거야. 이렇게 시시하게 끝날 리 없어. 절대로…….

지하 주차장 출입문이 열리고 황급히 뛰어오는 사람들의 발소리가 아득하게 들려왔다.

완전
범죄

완전범죄.

누군가는 청춘이라는 단어를 들을 때 가슴이 떨린다고 하지만, 어떤 이는 이 단어를 들을 때마다 그런 모양이다. 그게 살인쯤 되면 더 매혹적일까. 나는 인간이 착해서 살인하지 않는다고는 믿지 않는다. 그들 손에 데스노트를 쥐여 줘 보라. 인류의 절반은 순식간에 사라질 것이다. 나머지도 한 달 안에 먼지가 된다.

범죄는 저질렀을 때 끝나는 게 아니다. 사람을 죽이고 감방에 가는 건 아무나 할 수 있다. 미학적으로 형편없다. 손익도 최악이다. 가장 손쉬운 인생 낭비. 그런 범죄는 의미 없다. 포식자니 사이코패스니 해 봤자 유사 인류 수준의 어리석은 선택일 뿐이다.

범죄는 들키지 않을 때 비로소 완성된다. 슈뢰딩거의 고양이 같은 것이랄까. 눈으로 보기 전까지는 존재하지 않다가 눈으로 보는 순간 모습을 드러낸다. 잡히지 않으면 범죄도 없다.

'살인'이 있었다. 하지만 범인을 모른다. 누가, 왜 했는지 알 수 없다. 아니, 나는, 나만은 알고 있다. 범인이 누구인지, 그가 왜 그런 짓을 했는지. 하지만 고발할 수 없다.

규칙, 규칙, 규칙! 인간이 사회랍시고 개미 수준의 군집 생활을 하면서 시답잖게 만들어 놓은 거추장스러운 룰 따위, 이 범인은 가볍게 밟아 부수고는 유유히 사라지려 한다. 개미의 모래성을 밟는, 개미 위의 존재. 이보다 통렬한 조롱이 어디 있을까.

그럴 것 같지 않은 사람이 저지르는 동기는 돈이 아닌 쪽이 좋다. 아니, 아무도 짐작하기 어려운 동기일수록 좋다. 도무지 처벌할 수 없는 완전범죄. 살인.

그 이야기를 지금 털어놓으려 한다.

경찰에서 처음 사건이 송치되었을 때는 '과실치사'였다. 말하자면 고의 살해가 아니며, 피해자가 사망한 건 그저 피의자의 실수라는 거였다.

검사라는 직의 미묘한 난이도는 이런 때에 결정된다. 표면상 누가 봐도 기껏해야 과실이었고, 그대로 법원으로 패스시키면 할 일이 많이 준다. 남은 시간에 일찍 퇴근할 수도 있고, 한가로이 인터넷 서핑을 하거나 인스타그램에 사진을 올릴 수도 있다. 하지만 그 사건은 그런 유혹을 모두 이길 만큼 검사로서의 내 촉을 간질간질 건드렸고, 결국은 수사 기록을 책상 중앙에 슬그머니 가져다 놓고 이걸 어떻게 하나, 노려보게 만들었다.

피의자는 석지연이라는 36세의 독신 여성이었다. 주로 여성 고객을 상대하는 마사지 숍을 운영하고 있었다. 숨진 여성은 28세의 방미래로 마사지 숍의 직원이었다. 사장과 직원으로 만났지만, 석지연은 오갈 데 없는 피해자를 동정해서인지 얼마 안 가 방미래를 자신의 집에서 지내게끔 해 주었다. 두 사람이 8개월째 같이 살던 무렵 이 사건이 일어났다.

직업상 죽음의 얼굴을 많이 본다. 죽음은 모두를 평등하게 만드는 걸까. 그 얼굴에는 미모도 박색도 사라지고, 부귀도 가난도 없다. 죽음을 본 공포도 당혹도 없다. 그저 무심하게 낮잠을 자는 듯할 뿐. 피해자 방미래도 이런 주검 사진으로밖에 보지 못했다. 그러니 딱히 '인상'이랄 것도 없다. 피의자 석지연 또한 내 앞에 조사를 위해 앉았을 때 특별한 느낌을 받지 못했다. 깃이 올라간 블라우스와 치마를 단정하게 입고 조사를 받으러 왔다. 연갈색으로 염색된 단발머리를 한 평범한 30대 여성. 지하철에서 많이 본 듯한 얼굴. 그저 고집을 드러내는 앙다문 입술이 눈에 띄는 정도랄까. 수수한 인상 탓에 경찰은 높은 범죄성을 의심해 보지 못했는지도 모른다.

방미래는 어쨌든 '병사'다. 뇌출혈로 사망했다는 건데, 석지연이 범죄의 혐의를 받고 수사를 받은 데에는 상황의 특수성이 있었다.

"검사님은 제가 책임이 있단 건가요?"

최초의 신문 시, 석지연은 무심한 얼굴로 물었다. 경찰이 과실치사 정도의 결론을 내린 사건이다. 잘못돼 봐야 금고형의 집행유예 정도. 게다가 불구속으로 송치되었으니 자신감을 얻은 듯하다. 기를 꺾어 두어야 했다. 나는 딱딱하게 말했다.

"그걸 알아보기 위해 부른 겁니다."

"……."

"그날 밤 무슨 일이 있었는지 자세히 말해 보세요."

"경찰에서 있는 대로 다 말했는데……."

"그 진실성 판단은 내가 합니다."

단호한 내 태도가 의외였던 모양이다. 잠시 후 석지연의 얼굴에 표정이 떠올랐다. 기억을 떠올리기 괴로운 듯했는데, 왠지 만들어 낸 것처럼 느껴졌다. 그 표정이 떠오르기까지의 '잠시'는, 이 검사는 조금 다른 견해를 가지고 있는 것 같다, 뻣뻣하게 나가서는 안 되겠다, 그런 계산에 걸린 시간이었으리라. 작위적인 연출, 연기. 어쩌면 내가 석지연에게서 나쁜 예감을 받은 건 이때부터였던 것 같다.

"그날 전 일찍 집에 들어가 있었고요, 미래는 술에 취한 모습으로 밤늦게 들어오더라고요. 그때가 한 11시 다 되어서예요. 전 거실에서 TV로 드라마 재방을 보고 있었는데, 화장실에 들어간 미래가 통 나오질 않는 거예요. 그래서 화장실 문을 열어 봤죠. 그랬더니……."

"그때가 몇 시쯤 되었습니까?"

"드라마가 끝난 때니까…… 12시 조금 넘었을 거예요."

"그렇군요. 화장실 문을 열어 보니까 어떤 상태든가요?"

"화장실 벽에 기대어 눈을 감고 바닥에 앉아 있더라고요. '왜 그래.' 하면서 다가가 보니까 구토를 한 모양인지 토사물을 몸에 묻힌 채였어요. 브래지어와 팬티만 입은 상태였고요. 술에 취해서 오바이트했나 보다 생각했죠."

"눈을 감고 화장실 바닥에 앉아 있었다면 그때 벌써 의식이 없는 거 아니었습니까?"

"모르겠어요. 그땐 그저 만취한 거라고만 생각해서…… '괜찮아?'라고 했더니 작은 목소리로 '응.' 하기에 그런 줄로만 알았죠. 아무튼 미래가 정신을 못 차리고 있었으니까……."

"그다음에는 어떻게 했습니까?"

"일단 속옷을 벗기고 몸에 묻은 토사물을 씻어 주었어요. 양팔을 잡고 화장실 밖으로 끌고 나왔고요. 힘에 부쳐서 거실까지는 데리고 오지 못했어요. 화장실 바로 앞에 뉘어 놓았죠. 그러곤 화장실을 청소했고……."

"그때 방미래 씨는 알몸 상태였나요?"

"그랬죠. 제가 씻기느라 속옷을 벗겼으니까요. 얇은 이불을 가져다 덮어 주기도 했어요."

"그때가 밤 12시 조금 넘었을 무렵이란 거죠? 정확한 시간은 기억 못 합니까?"

"정확하게는 잘…… 아마 한 12시 15분쯤이었을 거 같아요. 씻기고 밖으로 끌어내고 하는데 조금 힘들었으니까요."

"왜 119에 즉시 연락 안 했습니까?"

"그냥 술에 떡이 된 줄로만 알았다니까요. 밖으로 꺼내 놓으니깐 곧바로 코를 골기도 했어요."

석지연은 조금 날카롭게 대답했다. 하지만 이내 곧 음성을 누그러뜨렸다.

"결과적으론 미래가 뇌출혈로 죽었으니까, 물론 너무 미안해요. 그때 알아챘더라면 좋았을 텐데, 후회도 커요. 하지만 전 의사가 아니잖아요. 그땐 누가 봐도 그렇게 보였어요……."

석지연이 변명조로 내뱉는 그 말에 대해 더 몰아붙일 논리는 없었다. 본인이 몰랐다는데야, 내심의 의사를 남이 이렇다 저렇다 단정할 순 없다. 하지만 그 이후의 행동은 어떻게 해명할 것인가.

"그 무렵 방미래의 언니가 전화를 두 통 했습니다. 그건 왜 안 받았죠?"

"미래 전화를 함부로 제가 받을 수 없잖아요."

"방미래 씨 언니하고도 잘 아는 사이 아녔습니까? 석지연 씨 집에도 자주 놀러 가서 하루이틀씩 자고 가기도 했다던데요."

"물론 아는 사이이긴 해요. 하지만 어디까지나 미래한테 온 전화잖아요…… 남의 휴대전화를 드는 것도 그렇고."

"전화가 두 번이나 왔어요. 그렇다면 혹시 급한 사정이 있을 수도 있겠죠. 대개는 일단 전화를 받지 않을까요? 미래가 지금 술에 취해 전화 못 받는다고 알리고, 무슨 사정인지 들어 보려 하지 않을까요?"

"사람마다 다르겠죠. 전 좀 개인주의적인 성향이라서요."

석지연은 고개를 뻣뻣이 들고 말했다. 무언가를 강조하려는 듯한 기세다. 나는 수사 기록을 가리키면서 물었다.

"그날 새벽 3시 20분경 석지연 씨는 방미래를 데리고 집

밖으로 나와 승강기를 탔습니다. 그러고 지하 주차장으로 내려가 차에 태우려 했어요. 그 장면은 모두 아파트 승강기하고 지하 주차장 CCTV에 찍혀 있어요."

"네……."

조금 주눅 든 목소리였지만 석지연은 순순히 인정했다. 부인할 수 없다. CCTV 화면을 다시 보여 줄 필요도 없었다. 아마 경찰에서도 그 화면을 여러 번 보았을 것이다.

"왜 그랬습니까?"

"……제가 한숨 자고 나왔는데도 미래가 화장실 문 앞에 그대로 늘어져 있었어요. 몇 번 흔들었는데 깨지 않더라고요. 여전히 코를 골고 있었고요. 이대로 자게 두는 게 안 좋을 것 같았고…… 시원한 데로 옮겨서 잠이 깨게 하려 했어요."

"그렇다고 집 밖으로 데리고 나왔단 겁니까?"

"네."

그날은 10월 2일이었다. 밖으로 나왔으면 시원하기는 했겠지만 아무래도 상식 밖의 행동이다.

"방미래 씨는 속옷을 입지 않은 채 겉옷만 걸치고 있었고, 신발도 신지 못한 상태였습니다. 석지연 씨는 의식이 없는 방미래 씨를 질질 끌면서 데리고 나오더군요. 그렇게까지 해서 깨울 이유가 있었나요?"

"그게 제 실수였죠. 그때까지도 미래가 심각한 상태란 걸

128

몰랐으니까요."

이런 답변은 오히려 환영이다. 터무니없을수록 그대로 조서에 남기면 법정에서 불리하니까. 나는 오히려 그녀의 진술에 납득한다는 듯이 고개를 끄덕끄덕했다. 내 태도에 자신감을 얻은 석지연은 자신의 발목을 잡는 말을 계속 뱉어 낼 것이다. 이어 물었다.

"동영상을 보면요, 방미래 씨를 지하 주차장 승강기 앞에 두고 석지연 씨는 자신의 벤츠 GLB를 가지고 왔어요. 그러고는 뒷좌석 위치에 맞춰 차를 세우고, 뒷문을 열고 방미래 씨를 태우려 했습니다. 상체를 들어 올려 차 안으로 넣으려다가 힘에 부치고 잘 안 되니까 방미래 씨를 결국 좌석에 앉히지 못하고 뒤쪽 레그룸에 던지듯이 밀어 넣었어요. 마치 짐짝처럼요. 이게 정상적입니까?"

"다 제 잘못이에요…… 미래를 그렇게 다루어선 안 되었는데……. 술에 취해 힘들게 만들었다는 것에 화도 좀 났던 것 같아요……."

석지연은 양손으로 얼굴을 감쌌다. 성립되지 않을 해명을 굳이 하지 않고, 법에 정면으로 저촉되지 않는 선에서 자기 잘못이라고 퉁 치고 넘어간다. 재판에서는 통할 수도 있는 연기. 이건 좀 고단수인데.

"그날 3시 30분경, 석지연 씨는 차를 운전해서 아파트에서 10분 정도 떨어진 공터로 갔습니다. 거기에 차를 세우고는 차에서 타고 내리기를 반복하고 있어요. 공터 안에서 주차한 위치를 옮기기도 하고요. 이것도 전부 CCTV로 확인됩니다. 아픈 방미래 씨를 뒷자리 레그룸에 방치하고는 엉뚱하게 공터로 가서 괜히 시간만 허비한 거죠. 그러다가 새벽 7시가 다 되어서 집으로 돌아오고, 방미래 씨의 속옷을 챙긴 다음 그제야 20분 거리의 병원으로 데리고 간 것으로 확인됩니다. 하지만 방미래 씨가 병원에 도착한 때는 이미 뇌출혈로 사망한 후였습니다. 결국 병원에 데리고 오는 게 너무 늦었던 거죠. 아시다시피."

'아시다시피'를 굳이 강조하면서 말을 맺었다. 석지연의 이마에 고뇌를 가장하는 깊은 주름이 패었다.

"공터 주차장에 데리고 갔을 때까지도 미래가 술에 취해 깊이 잠든 걸로만 알았어요. 지하 주차장은 아무래도 공기가 안 좋으니까, 공터로 데리고 가서 신선한 공기를 쐬게 하면 깰 걸로 생각했어요. 근데 두 시간 넘게 기다려도 미래가 깨지 않았고…… 숨소리가 약해지는 것 같았어요. 그래서 링거라도 맞혀야겠단 생각에서 집에 들러서 속옷을 챙긴 후에 병원 응급실에 데리고 갔던 거예요. 근데 뇌출혈이었을 줄이야……. 정말 몰랐어요, 정말……."

신문은 그 정도에서 일단 종료했다. 석지연의 납득 안 되

130

는 변명을 기록에 남겼다는 게 성과라면 성과였다.

　석지연은 기다렸다는 듯 일어섰다. 검사와 보내는 시간은 고역이었으리라. 옆 의자에 놓아둔 캡을 눌러쓰고 홀가분한 표정으로 귀가하는 그녀의 뒷모습을 보며 난 착잡한 심경에 사로잡혔다.

　무언가 풀리지 않은 느낌.

　이 방향이 맞는 걸까.

　경찰의 송치 죄명은 과실치사. 방미래를 빨리 병원으로 데리고 갔어야 했는데, 그저 술에 취해 잠든 것으로 오해해 조치가 늦었다는 것이다. 사망이라는 결과는 중하지만 어디까지나 과실범이니 불구속. 유죄를 받아 봤자 대단한 처벌은 없다. 하지만 아무래도 성에 안 찬다. 그리고 마음 한구석에서 무럭무럭 솟아나는 이 의구심은…… 석지연의 변명이 상식에 맞지 않는 만큼 비례해서 커져 갔다.

　나는 독특한 이력의 검사로 화제가 된 적이 있었다. 의대를 졸업하고 의사 시험까지 통과한 후에 길을 틀어 검사가 된 때문이다. 주변에서는 나중에 변호사 개업해서 의료 소송을 전문으로 하면 떼돈을 벌 거라고 했지만 그 길에는 관심이 없다. 실은 의학에 좀 질렸다. 그래서 고민 끝에 이쪽 길을 택했다. 법은 구미에 맞았다. 죄를 밝혀내고 입증하는 일에 희열도 느끼고 있다. 평생 검사로 일하다 은퇴할 계획을 가지고 있다. 그만큼 이 일을 좋아하기에 일생의 진로를 바꾼 거니까.

아무튼 원래 타 부서에 배당되었던 이 사건이 나에게 재배당된 건 순전히 내 경력 때문이었다. 차장검사가 뇌출혈이라는 사인에 주목하고는 "의사 출신인 김 검사한테 배당해." 라고 했던 것이다.

차장검사의 기대와는 다르게, 나는 방미래의 뇌출혈이라는 질병명에는 큰 관심이 없다. 의사가 사망진단서에 '비외상성 뇌출혈'이라고 썼으니 사인이 분명하다. 내가 다른 검사와 조금이라도 다른 점이라면, 오히려 의사가 그렇게 진단했으니 그러려니 하고 믿고 넘어간다는 것뿐이다. 내가 관심을 둔 지점은 다른 데에 있었다.

방미래가 일으킨 급성 뇌출혈 증상을 과연 석지연이 못 알아챌 수 있을까?

의대 실습 시간에 뇌출혈을 일으킨 사람을 본 적이 있다. 술 취한 사람과는 분명히 달랐다. 멀쩡한 정신이었던 석지연이 그걸 보고도 그저 술에 취한 것으로만 생각했을까? 뇌출혈이라는 병명은 몰랐을 수도 있다. 하지만 방미래가 이상 상태에 빠졌다는 걸 모르기는 힘들다. 그렇다면 알고도 내버려두어 치료 시기를 놓치게 만들었다는 얘기가 된다. 바로 살인이다.

하지만 제일 큰 문제는 그거다. 석지연이 만약 방미래가 뇌출혈이 온 걸 알고도 내버려두고 치료의 골든 타임을 놓치게 한 거라면, 즉 사실상 '고의 살인'이라면, 도대체 왜 그랬을까 하는 것이다.

조사된 바로는 단순히 사장이 직원에게 숙식을 제공한 것뿐이다. 만약 갈등이 있고 직원이 마음에 들지 않는다면 내보내면 될 일이다. 또, 설사 어떤 이유로 방미래를 죽이려 했다고 해도, 하필 뇌출혈이 그 시간 그 장소에서 때맞춰 일어나 주는 것도 이상한 일이다. 석지연이 방미래에게 가진 마음이 어떤 것이기에 위급 상황이 닥쳤을 때 내버려두었을까. 이게 살인일 수 있을까.

혹시.

왜일까, 문득 보험 관계를 한번 조사해 봐야겠다는 생각이 불쑥 들었다. 경찰에서 사망자의 보험을 확인해 보지 않아 단순 사고로 처리될 뻔한 사건들을 알고 있다. 그것도 우연히 보험사의 제보가 있어 보험이 드러난 케이스만 그런 거고, 실제로는 돈을 노린 보험 살인이면서도 사고로 처리되어 묻힌 사건들은 훨씬 많으리라. 방미래의 사인은 뇌출혈이고 병사니까 보험을 확인해 볼 일은 통상 없지만, 나는 해보고 싶었다. 만약 보험이 걸려 있다면 많은 것들이, 아니 거의 전부가 설명될 수 있다.

나는 문 앞 책상에서 열심히 키보드를 두드리고 있던 정근석 수사계장에게 말했다.

"이 사건 보험 한번 조회해 보죠."

"보험요? 과실치산데 보험 확인이 필요할까요?"

정근석 계장이 고개를 갸웃했다. 역시 부정적이다.

"가능성은 전부 확인해 보려고요."

"그래도 병사인 게 분명하지 않습니까. 의사의 진단서도 그랬고. 지금까지 보험 살인은 전부 사고사였어요."

"지금까진 그랬죠. 하지만 그 틈을 파고든 범인이 있다면요?"

"하긴…… 네에. 역시 검사님은 완벽주의자십니다."

속으론 괜한 일을 만든다 싶었으리라. 정근석 수사계장은 떨떠름해하면서도 곧장 조사에 착수했다.

그리고 그것은 결국 석지연의 기소 죄명을 바꾸는 결과를 가져왔다.

첫 번째 공판기일.

아직 판사는 입정하지 않았다. 방청석은 듬성듬성. 쇼가 열리기 전 잠깐의 한가함이다. 석지연이 단정하게 빗어 내린 머리를 하고 앉아 있다. 흑백으로 대비되는 차분한 톤의 옷

차림이다. 가장 범죄자 같지 않은 모습을 연출하라. 옆자리의 변호사가 코치한 거겠지. 아무리 무성의한 국선변호인이라고 해도 그 정도 조언은 해 주었을 테니까.

국선인 이강헌 변호사는 마치 구경꾼 같은 얼굴로 무심하게 앉아 있다. 열심히 하는 국선변호사도 많지만 이강헌은 일을 설렁설렁 한다고 검찰에 소문이 파다한 사람이었다. 파마를 한 듯한 곱슬머리에 짙은 눈썹, 둔탁한 턱. 마치 체중 관리를 그만둔 권투 선수 같은 인상이다. 그는 국선만 6년째다. 사건이 다 똑같아 보이고 법정 출석이 지루해질 때쯤 되었다. 맡은 사건의 90퍼센트는 자백시켜서 법정에 데리고 왔다. 피고인들은 검찰보다 변호사가 더 자백을 강요했다며 불만을 터뜨렸다. 피고인 신문은 100퍼센트 생략. 워낙 변론을 간소하게 해서 판사들도 그를 좋아했다. 변호인이 결과에 큰 관심이 없다는 점은 상당히 유리한 요소다.

석지연은 내 시선을 피하고는 있지만 당당했다. 뻔뻔해 보이기조차 하는 그 모습에 조금 감정이 동요되는 것을 느꼈다. 같은 사람이라도 조사실에서 보는 모습과 법정에서 검사석에 앉아 바라보는 모습은 다르다. 수사 단계에서는 조사자 대 피조사자라는 절대적 우위에 있지만, 법정에서는 엄밀히 말하면 대등한 당사자다. 기소하는 순간부터는 손아귀를 빠져나간 물고기다. 물고 물리는 싸움의 시작이다. 죄

를 입증하려는 검사와 방어하려는 피고인의 대결. 변호인도
있다. 지나친 공격은 번번이 판사한테 제지당한다. 그래서
기소 이전 단계에서 수사에 만전을 기하지 않으면 재판에서
낭패를 본다.

모두가 어려운 기소라고 했지만 나로서는 불가피했다. 보
험 살인, 이것 말고는 이 사건을 설명할 길이 없으니까.

"모두 일어서 주십시오."

법정 경위가 말했다. 세 사람의 판사가 들어오고 있었다.
재판장이 되는 부장판사 황윤수, 그리고 두 명의 배석판사.
배석판사는 이름조차 알지 못한다. 1심 재판은 대개 부장판
사가 절대적인 영향력을 가진다. 그래서 변론도 재판장만 보
면서 한다. 그의 마음을 움직여야 한다. 물론 논리로 말이다.

재판은 '사람'이 하지만 사람이 하는 게 아니다. '시스템'에
따라야 한다. 누가 해도 같은 재판, 같은 결과가 나와야 한
다. 하지만 그건 이상이고, 인간이 하는 재판이란 컴퓨터 프
로그램처럼 이것을 넣으면 저것이 나온다는 필연이 늘 성립
하지는 않는다. 판사마다 다른 가치관이 완전히 다른 결과
를 낳기도 한다. 그 가치관은 때론 편견일 수도, 이념일 수도
있다. 그게 재판의 가장 큰 리스크다. 정의감이 강한 판사가
멋져 보이겠지만 나한테 일방적 분노를 가진 판사가 나를
판단한다고 생각해 보라. 이보다 오싹한 일이 있을까.

공판이 시작됐고, 나는 네모난 얼굴의 무표정한 황윤수 판사를 바라보며 기소에 관한 진술을 시작했다.

"……이렇게 지체한 끝에 방미래가 병원에 도착했을 때에는 이미 사망한 상태였던 것입니다."

사건 개요를 간략히 밝힌 다음 이어 목을 뻣뻣이 들고 힘주어 말했다.

"그날 밤, 피고인의 죄는 '아무것도 하지 않은 것'입니다. 방미래가 이상 증세를 보였으므로 피고인은 즉시 병원으로 데리고 가는 등의 응급조치를 취할 의무가 있었습니다. 하지만 피고인은 고의로 그녀를 자동차의 레그룸에 방치하였습니다. 방미래의 구호 가능성을 차단하는 방법으로 피해자 방미래를 살해한 것입니다."

나는 '살해'에 힘을 주며 말을 끝맺었다. 그때까지 공소장에 코를 처박듯이 하고 있던 황윤수 판사는 고개를 들어 나를 보았다.

"부작위에 의한 살인으로 기소하는 겁니까?"

"네, 그렇습니다."

판사가 흠칫할 만하다. 부작위에 의한 살인 기소는 대단히 드물다. 살인이라면, 대개는 칼로 찌르든지, 목을 조르든지, 독을 타든지 하는 '어떠한 행위'로 살인이 이루어진다. 반면에 이 사건처럼 '아무것도 하지 않음'으로써 살인할 수도 있다. 구조할 의무가 있는 자가 구조 행위를 하지 않고 고의적으로 내버려둠으로써 사망케 하는 것, 그것 또한 살인이며, 이런 경우를 '부작위에 의한 살인'이라고 한다. 대단히 이례적이고 특수한 경우이기에 판사 중에서 이런 사건을 해 보지 못하고 경력을 마치는 경우도 부지기수다.

그만큼 이 기소는 어렵다. 유죄를 받은 사례도 우리나라 역사상 손에 꼽을 정도다. 1977년 이리역 폭발 사고 때 촛불이 옮겨붙은 열차 안 화약 더미를 두고 도망간 호송원, 세월호 사고 때 배를 버려두고 아무런 조치 없이 도망친 선장, 그리고 중환자의 아내가 강력하게 퇴원을 요구하자 이를 허락하여 환자를 사망케 한 B 병원 의사 정도가 떠오른다.

황윤수 판사가 가볍게 고개를 젓는 모습을 놓치지 않았다. '이런 기소가 될까.' 판사조차 벌써 회의감을 갖고 있다. 물론이다. 이 기소는 성립한다. 분명한 동기가 있다. 돈이라는.

"과실치사가 아니라 고의 살인으로 기소하신단 거죠?"

황윤수 판사가 한 번 더 확인했다. 경찰과 같은 소리를 하고 있다. 하긴 겉만으로는 과실치사 정도로 보일 것이다. 나는 강하게 고개를 끄덕였다.

"그렇습니다."

"기소 자체에 우선 의문이 드는군요. 무슨 이유로 아픈 사람을 내버려두었으며, 만약 정말 죽일 의도를 갖고 있었다

138

면 사고라도 조작할 것이지, 언제 뇌출혈이 올지 알 수도 없는 판에 이렇게 병을 기다린단 말인가요?"

물론 그럴 법한 의문이다. 지금 말하고 싶은 것이 거기에 대해서다.

"피해자 박나래는 사망 한 달 전, 프리하우스 생명보험사의 종신보험에 가입했습니다. 질병으로 인한 사망 시에도 2억 원의 보험금을 지급받을 수 있는 상품이었죠. 참고로 질병 사망 보장으로는 국내에서 가장 큰 액수입니다. 그리고 그 수익자는 바로 피고인 석지연이었습니다."

황윤수 판사의 눈이 빛났다.

"보험을 가입했다? 그것도 바로 한 달 전에?"

"그렇습니다. 정확히는 28일 전입니다. 방미래가 자신의 가족도 아닌 피고인을 사망 보험금 수익자로 지정했다는 것부터가 상식적이지 않습니다. 그것도 하필이면 사망 한 달 전입니다. 즉, 이것은 돌연한 병사를 가장한 명백한 계획 살인인 것입니다. 범행 동기는 돈이었습니다."

피의자 신문을 마치고 석지연이 돌아간 후 방미래의 보험 가입 내역을 조사한 나는 확신했다. 이것은 돈을 노린 고의 살인이라고. 그래서 경찰의 과실치사 결론을 뒤집었다. 그리고 부작위에 의한 '살인'으로 기소했다.

우리 형사부의 임동원 부장검사는 말렸다. "김 검사, 안전

하게 과실치사로 가. 부작위 살인은 유죄 안 나와." 알고 있
다. 하지만 부작위 살인을 '계획'한 거라면? 그 허점을 노린
범죄자라면? 기소가 어렵다는 이유로 범죄자가 빠져나가는
걸 두 눈 뜨고 보고 있어야 할까? 나는 끈질기게 설득했다.
부장 앞에 늘어놓는 논리의 숨겨진 바닥에는 내 자존심이
있었다. 석지연, 이 살인자를 빠져나가게 둘 수는 없다. 몰랐
으면 모르되 알고서야 그럴 수 없다. 석지연을 살인으로 기
소하지 못했을 때 어떤 기분이 될지 나는 알고 있었다. 그건
'패배'였다. 다름 아닌 범죄자에게. 내 눈빛에서 집요한 무언
가를 보았을까. 결국 임동원 부장검사도 결재란에 도장을
찍었다.

　석지연을 힐끔 보니 입술을 깨물고 있다.

　황윤수 판사가 변호사에게 입장을 물었다. 이강헌 변호
사는 어디까지나 과실이었으며, 고의 살인이 아니라고 했다.
예상한 바다. 변명은 검찰 신문 당시 석지연이 했던 말과 같
다. 방미래가 술에 만취해 토하고 잠든 줄 알았다, 하도 일어
나지 않으니 잠을 깨우기 위해 차를 태우고 공터까지 나갔
다, 그러다 링거라도 맞히려 뒤늦게 병원에 데리고 간 것이
다…… . 저 변호사는 석지연의 말을 그대로 읊는 아바타에
불과하다.

　물론 내 기소는 부족하다. 하지만 변호사의 변명은 더욱

부족하다. 보험은 어떻게 설명할 것인가? 판사도 물었다.

"보험에 가입한 사실은 인정합니까?"

"인정합니다."

부정할 수 없으리라. 기록에 드러나 있다. "하지만."이라고 이강헌 변호사는 덧붙였다.

"그건 방미래 본인이 원해서였습니다. 오갈 데 없는 자신을 거두어 주고 집에 같이 살게끔 해 준 피고인에 대한 고마움의 표시였습니다. 무엇보다……."

변호사는 자신의 말이 설득력이 있을 거라는 자신감을 만면에 띠고 말했다.

"보험 살인이라면 사고로 인한 사망 보험금이 걸려 있었어야 합니다. 그러고는 사고를 가장한 살인을 저지르는 거죠. 하지만 이 사건의 보험은 질병사망 보험입니다. 실제 피해자 방미래도 사고사가 아니라 병사입니다. 피해자가 언제 병에 걸려 사망할지 피고인이 어떻게 알 수 있겠습니까? 그건 피고인이 지배하고 통제할 수 있는 범위 밖에 있습니다. 구조상 계획 살인이 될 수 없는 것입니다."

판사가 나를 돌아보았다.

"그 점에 대해 검찰의 견해는 어떻습니까?"

황윤수 판사의 얼굴에 의혹이 가득 떠 있다. 나는 일어섰다.

"두 사람은 한집에서 같이 살았습니다. 피고인은 방미래가 평소 뇌출혈 전조 증세를 보이는 것을 알았을 것입니다. 그래서 조만간 뇌출혈을 일으킬 것을 예상하고서 보험에 가입해 놓은 것입니다. 그러고는 사건 당일 방미래가 뇌출혈을 일으켰을 때 일부러 방치함으로써 살해한 것입니다."

황윤수 판사의 얼굴에 떠올랐던 의혹은 여전히 지워지지 않았다. 그가 머뭇거리다가 결국 입을 열었다.

"피해자가 뇌출혈로 치료를 받은 전력이 있습니까?"

"그건 없습니다. 그런 전력이 있다면 질병사망 보험 가입이 거절되거나 뇌출혈 사망으로 보험금이 지급되지도 않습니다."

"그런 치료 전력이 있다면 모를까, 그런 것도 없는데 피고인이 방미래가 곧 뇌출혈을 일으킬 거라고 어떻게 알 수 있죠?"

"그, 그건…… 앞으로 입증하겠습니다."

예상한 질문이지만 나도 모르게 말을 더듬거렸다. 나도 알고 있다. 이 부분이 약한 고리라는 것을. 역시 판사도 의문을 가진 것이다. 젠장. 내가 생각해도 현 단계에서는 조금 무리한 설정이다. 더 확실한 카운터펀치가 필요해.

이후 증거 목록을 제출하고 변호인이 증거 인부를 하는 절차를 거쳤지만 중요한 것은 그게 아니라는 걸 판사, 검사, 변호사 모두 느끼고 있다. 범행의 얼개. 그것이 성립할 것인가. 과연 보험금을 노린 범인이 이런 식으로 살인을 저지르는 게 상식적인가. 유무죄를 가르는 열쇠다.

불구속으로 재판이 진행된 건 오히려 다행이었다. 구속 재판은 기간에 제한이 있다. 6개월 안에 재판을 끝내야 하므로 입증이 애매한 경우는 시간에 쫓긴다. 하지만 석지연은 불구속이니 재판 기간에 제한이 없다. 나는 갖가지 너절한 사유를 들어가며 재판을 일부러 질질 끌었다. 국선변호사도 굳이 검찰과 맞서 싸울 강한 의지는 없었기에 대체로 동의했고, 지연 작전은 순조로웠다. 기존에 제출된 증거 조사만으로 몇 번의 공판이 흘러갔다. 그사이 나는 물밑에서 새 증인을 구하고 있었다.

석지연은 방미래가 조만간 뇌출혈을 일으킨다고 예상할 수 있었는가. 이것이 황윤수 판사의 의문이다. 그래서 오히려, 이 점이 입증되면 살인 기소의 설득력이 비약적으로 높아진다. 드디어, 오늘 4차 공판기일에 그 증인을 출두시키는 데에 성공했다. 그녀는 석지연이 운영하는 마사지 가게의 직원인 24세의 지해림.

증인석에 앉은 그녀의 앳된 모습과 순진한 표정은 증언의 신빙성을 높일 것이다. 나는 그녀의 직장부터 시작해서, 석지연, 방미래와의 관계 같은 몇 가지 기초적인 사항을 확인한 후 핵심 질문으로 향했다.

"방미래 씨가 평소 건강에 좀 문제가 있지 않았나요?"

"언니가 좀 안 좋아 보이긴 했어요."

"어떤 면에서요?"

"자주 어지럽다고 했어요. 두통도 심했고. 어떨 땐 구토도 심하게 했고, 발음도 잘 안 되더라고요. 술도 안 마셨는데……."

"구토를 했고, 발음이 잘 안 되었다고요?"

"네. 심지어는 안면에 마비가 온 때도 있었어요. 가끔은 저도 못 알아볼 때가 있었어요. '누구…….' 하길래 '언니, 저예요!' 하니깐 그제야 막 웃으면서 얼버무리더라고요."

"뭐라고 얼버무렸습니까?"

"요즘 못 먹어선지 사물이 겹쳐 보인다고요. 그래서 잠깐 못 알아봤다면서 미안하다고 막 과장되게 그래요."

"언제부터 그런 증상이 있었나요?"

"최근……이었던 것 같아요."

"어느 정도 최근요?"

"언니 죽기 전 두 달 정도도 안 되었어요."

"그랬군요. 그럼 가게 안 직원들은 전부 방미래 씨가 건강에 문제가 있다고 인지할 정도였나요?"

"네, 그랬죠. 다들 걱정했어요. 언니가 최근에 살이 확 찌면서 혈관에 문제가 생긴 거 아니냐고."

"그럼 사장님, 그러니까 저 피고인 석지연 씨는 뭐라고 하던가요?"

"일이 힘들어서 그런 모양이라면서 좀 쉬라고 했어요."

"병가를 줘서 병원에 가도록 배려해 주지는 않았나요?"

지해림은 고개를 가로저었다.

"아뇨. 미래 언니가 병원 가 봐야겠다고 했는데, 사장님이 말리셨어요."

"말렸다고요?"

"네. 병원보다 일단은 좀 쉬어 보는 게 우선이라고…… 그러고 가게에 일손도 부족한데 입원이라도 하면 당장 곤란하다, 급하진 않아 보이니깐 조금 더 상황을 보자고……."

"석지연 씨는 말렸다, 그렇군요."

만족할 만한 답변이 나왔다. 증언대에 서기 전 일차적으로 들은 진술과 일치한다. 지해림은 평소에 보스인 석지연에게 안 좋은 감정을 가진 듯했다.

나는 황윤수 판사에게 보란 듯이 말했다.

"피해자는 사망 두 달 전부터 급격히 어지럼증, 두통, 구토 증세를 보였고, 언어장애에 안면 마비까지 보였습니다. 그리고 사람을 구분하지 못하는 인지능력 저하도 일어났습니다. 전형적인 뇌출혈 전조 증상입니다. 본인 말에 따르면 사물이 겹쳐 보인다고 했는데 이 복시 현상도 역시 뇌출혈이 오기 직전에 일어납니다. 이 중 서너 가지 증상만 있어도 거의 확정적으로 뇌출혈 진단을 하고 의료 조치를 하는데, 방미래의 경우는 거의 모든 증상이 발현되었습니다. 이 정도라면 당장 뇌출혈이 일어나도 이상하지 않은 상태였던 것입니다."

그러면서 나는 뇌출혈과 전조 증상에 관해 기본적인 지식을 서술한 의학 자료를 서류 증거로 제출했다. 됐다. 황윤수 판사의 안색이 조금 변했다. 완전히 승기를 잡은 건 아닐지 모르지만 방미래의 뇌출혈을 예상하고 보험에 가입시켰다는 가설이 적어도 설득력 있게 현실화된 것이다.

"뇌출혈 치료 기록이 있으면 보험 가입이 안 되거나 보장 대상 질병에서 빠지게 됩니다. 그래서 병원에 가지 못하게 하고 서둘러 보험 가입을 시킨 것입니다. 가족도 아닌 피고인 자신을 보험 수익자로 해서 말이지요. 피고인은 그만큼 치밀하게 살인을 설계한 것입니다."

나는 일부러 차분한 어조를 유지했다. 사실을 들려줄 테니 분노는 판사가 하라. 황윤수 판사의 표정에는 변화가 없었다. 하지만 내 가설에 잠깐이라도 설득된다면 내면의 분노가 이 순간 움찔하리라. 그 감정의 경험은 궁극적으로 판단에 영향을 미친다.

석지연은 입술을 잘근잘근 씹고 있었다. 살인자. 그것이 궁지에 몰렸을 때 나오는 너의 버릇인 모양이지? 방미래의 죽음은 당신이 지배했을지 모르지만, 이 법정 지금 이후의 시간은 내가 지배한다.

나는 변호사를 힐끔 보았다. 이쯤에서 변호사가 치고 나올 법도 한데. 하지만 이강헌은 서류를 뒤적일 뿐 움직일 기색이 없다.

돌연 누군가의 화난 음성이 재판정을 울렸다.

"재판장님!"

목소리의 주인공은 석지연이었다. 나는 물론 판사 세 사람의 시선이 일제히 그녀에게 모였다. 석지연의 얼굴이 담금질한 쇠처럼 벌겋게 달아올라 있었다.

"미래의 보험금이 2억 원이에요! 제가 겨우 그 돈을 노리고 미래를 죽였다고요? 가족과도 사이가 멀어져 혼자 떠도는 미래를 불쌍하게 여겨서 8개월이나 같이 살았습니다. 종업원한테 그렇게까지 해 주는 사장이 있나요? 전 제 나름대로는 정말 잘해 주려고 한 겁니다. 인간적으로, 선의로요. 같이 사는 동안에는 뇌출혈이니 뭐니 그림자도 안 보였어요. 두 달 전부터 뭐 이런저런 증상이 있었다고 하는데, 전 의사가 아니잖아요. 그냥 좀 피곤한가 보다 했지, 미래한테 곧 뇌출혈이 올지 어떻게 알겠어요? 게다가, 이런 건 처음부터 말이 안 되지 않나요? 생판 남인 미래한테 각별한 호의를 베풀어서 집까지 데려와 살게 해 주다가 어느 날 갑자기

2억 원을 걸어 놓고 죽이고픈 생각이 들었다고요? 이게 말이 되나요? 몇 달 만에 사람이 천사에서 악마로 그렇게 돌변한다고요? 억지예요! 전부 검찰의 페맞추기 기소일 뿐입니다!"

"자, 자. 피고인 진정하세요."

석지연의 음조가 점차 높아지자 황윤수 판사가 다급한 손짓을 하며 진정시키려 했다. 이강헌 변호사가 석지연의 팔을 툭 쳤다. 그만하라는 신호다. 하지만 석지연이 격정을 담아 토로한 발언은 꽤 설득력이 있었다. 석지연이 입을 닫자 변호사는 그제야 한마디 거들었다.

"피고인의 발언 취지는 범행 동기가 없다는 주장입니다. 만약 뇌출혈을 예상하고 범행 계획을 짠 거라면 방미래가 증상이 드러난 두 달 전부터겠죠. 그런데 피고인은 사건 8개월 전부터 방미래와 같이 한집에 살았습니다. 그렇다면 자기 집을 제공할 정도로 호의를 베풀었다가 뇌출혈 증상을 보이자 돌연 살의를 품고 범행 계획을 짰다는 얘기가 되는데, 이건 전혀 자연스럽지 못합니다."

석지연의 폭발성 토로에 뒤이은 변호사의 냉정한 정리. 물론 아니겠지만 이게 사전에 짜인 각본이라면 햄버거와 콜라 이래 최고의 콤비다. 황윤수 판사에게 먹혀든 것 같았다. 판사가 미세하게 고개를 끄덕이는 것이 보였다. 그는 종내 그

의문을 풀지 못한 듯 기어이 나를 향해 말했다.

"검사님, 이 부분은 어떻습니까? 피고인의 범행 동기가 좀 납득이 안 되긴 하네요."

아. 역시 석지연의 말이 먹혀든 모양이다. 이건 아닌데.

"피고인은 그 무렵 경제적으로 심한 곤궁 상태에 있었습니다. 종업원들의 급여도 석 달 이상 밀려서 지방 노동청에 고발당한 상태였습니다."

나는 고발 서류를 증거로 제출했다. 하지만 동기를 뒷받침하기엔 약하다. 역시나 판사는 서류에 시선도 보내지 않은 채로 싸늘하게 말했다.

"지금 문제는, 그런 경제적 어려움이 있다 하더라도 자신이 돌보던 사람을 갑자기 살해하려는 마음을 품게 만들 동기가 있느냐 하는 겁니다. 아시다시피 우리 판례는 충분히 설득력 있는 범행 동기를 요구하고 있습니다만."

"네…… 그렇습니다."

딱히 할 말이 없었다.

"뇌출혈 증상을 보인 게 사건 두 달 전이라고 하지 않았습니까?"

"그건 직원인 증인이 목격한 것만 그렇습니다. 훨씬 이전부터 증상이 있었을 겁니다. 같이 살았던 피고인은 당연히 알았을 것이고요."

"하지만 지금 법정에 나온 증언으로는 두 달 전 아닙니까? 증상이 훨씬 전부터 있었다는 다른 증인이나 증거가 있습니까?"

"없……습니다. 현재로는."

'현재로는'이라고 덧붙였지만 스스로 생각해도 구차했다. 애당초 눈앞의 증거로 뒷받침되지 못하는 내 주장이 법정에서 통하지 않는다는 걸 알고 있었다. 판사가 고개를 살짝 갸우뚱하는 것을 놓치지 않았다. 황윤수 판사는 자신은 잘 모르겠지만 보디랭귀지에서 많은 것들이 드러나는 사람이다. 나는 다행히 그걸 캐치할 수 있다. 지금의 신호는 좋지 않다.

"거처를 제공할 정도로 잘해 주었던 사람인데, 뇌출혈 증상을 보고서 돌연 죽일 계획을 세웠다는 거 아닙니까? 그것도 겨우 2억 원 때문에."

"그, 그건 그럴 수도 있지만…… 그런 것이 아닌 것이……."

갑작스러운 판사의 질문에 대꾸할 말이 떠오르지 않았다.

"검찰의 기소가 그렇지 않습니까."

황윤수 판사의 안색이 싸늘하게 변했다. 혹시 이 순간이 재판의 분수령일까? 설마. 이건 아닌데. 흐름을 되돌려야 한다.

나는 일어섰다.

"피고인에 대한 휴대전화와 인터넷 사용 내역 압수수색영장을 청구하겠습니다. 발부하여 주시기 바랍니다."

"휴대전화와 인터넷 사용 내역을요? 사유는요?"

"피고인은 자신이 의사가 아니라서 방미래가 뇌출혈 전조 증상을 보이는 걸 몰랐다고 했습니다. 하지만, 이것이 계획 살인이라면 피고인은 필시 방미래의 증상을 인터넷으로 검색해 보고 그게 뇌출혈 증상이란 걸 알았을 것입니다. 그건 두 사람이 한집에서 살기 시작한 8개월 이전일 수도 있습니다. 1년간의 휴대전화 검색 내역과 인터넷 사용 내역을 확인해 볼 필요가 있습니다."

요즘 떠오르는 유죄 증거가 바로 '검색 기록'이다. 특히 간접증거만 있는 살인 사건에서 인터넷 검색 기록은 유죄의 유력한 증거다. 범죄 계획에서가 아니라면 도무지 검색할 이유가 없는 단어. 그것을 검색한 흔적이 나왔다면 거의 확정적이다. 수사 단계에서 이걸 확보했더라면 좋았겠지만 그땐 방미래의 뇌출혈 전조 증상이 두 달 전에 발현되었다는 사실을 알지 못했다. 재판 도중 힘들게 찾아낸 증인 지혜림의 증언으로 오늘 겨우 알게 된 사실이다.

계획 살인에서 검색 기록은 거의 필연적으로 나온다. 독극물이나 권총 만드는 법도 나오는 판에, 뇌출혈에 관한 정보라면 인터넷에 수만 건은 있다. 늦었지만 지금이라도 석지연이 그런 내용을 검색한 기록만 확보된다면. 하지만 판사의 반응은 예상대로였다.

"기소 후에 강제수사는 안 됩니다. 영장은 발부할 수 없습니다."

원칙적으로 검찰이 수사할 수 있는 건 기소 전까지다. 더구나 압수수색같이 영장이 필요한 '강제수사'를 하는 건 더욱 안 된다. 재판 단계가 되면 모든 권한은 판사에게 넘어가는 것이다.

"1년간이 길다면 방미래가 보험 가입을 한 무렵 두 달만이라도 발부해 주시기 바랍니다."

"재판 중에 강제수사가 안 되는데, 기간을 줄인다고 가능하겠습니까? 안 될 일입니다."

"그렇다면 검찰이 청구하는 형식이 아닌, 재판장님의 직권으로 영장을 발부하여 주시기 바랍니다."

검사가 청구하는 영장이 아니라 법원이 영장을 발부하면 문제는 없다. 그건 판사가 주관하는 거니까. 하지만 역시 황윤수 판사는 고개를 가로저었다.

"그건 실질적으로 검찰 수사를 법원이 대신하는 모양새여서 곤란합니다."

예상했지만 그래도 요청하는 족족 판사가 거부하니 당혹스러웠다.

혹, 황윤수 판사는 무죄 심증을 굳혀 가고 있는 건 아닐까.

아무튼 어쩔 수 없다. 내가 할 수 있는 만큼은 했다. 더 강하게 요구하면 판사의 기분을 상하게 할 뿐이다. 이제 내가 할 수 있는 건······.

"그럼 양측이 더 제출할 증거 없으면 오늘 공판을 종결······."

황윤수 판사가 말을 맺기 전 내가 다시 일어섰다.

"재판장님!"

판사가 조금 놀란 듯 나를 보았다.

"중요한 증인이 더 있습니다."

"어떤 증인입니까?"

"피고인의 범행 동기를 밝혀 주는 증인입니다."

"범행 동기에 관한 증인이요? 오늘 처음 말씀하시는 건데요, 혹시 급조하신 건 아닌가요?"

아, 판사가 대놓고 이렇게까지 말하다니. 급조한 건 맞지만 알면서도 적당히 넘어가 주는 게 법정 관행 아닌가. 황 판사는 무죄 쪽으로 심증을 굳힌 게 분명하다.

"벌써 몇 개월이나 지났는데 자꾸 공판이 지연되면 곤란합니다."

"그렇지 않습니다. 다음 기일에 증인이 반드시 출석할 겁니다. 그렇지 못하면 공판을 종결하셔도 좋습니다."

"알겠습니다. 그런 재판을 속행하겠습니다. 다음 기일

은······."

4주 후로 잡혔다. 일단 시간을 벌었다. 지금 당장 손에 잡히는 계획은 없지만.

암담한 3주가 흘렀다.

그저 공판을 연기하기 위해 증인을 세우겠다며 되는대로 말을 막 던졌지만, 그건 예정된 결론을 미루는 것에 불과했다. 대책도 없고, 증인도 없었다.

답답하던 분위기를 반전시킨 건, 공판을 6일 앞둔 날 걸려 온 한 통의 전화였다.

"김지환 검사님이시죠?"

젊은 여자의 목소리.

"네. 맞습니다. 무슨 용건이시죠?"

"방미래 사건 때문인데요."

왠지 심상찮은 느낌을 받았다. 더 나빠질 수 없는 상황에서의 제보 전화. 좋은 조짐일 수 있다. 수화기를 고쳐 잡았다.

"네. 말씀하세요."

말투도 최대한 부드럽게 바꾸었다.

"망설이다가 전화를 드려요. 그······ 기사를 봤어요. 살인 동기라는 쟁점을 두고 다음 공판이 열린다고요."

"네. 그렇습니다만."

그의 다음 말은 나를 기겁하게 만들었다.

"저는 방미래 씨의 연인이에요."

이번 공판기일은 어쩌면 마지막이 될 수도 있다. 방청석에 앉아 증언 차례를 기다리고 있는 방미래의 전 연인을 보며 복잡한 생각에 사로잡혔다. 차분히 내려앉은 커트 머리에 동그란 금속 테 안경을 끼고 청바지에 니트 차림이다. 어디에 두어도 묻힐 것 같은 평범한 인상의 이 증인이 오늘 법정에 파장을 몰고 올 수 있을까. 황윤수 판사의 마음에 어떤 파문을 던질 수 있을까.

"증인 류소이 씨 나오세요."

황 판사의 호명에 류소이가 자리에서 일어서서 법정 앞으로 걸어 나왔다. 무감한 표정을 보니 조금 안심이 된다. 흥분하거나 떨어서 마음에 없는 엉뚱한 말을 할 것 같지는 않다. 증인 선서 후 그녀가 자리에 앉았고, 내가 일어섰다. 황 판사를 한번 쳐다본 후 증인을 향해 단도직입적으로 물었다. 그게 더 관심을 끌 것이다.

"증인은 방미래 씨와 어떤 사이입니까?"

"애인 사이였어요."

조금의 망설임도 없는 단호한 대답. 방청석이 조금 술렁였다. 황윤수 판사도 조금은 놀란 기색이었다.

"그러시군요. 언제부터죠?"

"2년이 넘었어요."

"피고인 석지연 씨하고는 아는 사이입니까?"

"직접 만난 적은 없어요. 하지만 간접적으로는 잘 알아요."

"그건 어떤 의미죠?"

"말하자면 연적이었으니까요. 미래를 사이에 둔."

방청석이 조금 더 술렁였다. 황윤수 판사의 놀란, 강렬한 눈빛이 보지 않아도 느껴졌다. 그도 알 것이다. 피고인이 성소수자였다는 점이 이 사건에서는 변수가 될 수 있다. 피해자와의 관계가 달라진 것이다. 고용 관계에서 연인 관계로.

"삼각관계였다고 이해하면 되겠습니까?"

"맞아요."

"방미래 씨하고 석지연 씨와의 관계는 언제 시작된 거죠?"

"미래가 마사지 숍에 취직하고서 얼마 안 돼 석지연 씨하고 사귀게 되었어요. 그 직후 석지연 씨가 자기 집에서 미래하고 같이 살았던 거죠."

"증인과는 그 문제로 갈등이 있었겠군요."

"네. 전 비교적 나중에야 알았어요. 미래가 쭉 숨겼거든요. 뒤늦게 그 사실을 알게 된 저는 무척 화가 났지만 어느 정도는 이해하는 면도 있었어요. 석지연 씨 집에서 나오면 미래는 갈 데가 없었거든요."

"증인하고 살면 안 되었나요?"

"전 부모님하고 같이 살고 있어요. 미래를 집에 들일 수는 없었어요."

"그렇군요."

류소이의 증언이 법정에 가져온 파장은 예상대로 작지 않았지만 그녀의 말투는 어디까지나 침착했다. 이미 내게 전화를 걸 때 모든 걸 각오한 일이었다. 지금 그 각오를 실행하는 것뿐이다. 마음이 흔들릴 단계는 아니다. 류소이의 말이 이어졌다.

"전 일단 그 집을 나오라고, 가게도 그만두라고 화를 냈어요. 미래는 결국 그러겠다고 했어요. 저와의 관계가 소중했으니까요. 미래가 사랑한 사람은 어디까지나 저였지, 석지연 씨는 아니었죠. 미래는 그랬어요. 자기도 석지연 씨하고 관계를 정리하고 싶지만, 그 집을 나오고 가게를 그만두면 갈 데가 없다고요. 조금만 기다려 달라고요. 그래서 미루고 있었어요, 그러다가 이렇게 불쌍하게 죽은 거예요."

"증인은 방미래 씨의 말을 믿었습니까?"

"물론이에요. 미래는 석지연 씨 같은 타입을 좋아하지 않았어요. 석지연 씨는 미래를 좋아한 것 같지만요. 미래는 어디까지나 필요 때문에 거기 있었고, 관계를 유지했던 거예요."

류소이는 내친김에 묻지 않은 말까지 술술 풀어냈다.

"어쨌든 시간문제였지, 미래는 석지연 씨하고의 관계를 끝내겠다고 통보도 했어요. 그런데 석지연 씨가 불같이 화를 내면서 미래를 붙잡았어요. 더 생각해 보라고. 미래는 여리고 착한 아이예요. 석지연 씨가 너무 흥분하니까 달래야겠다고 생각했고, 또 아까 말씀드렸듯이 당장 갈 데도 없고…… 그래서 계속 그 집에 있었던 거예요. 하지만 사실상 관계는 끝난 셈이에요."

"하지만 어쨌든 한집에서 살았잖습니까?"

"미래가 끝내자고 한 뒤부터는 다른 방을 썼어요. 집에 오면 각자의 방에 들어가 버리고…… 한집이라곤 해도 별로 마주칠 일은 없었대요. 미래는 다른 일자리를 알아보고 있었어요. 자리만 구해지면 바로 그 집을 나오기로, 저하고 철석같이 약속한걸요. 미래는 그런 걸 거짓말하는 아이가 아녔어요."

"그러니까 방미래 씨가 헤어지자고, 관계를 끝내자고 했지만 석지연 씨가 화를 내면서 붙잡았고 그 집에 당분간 살도록 주저앉혔단 거군요. 그렇게 두 사람 사이의 관계가 틀어진 게 언제쯤이었습니까?"

"미래가 죽기 두 달쯤 전이었어요. 그 무렵에 미래가 헤어지자고 했고, 두 사람이 대판 싸웠고, 그때부터 한집에서 방을 따로 썼던 거죠."

"방미래 씨가 보험 가입한 것이 죽기 한 달 전인데, 석지연 씨와의 관계는 바로 그 한 달 전에 틀어졌군요. 다시 말해, 석지연과의 사이가 나빠진 지 한 달 만에 방미래 씨가 엉뚱하게도 사망 보험에 가입했단 것 아닙니까. 게다가 곧 헤어질 사람을 보험금 수령자로 해서요."

나는 질문인 척하며 대놓고 석지연을 공격했다.

"네. 미래가 보험에 가입한 사실을 전 몰랐지만요."

"증인한테는 말하지 않았다고요?"

"네. 몰랐어요."

"하긴 수익자를 석지연으로 하였으니 증인에게는 말하기 곤란하였겠군요."

나는 다시 한번 슬쩍 석지연을 공격했다.

"두 사람이 그 무렵 방을 따로 쓸 정도로 다퉜다는 게 분명합니까?"

"물론이에요. 미래가 이제 같은 방에서 지내지 않는다면서 저한테 사진도 몇 장 보내 준걸요. 저를 안심시킨다면서. 이거예요."

류소이는 휴대전화를 꺼내서 사진을 띄우더니 내게 내밀었다. 나는 황윤수 판사한테 휴대전화를 전달했고, 판사는 그 사진을 보더니 다시 돌려주었다.

"이 사진은 추후 정식으로 증거로서 제출하겠습니다."

판사에게 말했고, 황 판사는 고개를 끄덕였다. 나는 휴대 전화를 류소이에게 건네며 다시 물었다.

"방미래 씨가 건강이 좋지 못했다는 걸 증인도 알고 있었나요?"

"네. 구토도 자주 하고, 말도 어눌하고 좀 이상했어요. 자꾸 어지럽다고 하고, 풍경이 겹쳐 보인다고도 하고요."

"언제부터 그랬습니까?"

"죽기 두세 달 전부터였어요."

지해림의 증언과 거의 일치한다.

"증인은 방미래 씨한테 뭐라고 권했습니까?"

"몸에 이상이 있는 건 아닌지 걱정됐어요. 병원에 가 보라고…… 근데 미래는 가질 않더라고요. 나중에, 나중에 그러면서 미루기만 하고."

여기서 류소이는 조금 울컥한 것 같았다.

"증인이 보기에도 병원에 가야 할 만큼 방미래 씨의 건강에 문제가 있어 보였군요."

"정상이 아니니까요. 이상한 증세가 몽땅 몰려온 것 같았어요. 그 젊은 나이에 가끔 사람도 몰라보고. 근데 정작 본인은 잘 못 느끼나 봐요. 그런 건 주변에서 돌봐 줬어야 하는데…… 너무 후회돼요. 억지로 끌고서라도 병원에 데리고 갈걸……. 석지연 씨하고의 문제 때문에 너무 신경을 써서 그런가 보다 생각했어요. 그 사람하고 헤어지고 그 집만 나오면 해결될 줄 알았어요. 너무 안이했어요……."

류소이의 말소리는 가물거리듯 끝이 사라졌지만 그 메시지는 무엇보다 뚜렷하게 법정에 전달되었다.

황윤수 판사의 기색을 살폈다. 그게, 그것만이 중요하니까. 안경 너머의 눈동자는 차분했지만 목덜미가 벌겋게 달아올라 있었다. 뙤약볕을 쬔 듯 선명한 그 붉은 목. 무엇을 말하는 걸까. 이제 심증에 변화가 있는 게 아닐까. 내게 무슨 동기가 있냐고 외치던 석지연의 깜찍한 거짓말이 드러났다고 생각한 것이다. 그게 감정의 동요로 드러난 것이다. 이제 적어도, 가능성이 있다!

류소이가 증인석을 떠난 후, 나는 쐐기를 박았다.

"금방 증인의 증언으로 명백히 드러났습니다. 피고인에게는 충분한 범행의 동기가 있었습니다. 피고인은 단순히 고용주로서 선의로 피해자 방미래에게 주거의 편의를 제공했던 게 아니었습니다. 피고인은 피해자 방미래와 연인 사이였으며, 그래서 동거했습니다. 그러다가 사망 두 달 전 방미래는 이전부터 애인 사이였던 류소이 때문에 더 이상 관계를 지속할 수 없다고 결별을 통보했습니다. 피고인은 불같이 화가 났습니다. 오갈 데 없는 연인을 집에 데려와 재워 주고 먹여 주었는데 자신을 배신했다고 여긴 겁니다. 증오가 자라난 건 필연이었겠지요. 피고인은 방미래를 당장은 집에서 떠나지 못하도록 했습니다. 그러면서 한편으로는 그 무렵 두드러지기 시작한 방미래의 뇌출혈 전조 증상을 눈치채고 악행을 설계했던 것입니다. 당시 피고인은 돈이 몹시 궁하기도 했습니다. 시급한 경제 문제도 해결하고 미운 방미래도 해치우기 위해 피고인은 결국 보험 범죄를 계획했습니다. 그로부터 한 달 후, 방미래로 하여금 질병사망 보험에 가입하게 해놓고, 어떻게든 구슬려서 보험 수익자를 자신으로 지정하게 하였습니다. 그러고는 그 한 달 후 방미래는 예상한 대로 급성 뇌출혈을 일으켰고, 피고인은 고의로 시간을 지체함으로써 치료 시기를 놓치게 만들어 사망케 하였습니다. 이것은 병사로 보이지만 실상은 무엇보다도 치밀하게 설계된 악랄한 살인이었던 것입니다."

마치 최후 논고 같은 내 발언을 황윤수 판사는 전혀 제지하지 않고 묵묵히 듣고만 있었다. 비록 표정은 드러나지 않았지만, 이제 그의 뇌 속에서 한 번도 떠오른 적이 없었던 '석지연 범인설'이 형상을 갖추며 윙윙 돌아가고 있다는 게 느껴지는 듯했다. 석지연의 그 버릇이 또 나오고 있었다. 낭패의 순간 입술을 잘근잘근 깨무는 그 몸의 언어. 국선변호사 이강헌은 멀거니 앉아 있을 뿐이었다. 이 증인의 진술을 무너뜨리려면 다시 엄청난 노력과 준비가 필요할 것이다. 그런다고 해서 흐름을 되돌린다는 보장도 없다. 석지연이 따로 돈을 지불하지 않는 한 한 달에 스무 건 정도의 형사사건을 돌려야 하는 그에게 그만한 열정이 솟아날 리 없다. 그나마 공판 초기에는 관심이라도 보였건만, 이제 이 사건의 유무죄는 그의 관심사에서 서서히 멀어지고 있는 듯 보였다.

변호인이 아무런 말도 하지 않자 다시 석지연의 입에서 다급한 외침이 튀어나왔다.

"판사님, 거짓말입니다!"

"피해자와 연인 관계였다는 게 거짓이란 말인가요?"

판사가 묻자 석지연이 우물쭈물하며 대답했다.

"그, 그건 맞아요. 하지만……."

"그럼 증인의 진술 중에 어떤 부분이 거짓말이란 겁니까?"

"진술은…… 아니, 제가 고의로 미래를 죽게 내버려둔 게 아니라고요! 미래는 병으로 죽었잖아요!"

"증인은 피고인이 살인했다고 하지 않았습니다. 그저 피고인과 방미래 씨와의 관계를 증언했을 뿐입니다만."

"네에……."

판사의 말에 석지연은 풀이 죽어 버렸다. 살인 혐의로 재판받고 있는 당사자는 절대 평온할 수 없다. 이 상황에서 논리적인 반박은 불가능하다. 그렇기 때문에 변호인이 있다. 하지만 이강헌 변호사는 변론에 별 관심이 없어 보인다. 석지연이 괜히 나섰다가 좋지 못한 인상만을 남기고 있는데도 제지조차 하지 않고 있다. 어쩌면 그도 마음속으로는 석지연이 범인이라고 생각하고서 도와주고 싶지 않은 기분이 된 건 아닐까. 그녀로부터 지급되는 돈이라는 다른 동력도 없으니 말이다.

이날 재판이 종결될 수도 있었다. 하지만 판세가 불리해졌다고 느낀 석지연 측에서 한 번 더 공판을 요청했고, 받아들여졌다.

다음 공판은 3주 후로 잡혔다.

재판은 분명 유리해졌다. 하지만 이건 상대보다 조금만 나으면 이기면 민사재판이 아니다. 절대적인 입증이 필요하다. 상대평가가 아니라 절대평가. 형사재판에서는 '범인일 가능성이 아닐 가능성보다 더 높다'는 정도로는 유죄가 안 된다. '석지연이 범인일 것 같다'는 강한 느낌만으로도 안 된다. 완벽에 가까운 입증이 요구된다. 살인 사건이고, 유죄라면 무기징역도 가능한 중대 사건이다. 석지연에게 분명한 동기가 존재하며, 그녀가 몇 가지 거짓말을 했다는 게 드러났지만, 그게 곧 유죄로 이어지지는 않는다. 박하게 평가한다면, 무죄 일변도의 흐름에서 간신히 건져 올린 정도일 수도 있다.

내가 스스로에게 엄격하단 걸 안다. 다른 사람의 눈으로는 어떨까.

나는 우리 부의 임동원 부장검사를 찾아가 상의해 보았다. 증인신문조서를 찬찬히 들여다본 뒤 기록을 툭 던지며 그가 말했다.

"이 정도라면 유죄 나오겠는데."

"그럴까요?"

"그럼. 지난번 공판에서 거짓말 다 드러났고, 동기도 분명해졌잖아. 하아, 방미래하고 사귀는 사이였다니, 세상에, 누가 생각이나 했겠어? 또 보험도 말이 안 되지. 무엇보다 죽은 날 석지연이 행동한 거 봐. 애를 겉옷만 입혀서 차 레그룸에 짐짝처럼 던져 놓고는 공터에 데리고 가서 아침까지 빈둥거리고. 술 깨게 하려고 그랬다는 게 말이 되겠어? 누가 봐도 일부러 시간을 끈 건데."

임동원 부장검사는 비교적 냉정한 사람이다. 법리에 조금 약하다는 평가가 있지만 사건을 있는 그대로 보는 그의 냉철한 시각과 연륜에 감탄한 적이 한두 번이 아니었다. 그가 이 정도로 말했다면…… 아무리 직접증거가 약하다 해도 무죄로 하기는 힘들겠지?

나는 조금 안심했다.

의료 기록을 뒤늦게야 찬찬히 읽어 본 것은 전적으로 내 불찰이다. 인정한다. 의대생이었던 내가 의학에 얼마나 진절머리를 쳤으면 의사 시험까지 합격하고도 방향을 틀어 이 길로 왔을까. 남들은 내가 의대 출신이라고 해서 의료 사건을 전담하라고 하지만 모르는 말씀이다. 나는 의료 사건이 싫다. 거기서 느껴지는 메스, 흰 가운, 포르말린 냄새 같은 것들에 강한 알레르기가 있다. 방미래 사건도 그랬다. 의료 기록이 잔뜩 첨부되어 있었지만 거의 본능적인 거부감으로 보기 싫어 미루어 왔다. 아니, 미루었다기보다, 의사들이 어련히 잘 진단서를 쓰고 치료했을까 하는 마음에 덮어 두었다. 그러다 무슨 생각으로 그날 밤 방미래 사건에 첨부된 의료 기록을 검토할 생각을 했는지는 모르겠다. 어쩌면 재판 결과에 대해 남은 불안감이 나를 재촉했을지도 모르겠다.

모두가 퇴근한 검사실, 홀로 책상에 앉아 의료 기록에 코를 박고 있던 나는 고개를 벌떡 쳐들었다. 과장한다면, 한밤중에 망치로 뒤통수를 맞은 듯한 느낌을 가졌다.

이건…… 이 가설이, 이 결론이 맞는 거야? 이러면 안 되는데.

나는 머리를 크게 가로저었다. 하지만 그건 즉각적인 반응일 뿐이었고, 나는 이내 뿌연 모니터 불빛을 받으며 곰곰이 생각에 잠겨 들었다.

방미래의 사인은 '비외상성 뇌출혈'이다. 누군가 때려서 뇌에 출혈이 발생한 게 아니라 내부에서 출혈이 발생했단 얘기다. 그 원인은 뇌동맥류 파열에 의한 지주막하출혈이었다. 이 경우는 다른 원인의 뇌출혈과 달리 발병 초기에 뇌출혈이 집중된다.

부검 감정서를 보면 '뇌가 탱탱하게 부어올라 뇌의 주름이 거의 펴진 상태이고, 왼쪽 전두엽의 뇌실질과 안쪽 뇌실 안에 약 200cc 이상의 응혈이 섞여 있는 뇌출혈이 발생하였음.'이라고 되어 있다. 200cc의 출혈량은 대량 출혈에 속한다. 급격히 사망할 수 있는 위중한 수치다. 달리 말하면, 빨리 병원에 이송되었더라도 사망하였을 가능성이 높다는 이야기다.

방미래가 실려 갔던 병원의 응급 기록지를 보면 심폐 소생술이 이뤄질 당시 방미래의 신체에서 이미 시강과 시반이 확인되어 있다. 사망 직후에는 근육이 경직되어 그것과 연결된 관절이 잘 움직이지 않는데, 이것을 시강이라고 한다. 다른 말로는 사후경직이라고 한다. 시반은, 죽어서 심장 운동이 멈추면 혈액이 더 이상 흐르지 않고 멈춰 있던 곳에서 중력을 따라 가라앉게 되는데, 이렇게 가라앉은 혈액이 피부에 비쳐 자주색으로 보이는 것을 말한다. 즉, 방미래는 이미 죽은 지 어느 정도 시간이 흐른 후에 병원 응급실에 도착했다고 봐야 한다.

또, 부검 당시, 방미래의 턱 부위에 까진 상처가 있었다고 기록되어 있다. 그런데 여기서 출혈 같은 생활반응이 발견되지 않았다. 그렇다면 턱 부위의 상처는 사망 직후에 생겼거나 적어도 사망하기 직전에 발생하였다는 얘기가 된다. 그런데 지하 주차장 CCTV 화면을 보면 석지연이 의식이 없는 방미래를 뒷좌석에 태울 때 방미래의 얼굴이 여러 번 문짝에 부딪치는 장면이 나온다. 그때 이 턱의 상처가 생긴 거라면……

나는 황급히 엘리베이터 CCTV를 다시 재생시켜 면밀히 들여다보았다. 방미래는 축 늘어져 있었다. 몸 어느 구석을 보아도 수의 운동, 즉 자신의 의지로 움직이는 부분은 보이지 않는다. 최소 완전한 혼수상태인 것이다. 또 방미래가 호흡을 하고는 있지만 그 모습은 비정상적이었다. 뇌졸중이나 심장마비처럼 심각한 응급 상황에서 전형적으로 나오는 뇌계 반사작용으로 나타나는 호흡으로 보였다. 응급실에 도착했을 무렵인 아침 7시, 이미 사후 최대 네 시간 정도는 경과했을 수 있다.

이 모든 것들을 고려해 본다면…….

방미래는 그날 석지연이 차량 뒷자리에 억지로 구겨 넣었던 새벽 3시경에 이미 죽었거나, 적어도 죽음 직전의 단계에 있었다. 그걸로 의학적인 추정을 더 해 보면, 방미래는 그날 밤 12시에 이미 급성 뇌출혈로 사망 직전의 상태에 이르렀을 가능성이 있다.

석지연이 빨리 방미래를 병원으로 데리고 갔더라도 사망했을 거라는 얘기다.

이 결론밖에 없다.

다시 말하면.

석지연의 행동과 방미래의 죽음 사이에는 인과관계가 없다.

형사처벌을 하려면 인과관계가 필요하다. 그 사람의 그 행동으로 그 결과가 발생했다는 인과관계가 인정되어야지 유죄가 된다. 그렇지 않다면 아무리 나쁜 행동이라도 처벌할 수는 없다. 사람을 칼로 찌르는 건 악하지만, 이미 죽은 사람을 칼로 찌른다면? 불쾌하겠지만, 살인죄는 안 되는 것이다. 그자가 칼로 찔러서 죽은 게 아니니까.

같은 논리로, 석지연이 아무리 괘씸하다고 해도 그녀의 행동과 방미래의 죽음에 인과관계가 없다면 유죄일 수는 없다. 보험금을 노리고 살인을 설계해 놓고서 방미래의 뇌출혈 발병을 기다린 것은 너무나 악랄하다. 하지만 증상을 보인 때 방미래를 일찍 병원에 데리고 갔더라도 어차피 죽었을 거라면, 석지연은 처벌 대상이 아니다. 죽음에의 인과관계가 없기에. 방미래는 석지연이 늑장 피운 탓이 아니라 병이 너무 급성이어서 죽은 것이다. 석지연은 이미 죽음이 찾아온 방미래를 상대로 살인 공작을 펼친 것에 불과하다.

물론, 석지연이 그날 밤 12시경에 방미래를 병원으로 데리고 갔더라면 살 가능성이 있었을지도 모른다. 하지만 이건 추측이다. 추측으로는 절대 유죄가 될 수 없다. '살 수 있었다'는 것이 가능성이 아니라 분명한 사실 수준으로 확인될 때 석지연을 살인자로 취급할 수 있다. 하지만 이 재판에서 그런 단정이 가능할까.

나는 여기서 고개를 크게 가로저었던 것이다.

내 의학 지식은 말한다. 적어도 그런 단정은 절대 불가능하다고. 오히려 석지연이 더 일찍 방미래를 병원에 후송했더라도 살 수 없었을 거라고 선언하고 있었다.

나는 그날 밤 고민에 빠졌다.

고민의 이유는 그거였다.

이 사실을 법정에 알려야 할 것인가.

아니면, 모른 체할 것인가.

누군가는 물을 것이다. 당신은 검사 아닌가. 그건 피고인한테 유리한 부분이고, 피고인 측이 주장할 문제다. 그들이 그렇게 하지 않는데, 당신이 왜 고민하느냐.

과연 그럴까.

검찰은 상대의 죄를 묻는 기관이지만 검사에게는 '객관의무'란 것이 있다. 범죄 소추에 앞서 객관적인 진실을 밝혀야 한다는 거다. 상대방이 억울하다는 것을 알면서도 무작정 유죄만을 추구해서는 안 된다. 그것이 '민간인 당사자'와 다른 검사라는 '국가 기관'이다.

물론 석지연의 행위는 비위가 상할 정도로 악하다. 그런 나쁜 인간을 위해 뭘 고민하나 싶을 거 같다. 살인을 시도한 거나 실제 살인한 거나 뭐가 다르냐 할 수도 있지만, 다르다. 한쪽은 유죄고, 다른 한쪽은 무죄니까. 법률상 무죄의 가능성이 있단 걸 알면서도 숨기고서 유죄 일변도로 밀어붙여야 할 것인가.

의료 기록을 괜히 봤어. 후회됐다. 보지 않았더라면 하지 않아도 될 찜찜한 고민이었다. 슬쩍 성질도 났다. 원래 이건 석지연의 변호인이 지적했어야 할 부분이다. 그런데 검사인 내가 들춰내고 말았다. 국선인 석지연의 변호인이 대충대충 시간만 보내던 법정에서의 모습이 겹쳐졌다. 젠장.

공판 전까지 남은 6일간.

잠을 설치게 될 것 같다.

눈알이 쾡했다. 실제로 며칠간 잠을 설치고 말았다.

법대를 바라보는 시야가 흐릿할 정도다.

공판일. 결심은 섰다.

황윤수 판사가 이강헌 변호사에게 말했다.

"지난번 피고인 측 요청으로 공판이 속행됐습니다. 제출할 증거가 있습니까?"

"증거는 더 없습니다만……."

있을 리 없다. 괜히 미룬 거란 걸 누구나 안다. 판사는 굳이 콕 집었다.

"그럼 왜 공판을 속행하자고 한 거였습니까?"

"아, 네. 피고인이 최후진술 준비도 해야 한다고 해서요."

별 시답잖은 사유다. 판사의 비위를 더 상하게 할 뿐이다.

"그럼 양측이 더 하실 것 없으면……."

황윤수 판사가 공판을 종결하려 한다. 나는 일어섰다.

"재판장님."

"네."

황윤수 판사가 무심한 얼굴로 나를 보았다.

"제출된 증거 기록 중 제16호부터 23호까지의 병원 응급실 의료 기록과 부검 감정서, 당일 승강기와 지하 주차장 CCTV 동영상에 대해 전문의의 감정을 신청합니다."

내 말에 황윤수 판사는 잠시 뜨악한 표정으로 나를 쳐다보았다.

"의사의 감정을 신청한다고요? 이유는요?"

"피고인의 행위와 피해자 방미래의 사망 사이의 인과관계 문제를 확인해 보기 위해섭니다."

내가 말했다.

이것이 며칠간 내 고민의 결과였다.

생각에 잠겨 있던 어느 날 어느 순간 나는 깨달았다. 이건 내가 고민할 문제가 아니라고. 검사는 최종적으로 무얼 판단하는 기관이 아니다. 재판의 한쪽에 서서 죄를 묻는 기관이다. 진실을 밝힐 객관의무가 있다고 해도 어디까지나 그 한계 안에서다. 판단 기관인 법원에 당사자로서 어떤 신청을 하고 요구를 하는 지위에 있을 뿐이다.

나는 공을 법원에 넘기기로 했다. 그 공을 받을지 말지는 판사의 마음이다.

내가 의대 출신이라 하더라도 진료 기록을 보고 죽음이 임박했다고 본 건 어디까지나 절차상으로는 '검사의 판단'이다. 재판에서는 정식 절차를 거쳐 의사들의 감정을 거치는 게 맞는다. 검사로서, 법원에 의료 기록 감정을 청구했다. 그 과정 안에서 어떤 결론이 나올 것이다. 그걸 토대로 어떤 판결을 내릴지는 이제 판사의 책무다. 검사로서, 시민으로서 할 수 있는 것을 했다. 할 만큼 한 것이다. 직업적으로든 양심으로든 거리낄 것이 없다.

검사로서 객관적인 진실을 밝힐 의무를 저버릴 수는 없다. 법리상 인과관계가 인정되지 않는다면 석지연은 무죄다. 내가 그걸 법정에 드러냄으로써 이제 석지연이 무죄를 받을 가능성은 대단히 높아졌다. 실제로 무죄가 나오면 쓰라릴 것이다. 하지만 법리상 무죄임을 '나만은' 알고 있는데, 숨기고서 유죄를 받아 내는 건 더 후회를 남길 거다. 난 그렇게 판단했다.

하지만, 황윤수 판사의 말은 조금 예상치 못한 거였다.

"받아들이지 않겠습니다."

그의 말은 단호했다.

아.

그 답변에 나는 한편으로는 놀라면서도 한편으로는 안심했다. 솔직히 말하면 다행이라는 생각까지 들었다.

나는 할 만큼 했다. 무죄를 감수하고도 의료 기록 감정을 청구했다. 석지연의 행동과 방미래의 죽음에는 인과관계가 없다는 걸 밝히려고 했다.

받아들이지 않은 건 판사다. 결과가 어떻든 판사의 책임이다. 오판이라면, 그것도 판사의 탓이다.

후련했다. 홀가분해졌다. 며칠간의 고민이 눈 녹듯이 사라지는 걸 느꼈다. 진실을 드러내려는 '노력'은 충분히 했다. 판사가 내 노력을 기각하면서 그 상황은 종료됐다. 판사가 오

174

해해서였건 의학 지식에 무지해서였건 결정은 그의 책임이다. 이제 남은 건 역할에 충실하게 석지연의 유죄 판결을 받아 내는 일이다.

맞은편에 앉은 석지연과 이강헌 변호사를 보았다. 석지연은 그렇다 치고 이강헌 변호사도 아무런 생각이 없어 보였다. 그는 내가 의료 기록 감정을 신청한 의미를 모르고 있는 것이 분명했다. 아무리 국선변호사라고 해도, 의사의 감정 결과 여하에 따라 사망의 인과관계가 부정되어 무죄의 가능성이 있다는 데에 생각이 미친다면 저렇게 태평하게 있을 수는 없을 테니까.

"이미 재판을 너무 오래 끌었습니다. 불필요하게 수차례 공판이 속행되기도 했고요. 결론을 내기에 충분할 만큼 심리가 이루어졌다고 봅니다. 이 정도 하시죠."

판사는 내 신청을 받아들이지 않은 게 미안했는지 변명 조로 덧붙였다.

아니, 아니. 미안해할 필요 없어. 후련하다니까. 받아 주지 않아서.

황윤수 판사는 이어 모든 심리를 종결하겠다고 선언했다. 장장 8개월이 걸린 재판이었다. 지겨울 만도 하다.

"검사님, 의견 밝히시죠."

구형의 시간이다. 나는 자리에서 일어섰다. 석지연의 범행

이 얼마나 악랄한지를 줄줄이 나열하고는 마지막에 구형을
했다.

"본 검사는 피고인에게……."

나는 잠깐 말을 멈추고 석지연을 보았다. 찰랑거리던 머리
가 멈추어 있다. 비록 검사의 구형이지만 바짝 긴장해 있을
거다. 나는 입술을 떼었다.

"사형을 구형합니다."

방청석이 웅성였다. 사형. 비록 이루어지지 않는다고 해도
그 단어의 무게는 어마어마했다.

사형 구형은 의도적이었다. 계획 살인이라고 해도 피해자
가 한 명이라면 무기징역 정도의 구형이 일반적이다. 하지만
나는 석지연에게 최대한의 타격을 주고 싶었다. 유죄라면,
그녀가 기획한 범죄는 도무지 내 비위에 맞지 않는 종류였
다. 욱하는 성질에 그만 사람을 찔렀다거나, 이보다 덜 치밀
하게 범죄를 기획했다면 덜 기분 나빴을 것이다. 더 안 좋은
건 그녀의 태도다. 자신이 만든 범죄 계획에 기대 끝까지 범
행을 부인하고 있다. 때로는 살인보다 거짓이 더 불쾌하다.
유무죄는 정답이 있지만 양형에는 정답이 없다. 여기엔 사
람들의 감정. 그것이 답일 수 있다.

석지연이 움찔했다. 몸을 약간 움직이는 정도였지만 그 내
면에서는 격통이 솟구칠 것이다. 아무튼 지금 내가 가할 수

있는 제재가 이 정도라는 게 한스러울 뿐이다.

뒤이어 이강헌 변호사의 최후 변론이 있었지만 힘이 없었다. 오히려 석지연의 최후진술이 임팩트가 있었다. 그녀의 얼굴은 온통 눈물로 얼룩져 있었는데 거기엔 내 사형 구형도 한 몫 했으리라.

석지연의 말은 결국 지금까지 해 온 변명의 반복이었다. 너무 억울하다, 자신이 얼마나 방미래를 아꼈는지 아무도 모를 거다, 방미래가 아픈 걸 절대로 몰랐고, 사건이 있던 날도 일부러 방치하지 않았다……. 하지만 왜 하필 사망 한 달 전에 방미래가 보험에 가입되었는지, 왜 보험금 수령자가 자신으로 되었는지, 그날 밤 왜 방미래를 겉옷만 입히고서 질질 끌고 나와 차량 레그룸에 짐짝처럼 구겨 넣었는지에 대한 설득력 있는 해명은 끝내 나오지 않았다.

그녀는 울먹이다가 종내는 오열했다. 그 모습은 방청석에 꽤 동정과 울림을 전해 준 듯하지만 감정적인 면을 걷어 내고 보면 그녀의 말에 논리는 없었다.

됐다.

나는 내심 유죄를 확신했다.

선고는 3주 후였다.

유죄 판결이 날 거라고 믿었다. 하지만 그 확신은 공판이 끝난 직후부터 차츰 옅어져 갔다. 그게 불안의 생리인 모양이다.

생각해 보면 이 사건에의 내 집착도 이유는 있다. 경찰이 애당초 과실치사로 보내온 사건이었다. 나는 의혹을 가졌고, 살인으로 완전히 뒤집었다. '부작위에 의한 살인'이라는 유죄 사례가 몇 개 없는 어려운 기소였다. 주변에서 다 말렸고, 부장검사까지도 그랬다.

이런 경우는 내 짧은 검사 경력에서 처음이었다. 만약 유죄를 받아 낸다면 이 조직에서 내 평가는 확실하게 이전과 달라질 것이다.

공판 과정에서 고민도 있었다. 석지연이 그날 밤 아무 조치도 하지 않은 '부작위'가 방미래의 죽음과 인과관계가 없을 거라고 깨달았지만, 그건 공식적으로는 의사로서의 판단이 아니라 검사로서의 판단이다. 절차상 의사들의 정식 감정을 거치지 않는 한 재판의 자료가 될 수 없다. 나는 무죄를 감수하고도 그 감정을 법원에 신청했다. 받아들이지 않은 건 판사다. 내 영역 밖의 일이다. 나는 해야 할 일을 다했고, 이제 전혀 거리낌이 없다.

유죄 판결을 받아 낼 일만 남았다. 아무래도 경찰에서도 과실범으로 볼 정도의 사건이었고, 적극적인 살해 행위가 있었던 것도 아니니 유죄라고 하더라도 그다지 높은 형은 선고되지 않을 것 같다. 하지만 검사에게는 선고형이 얼마나 나왔는지가 중요하지 않다. 무죄만 받지 않으면 된다. 유죄 판결만 나오면 이 기소는 성공이고, 나는 능력을 인정받게 된다. 그리고 검사로서의 탄탄대로……

선고가 있기까지의 3주간 나는 이런 희망의 시나리오를 머릿속으로 쓰고 있었다.

드디어 선고 기일.

그날 내가 받은 충격은 아마 남은 검사 생활 동안 잊지 못할 것 같다.

석지연은 여느 때와 다름없이 찰랑거리는 단발을 하고 피고인석에 섰다. 평소보다는 머리카락으로 얼굴을 조금 더 가리고 있었는데, 두려움과 부끄러움을 감추려는 게 아니었을까.

이강헌 변호사는 나와 있지 않았다. 선고일에는 통상 변호사가 출석하지 않는다. 아마 관심도 없으리라.

황윤수 판사는 선고가 적힌 판결문 종이를 법대 위에 탁탁 치며 줄을 맞추고는 양쪽에 앉은 배석판사를 한 번씩 번갈아 보았다.

마치 "당신들도 이 결론에 동의했지?" 하고 재차 확인하는 듯한 모습.

석지연의 운명의 시간이다. 그녀의 몸이 가늘게 떨리는 것을 보았다. 이런 순간을 맞이할 줄 알았더라면 그런 범죄를 애당초 계획했을까? 물론 아니었겠지. 완전범죄를 기획했던 불완전한 인간. 누군가 말했다. 모든 접촉은 흔적을 남긴다고. DNA, 지문, 혈흔……. 마찬가지다. 모든 범죄도 흔적을 남긴다. '개연성'이라는 흔적을.

판결문을 든 채 황윤수 판사가 입을 떼었다.

"판결을 선고하겠습니다."

조용했던 법정에 더 깊은 적막이 내려앉았다. 가벼운 차림으로 마실 나온 방청객도 있었을지 모르지만 그들 모두 느끼고 있는 것이다. 살인 사건의 무게를.

"먼저 유무죄에 관한 판단입니다. 이 사건은 명백한 직접 증거가 있는 사건입니다."

오호, 출발이 좋다.

"사건 당일의 승강기와 지하 주차장, 그리고 인근 공터의 CCTV에 피고인의 모습이 찍혀 있습니다. 거기에는 피해자 방미래를 짐짝처럼 질질 끌고 가서 차에 함부로 태우고 공터에서 아무 의미 없이 시간을 보내는 장면들이 나옵니다. 피고인은 술을 깨게 하려고 했다지만 영상을 보면 그런 장면이 아니라는 게 분명합니다. 피고인은 방미래를 병원에 데리고 가는 걸 일부러 지연시킨 것으로 판단됩니다. 그리고 당시 영상에 찍힌 방미래의 몸 상태를 보면 심각했고, 피고인도 그게 그저 술에 취한 게 아니라 몸이 아픈 거라는 걸 분명히 알 수 있었다고 보입니다. 피고인이 방미래와 연인 관계였고, 헤어지려 하자 분노했던 것, 그 무렵 심하게 돈에 쪼들리고 있었던 점 등 범행 동기도 충분합니다. 방미래의 죽음 바로 한 달 전에 질병사망 보험 계약을 체결했고, 가족도 아니며 헤어지기 직전이었던 피고인이 보험금 수령자로 되어 있었던 점도 석연치 않습니다. 결국 피고인은 방미래가 자신을 떠나려 하자 증오심이 생겼고, 마침 돈도 궁하던 차에 뇌출혈 전조 증세를 보이던 방미래를 구슬려서 보험에 가입시켜 놓고는 뇌출혈을 일으키기를 기다려 사망하도록 내버려두는 방법으로 살인한 것으로 볼 수밖에 없습니다. 이에 피고인에 대한 살인죄 기소를 유죄로 판단합니다."

됐다! 유죄!

황윤수 판사의 판단은 어디까지나 논리적이었다. 물론 일찍 병원에 데려갔더라도 방미래는 어차피 죽었을 거라는 인과관계에 관한 의학적 전문 지식이 빠져 있다는 점만 빼고 말이다. 어쨌든 그건 내 알 바 아니다. 재판에 제출되어 있는 자료 안에서는 가장 합리적인 판단이다.

판사가 유죄라는 단어를 말하는 순간, 석지연은 고개를 푹 숙였고, 드리운 머리칼의 장막 너머로 입술을 잘근잘근

깨무는 게 보였다. 지금 그 머릿속은 어떨까. 삭은 달걀 같지 않을까?

통쾌했다. 아무튼 그녀는 악인이다.

이제 남은 건 얼마의 형을 받는가이다.

황윤수 판사가 조금 쉬었다가 말했다.

"다음으로 양형에 관해서입니다. 피고인은 오로지 돈을 목적으로 치밀하게 살인을 계획한 것으로 보입니다. 범행 직전 방미래를 보험에 가입시켜 놓았고, 수익자는 자신으로 만들어 놓았습니다. 그러고는 직접적인 살해 행위를 피하면서 방미래의 자연적인 발병을 기다렸습니다. 그러다가 방미래가 뇌출혈을 일으키자 곧장 병원에 데리고 가지 않고 환자를 짐짝처럼 취급하면서 아침까지 고통을 연장시켰습니다. 그 시간 피해자가 겪었을 고통은 상상하기 어렵습니다. 이 모든 것은 불과 2억 원의 보험금을 타기 위해서였습니다. 한때 사랑하는 사이였던 피해자를 이런 치밀한 방법으로 살해한 것은 용서받지 못할 극악한 행위입니다. 더욱이 피고인은 범행을 반성하지 않고 법정에서까지 끝끝내 범행을 부인했습니다. 직접적인 살해 행위가 없었다는 점을 이용해 교활한 변명을 펼쳤으며, 바로 이런 식으로 죄를 부정하기 위해 손을 대지 않고 기다렸던 것입니다. 칼로 찌르거나 하는 직접적인 가해 행위가 없었다는 이유로 통상의 살인보다 관대하게 판단할 수 없으며, 그 점이 바로 피고인이 노린 바일 것입니다. 이 사건에 안이하게 대처한다면 향후 우리 사회에 입증이 어려운 부작위 계획 살인이 널리 퍼질 우려도 있습니다. 본 재판부는 이 살인의 실질적 악성(惡性)에 부합하는 형을 선고해야만이 유사한 범행을 막을 수 있다고 판단합니다……."

역시 판사도 범행을 교묘하게 부인하는 석지연의 태도를 좋지 않게 본 모양이다. 생각보다 꽤 높은 형이 나올 수도 있겠는데.

"이러한 여러 가지 사정을 고려하여 다음과 같이 형을 선고합니다."

황윤수 판사의 입이 잠깐 다물어졌다. 법정의 긴장감이 최고조에 달했다. 나도 모르게 꿀꺽하고 침을 삼켰다. 다음 순간, 그의 입에서 떨어진 말은 나를 경악케 했다.

"피고인을 사형에 처한다."

사형!

사형이라니!

구형 때 내 입에서 나왔지만 판사의 입으로 들으리라고는 기대하지 못한 단어였다.

나는 거의 본능적으로 석지연을 보았다.

비틀.

교도관 두 명이 급히 다가와 석지연을 양쪽에서 부축했다. 찰랑거리던 머리카락이 얼굴을 완전히 덮었기에 표정을 볼 수는 없었다. 하지만 더 이상 볼 필요는 없다. 사형을 선고받은 이의 얼굴에서 표정이란 건 이미 의미가 없을 테니까.

여파는 컸다.

언론에도 꽤나 크게 보도가 되었다. '법원, 무위의 살인에 유죄 인정하다', '계획 살인에는 사형 선고로 철퇴' 정도의 제목은 양반이고, '그날 밤 아무것도 하지 않았다', '범죄자가 출제하고 검사가 풀어낸 살인 방정식' 같은 추리소설형 제목부터, '무죄와 사형 사이', '뇌출혈의 밤' 같은 어처구니없는 제목의 기사도 있었다.

부장검사와 차장검사는 선고가 있은 직후 나를 따로 불러 치하했다.

"김 검사, 정말 대단해! 유죄에다 사형까지 받아 내다니!"

"경찰이 과실치사로 놓친 사건을 검찰이 파헤친 거잖아. 김 검사 덕분에 검찰 체면이 살았어!"

솔직히 어깨가 으쓱했다.

차장검사실을 나와 돌아오는 복도를 걸으며 조금은 얼떨떨한 기분이 들었다.

아무튼 이걸로 되었다.

이제 검사로서의 내 앞길은 조금 열린 거겠지.

그 만남은 우연이었다. 아마 선고가 있은 지 거의 5개월쯤 지난 무렵이었을 것이다.

석지연 사건의 국선을 맡았던 이강헌 변호사가 드디어 국선을 그만두고 개인 사무실을 연다는 소식이었다. 그는 내게 전화를 걸어 대뜸 술 한잔하자고 했다.

"와하하하하! 김 검사님, 제가 6년 만에 국선을 졸업하고 사무실을 냅니다! 축하해 주실 거죠?"

그는 갑자기 친하게 굴며 너스레를 떨었다. 개업을 앞둔 이강헌에게는 현직 검사와의 친분이 영업상 필요했을 듯싶다. 그는 인연이 닿은 판사나 검사 들한테 열심히 전화를 돌리고 약속을 잡고 있었다.

변호사와의 개인적인 만남은 내키지 않는다. 나는 계속 미루었는데, 나름의 거절 방식이었다. 하지만 그는 눈치 없는 척하며 끝내 약속을 잡자고 우겼고, 하는 수 없이 적당히 평계를 대서 2차 없이 저녁만 먹기로 절충했다.

약속 장소는 선릉역 뒤편 빌딩 28층에 있는 레스토랑으로 정했다. 소위 '가성비 레스토랑'으로 알려진 이태리 식당인데, 남자 두 사람이 들르기에는 어색할지도 모른다. 하지만 한식이나 일식으로 하면 자칫 술자리로 이어지기 쉬우니, 그걸 피해 여기로 잡은 것이었다. 내 몫의 밥값은 내가 낼 예정이지만 굳이 그가 우겨서 식대를 낸다고 해도 가벼운 파스타 정도면 소위 '청탁금지법' 위반 문제는 없을 거라는 심산도 있다. 레스토랑에 들어가다가 마침 이강헌 변호사를 만났다. 그는 몇 달 만에 조금 떠들썩한 사람으로 변해 있었는데, 개업을 앞두고 의도적인 변신을 꾀하는 것 같았다. 같이 문을 열고 들어가서 웨이터의 안내를 받아 안으로 발걸음을 옮기는데, 돌연 이강헌이 말했다.

"어? 판사님!"

이강헌이 말한 쪽을 보니, 창가 자리에 황윤수 판사가 중년 여성과 식사를 하고 있었다. 나와 이강헌은 다가가 인사를 했다.

"김 검사님, 이 변호사님, 안녕하세요. 두 분이 식사하러 오셨군요."

황윤수 판사는 우리를 보고 웃으며 인사했다. 그 말투가 왠지 따뜻하게 들렸다. 이렇게 웃을 수 있는 사람이 법정 안에서는 왜 그리 싸늘하기만 했는지.

"집사람이에요."

황윤수 판사의 맞은편 중년 여인이 우리에게 웃으며 인사했다. 빗어 넘긴 머리에 홀쭉한 얼굴, 살짝 늘어졌지만 흰 피부. 한때 찌들었다가 말년에 살기 편해진 사람의 느낌이다.

예전 의대에서 많이 보던 관상 같다는 느낌을 받았다.

"안녕하세요. 변현정이라고 해요."

굳이 자기 이름을 밝히고 나온 게 조금 의외였지만 직장 생활을 하던 버릇일 수도 있다.

이강헌의 눈이 빛났다. 사무실 개업을 앞둔 시점에 검사와의 식사 자리에서 마침 판사까지 만났다. 일거양득이라 여겼던 것 같다.

"야, 이거, 판사님도 아직 식사 시작 안 하신 거 같은데, 합석하시죠!"

"그럴까요."

황윤수 판사는 스스럼없이 고개를 끄덕였다. 생각보다 개방적인 성격인 것 같다. 황윤수 판사의 아내도 기꺼이 "그러세요." 했다.

"하필이면 그 사건 재판 당사자가 한자리에 모였네요."

이강헌 변호사가 자리에 앉으며 말했다. 그 사건은 물론 한때 인터넷 뉴스를 달구었던 석지연 사건이다.

"그러고 보니 그러네요, 허허."

황윤수 판사도 적당히 말을 받아 주었다.

"그 사건이라뇨, 뭐죠?"

황 판사의 아내 변현정이 물었다. 이강헌이 냉큼 대답했다.

"사모님도 아실 겁니다. 황 판사님이 맡았던 뇌출혈 살인

사건요. 이분이 그때 검사셨던 김지환 검사님, 저는 변호인
이었고요."

"어머, 그 사건이었군요!"

변현정은 양손을 모아 호들갑스럽게 입가로 가져갔다. 사
건을 잘 알고 있는 눈치다. 유명한 사건인 데다 자기 남편이
맡은 사건이었으니 모를 리는 없다.

"하필 참 인연이죠. 그 재판의 주역들이 여기서 우연히 만
났으니까요. 아, 물론 진짜 주역은 지금 감옥에 있지만요."

이강헌이 너털웃음을 터뜨리며 말했다. 남들한테는 부적
절해 보일 수도 있는 대화라 나는 주위를 둘러보았다. 하지
만 무딘 이강헌은 계속 떠들어 댔다.

"저도 변호하느라 했지만, 무엇보다도 뇌출혈이 그렇게 무
서운 병인지 몰랐습니다! 글자 그대로 뇌에서 피가 철철 흐
른다는 거 아녜요? 역시 건강이 제일입니다."

"그거 출혈량이 엄청났던데…… 200cc나 됐다고."

변현정이 말했다.

"와아, 사모님이 아주 자세히 아시네요. 출혈량까지!"

이강헌이 과하게 호들갑을 떨었다.

"아. 이 사람은 내과 의사예요."

황윤수 판사가 말했다.

"아, 그러시군요."

어쩐지. 출혈량부터 이야기하기에 좀 이상하다 싶긴 했다. 변현정한테 처음 받은 인상이 의대에서 많이 본 것 같다는 거였는데, 들어맞았다.

"전 그런 살인 사건 같은 거 너무 재미있거든요. 어머, 이런 말 하면 두 분께서 이상하게 보시겠다."

"아닙니다. 사모님이 사건에 관심 가져 주시면 황 판사님도 좋으시겠어요."

"이 사람이 그런 거 광적으로 좋아해요. 예전에 영장당직할 때는 밤에 사무실에 따라 나와서 살인 사건 시체 사진 같은 거 보고서 검안 의견 같은 걸 말해 주기도 했지요."

아내 이야기를 하는 황 판사는 기분이 좋아 보였다. 은근한 자랑 같은 것도 묻어 있었다.

"역시! 황 판사님의 영명한 판결에는 사모님의 내조가 있었군요!"

이강헌이 대놓고 아부를 떨자 차라리 분위기는 좋아졌다.

생각 외로 식사 자리는 즐거웠다. 이강헌 변호사와 단둘이었더라면 어색했으리라. 성인 남자 두 사람이 마주 보고 파스타를 먹는 장면이 흔한 건 아니다. 다행히 황 판사 부부와 만나서 어색함이 묻혔다. 석지연 사건이라는 공통점이 서로의 입을 열게 했고, 그게 단초가 되어 화제는 끊이지 않았다.

황 판사 부부 사이는 무척 좋아 보였다. 잠깐이지만 이 두 사람은 정말 '동반자'라는 말이 어울리는구나 싶었다.

식사를 마칠 무렵 이강헌 변호사의 휴대전화가 울렸다. 그는 전화를 받더니, "아이고, 이거 죄송합니다. 급한 일이 있어서 제가 먼저 일어서야겠습니다." 하며 자리에서 일어났다.

"일이 있다니 먼저 가셔야죠. 우리는 신경 쓰지 말고요."

변현정이 상냥하게 말했다. 이강헌 변호사가 부득부득 식삿값을 내겠다고 하는 통에 황 판사 부부와 내가 뜯어말리느라 고생을 좀 했다. 이런 게 가장 조심스럽다. 변호사한테서 몇만 원어치 밥 얻어먹고 괜한 구설에 오를 수 있다.

이강헌 변호사가 떠나고 10분쯤 후, 식후 커피까지 비우고서 우리도 일어섰다.

카운터에서 계산하고 같이 엘리베이터에 올랐다.

안에는 우리 셋밖에 없다. 정작 엘리베이터에 오르니 분위기가 좀 서먹해졌다.

"황 판사님은 차를 지하 주차장에 두셨나요?"

"네. 지하 2층입니다. 김 검사님은요?"

"아, 네. 전 지하 3층입니다."

"그러시군요."

"여기 맛있네요."

"네, 가성비 맛집이죠."

이런 의미 없는 대화로 정적을 지우고 있었다.

차라리 이 서먹한 분위기에서 헤어졌더라면 좋았을까.

그날의 그 충격을 받지 않았더라면 내 머리는 덜 복잡하지 않았을까?

이날 나는 깨달았다.

석지연 사건의 인과는 끝나지 않았던 것이다.

그런 생각도 든다.

1심 재판이 끝나고 5개월이나 지났지만, 그 사건에 덧씌운 망령은 내게 무언가를 기어이 전달하고 싶었던 거라고.

28층에서 출발한 엘리베이터는 6층에서 멈추었다. 누군가가 6층에서 타려고 눌렀던 모양이다.

6층 불이 켜진 채 엘리베이터 문이 열렸다.

위잉.

나는 깜짝 놀랐다.

문이 열리자 보인 건 남자 두 사람이었다. 남자 둘이 있었다고 해서 내가 놀랄 이유는 없다. 내가 경악한 건 두 사람이 키스를 하고 있었기 때문이다.

늦은 시각이었고, 그 빌딩에는 상층부 레스토랑 말고는 그 시간에 엘리베이터를 이용하는 사람이 없었다. 아마도 이들은 승강기 버튼을 눌러 놓고서 방심한 채 애정 행위를 하다가 그만 우리한테 보이고 만 모양이다.

문이 열리자 그들도 화들짝 놀라서 황급히 떨어졌다. 하지만 이미 그들이 키스를 나누는 장면을 우리가 본 후였다. 그들도 우리가 보았다는 걸 눈치챘던 모양이다. 그들은 승강기를 타지 않았다. 슬그머니 옆걸음질 쳐서 우리의 시야에서 벗어났다.

차라리 잘되었다. 그들이 탔더라면 우리도 민망했을 것이다. 본의 아니게 애정 행각을 목격하고 만 커플과 좁은 승강기 안에서 몇 초간을 보내야 하는 건 피차 민망한 일이다.

엘리베이터 문이 닫혔다. 다시 황 판사, 변현정, 그리고 나, 셋만이 남았다.

굳어진 공기. 어색한 정적이 흘렀다.

누군가 무슨 말을 해서 깼으면 싶었지만 나는 딱히 어떤 말이 떠오르지 않았다. 괜히 휴대전화를 만지작거리려는 찰나.

조그마하지만 선명한 여자의 목소리가 들렸다.

"더러운 것들."

변현정이었다.

주변이 조용하면 유독 작은 음성이 더 크고 또렷하게 들리는 경우가 있다. 그때도 그랬다.

무언가를 잘근잘근 씹는 듯한 말투. 오싹하리만큼 경멸이 담긴 어조였다. 아니, 경멸보다는 혐오라고 해야 할까. 얼음장 같은 그 말투는 빙해에서 불쑥 솟아오른 듯했다.

조금 전 남자들의 키스를 보았을 때보다 그 말을 들었을 때 더 움찔했던 것 같다.

그 순간 나는 반사적으로 황윤수 판사를 보았다.

"응."

나지막하게 읊조리는 음성. '웅'이나 '음'처럼도 들렸다. 소리는 작았지만 그보다 더 동의일 수 없는 동의. 그리고 난 보았다. 황윤수 판사의 목덜미가 그 짧은 시간에 벌겋게 달아올라 있는 것을.

붉은 목.

어디서 봤더라.

난 분명히 이걸 보았다. 황윤수 판사의 붉은 목을 보았다.

지하 2층에서 그들은 내렸다. 정신이 혼탁해진 통에 떠나는 그들 부부에게 인사를 하는 둥 마는 둥이었다. 난 한 층 더 아래로 내려가 차를 탔다. 그리고 떠올렸다.

분명 그때였다. 방미래의 애인이었던 류소이가 증인으로 나와 석지연이 방미래와 사귀는 사이였다고 폭로한 때. 황윤수 판사의 목덜미가 벌게져 있었다. 그때 선명하게 황 판사의 붉은 목을 보았다. 그리고 오늘 다시 보았다.

석지연의 인터넷 검색 기록을 확인해 보자는 영장 발부

를 거부할 만큼 재판 내내 석지연에게 우호적이었고, 무죄 심증을 굳혀 가던 황윤수 판사였다. 그런데 내가 방미래의 의료 기록을 의사를 통해 감정을 받아 보자는 신청은 거부했다. 그건 류소이의 증언 이후였다.

그리고 오늘 알게 된 사실. 황윤수 판사의 아내 변현정은 내과 의사이며, 살인 사건에 관심이 많아 남편의 사건 기록을 읽어 보고 의학적인 조언도 하는 사이다. 변현정은 방미래의 뇌출혈량이 200cc란 것도 알고 있었다. 그건 보도된 사실이 아니다. 그렇다면 석지연 사건 기록을 그녀도 읽었단 얘기다. 남편이 집에 들고 온 기록을 보았건, 아니면 남편이 봐 달라고 요청을 했건. 그렇다면 의사인 그녀는 알았을 것이다. 방미래가 그날 밤 일찌감치 돌이킬 수 없는 뇌출혈이 발병했고, 석지연이 일찍 병원에 데리고 갔더라도 살 수 없었을 거란 걸. 그리고 남편한테 이야기하지 않았을 리 없다. 그런데 황윤수 판사는 내 의료 기록 감정 신청을 기각했다. 방미래가 어차피 죽었을 거라는 사실이 법정에 등장할 길을 막아 버린 것이다. 왜? ……그리고 석지연에 대한 이례적인 사형 선고. 비록 살인이라고 해도 이 정도 건에서 사형은 분명 이례적이고 또 이례적이다. 왜?

그 해답이 오늘 여기에 있는 건 아닐까.

황윤수 판사의 붉은 목이 설명하고 있는 건 아닐까.

나는 차의 시동을 켰다.

주차장 밖으로 나오니 테헤란로의 불빛이 환하게 나를 반겼다.

음악을 틀었다. 루트의 「투모로우 투나잇」이 흘러나왔다. 역시 이번에 메리디안으로 앰프 튜닝을 하길 잘했다는 뜬금없는 생각을 했다. 단단하게 거머쥔 듯한 그 음이 내 몸에 스며들면서 서서히 어떤 확신이 깃들었다.

법률가로서는 아니다. 자연인으로서의 내 느낌일 수 있다.

억측일 수도 있다. 물증은 없다. 있을 수가 없다.

하지만 눈에 보이는 증거보다 벼락처럼 뒤통수를 때리는 직관이 더 확신을 주기도 한다. 검사로서 다루었던 어떤 유죄 사건 못지않게 강렬했다.

절차는 완벽했다. 아무도 흠잡을 수 없다.

오판 따위가 아니다.

실수도 아니다.

이건 또 다른 살인.

절대로 처벌받지 않는 범죄.

처벌할 수 없는 범죄.

아니, 어느 누구도 범죄라고 알아챌 수조차 없는 살인.

이보다 더 완전할 수 없는 완전범죄다.

애니

생이 끝나려 하고 있었다. 기사도 비서도 사장님이 요즘 유달리 피곤해한다고만 여겼지만, 동한 자신은 알고 있다. 그저 지친 게 아니다. 마지막 불꽃이 타들어 가고 있다. 동한은 뒷좌석에 몸을 묻고 가쁜 숨을 몰아쉬었다. 기사가 돌아보았다.

"사장님, 괜찮으세요?"

무심한 눈에는 말과 달리 한 줌의 걱정도 묻어 있지 않다.

"응. 그냥 좀 피곤할 뿐이야."

기사가 차를 조심스레 세웠다. 동한은 내리기 전 롤스로이스 팬텀 차창에 비친 자신을 잠깐 보았다. 세상 모든 것에 이겼지만 세월에 진 남자의 얼굴이 그곳에 있었다. 안경 쓴 샌님이었던 청년이 이렇게 변했군. 이제 곧 노년이다. 역시 마음에 들지 않아. 늙는다는 건.

기사의 말소리가 들렸다.

"사장님, 근데 지금 이 별장에는 아무도 없습니다. 지금이라도 관리인 부를까요?"

동해안에서 멀지 않지만 절묘하게 묻혀 세속과는 동떨어진 곳이었다. 10여 년 전 동한이 강원도를 돌다가 마음에 들어 부지를 매입하고 직접 지은 별장이었다. 그만큼 애착도 크다. 세상은 알지 못하는 동한의 숨은 안식처였다. 이날은 오면서 아무에게도 알리지 말도록 했다. 기사는 그게 이상한 모양이었다.

"괜찮아. 잠시 혼자 있고 싶어서 그래."

동한은 차에서 내린 다음 별장에 딸린 주차장으로 걸어갔다. 리모컨을 누르자 지잉 하며 셔터가 올라갔다. 모습을 드러낸 건 궁극의 슈퍼 바이크 두카티 슈퍼레제라 V4. 전 세계 한정판 500대 중 한 대가 이곳에 있다.

동한은 시동을 켜고 두카티에 올랐다. 헬멧은 쓰지 않았다. 느낌이 좋아. 역시 좋은 선택이었어.

동한은 별장 밖 도로에 접어들자마자 바로 액셀을 당겼다.

위이잉. 바람 소리가 귀를 때렸다. 두카티는 해안으로 이어진 도로를 빠른 속도로 달리기 시작했다. 노년에 접어든 남자가 빨간색 슈퍼 바이크에 올라 헬멧도 쓰지 않고서 질주하는 모습은 어딘가 현실성이 없어 보였다.

극한의 속도와 달리 동한의 얼굴은 편안했다.

어릴 적 꿈 하나를 이제야 이뤘어.

오자키 유타카의 「15세의 밤」에 나오는 '훔친 바이크로 달려 나간다.'라는 구절은 어린 동한을 사로잡았다. 소위 모범생이었고, 그래서 한 번도 그래 보지 못했지만, 노래를 들을 때마다 두근거렸고, 매혹되었다. 이유도 없고 설명도 없는 그 반항. 그 매력.

성공한 사회인으로서 많이 누렸지만 그에 따른 대가도 컸다. 따라붙는 온갖 관심, 제약, 도덕, 질시, 눈초리 들. 남자의 사춘기는 끝나지 않는다고 했던가. 동한은 자신을 철조망처럼 친친 옭아매고 짓누르던 틀을 전부 벗어던지고 중학교 2학년생처럼 달려 나가고픈 마음이 늘 한구석에 있었다.

이제 그럴 수 있을 것 같다. 바로 이날. 롤스로이스 뒷좌석을 버리고 두카티에 올랐다. 헬멧도 없고 제한속도도 없다. 갈림길에서도 감속하지 않는다. 비록 훔친 바이크는 아니었지만, 마침내 속박을 깨고 끝을 향해 달려 나가는 그의 얼굴에는 환희가 피어올라 있었다.

길었어. 그리고 만족스러운 인생이었어. 푸르디푸른 동해 바다가 보였다. 마치 스크린 같다. 그 위로 생의 장면들이 주마등처럼 흘러갔다.

성공하겠다는 꿈 하나로 모든 것을 걸고 달려왔던 청년 김동한. IT 붐을 타고 기회를 잡았고, 회사는 급성장, 주가는 상장 후 60배 뛰었다. 단숨에 한국 검색엔진 업계의 스타 CEO로 등극했다. 이후로도 헤아릴 수 없는 성공 신화를 썼고, 언론과 대중은 늘 그를 주목했다. 친하던 기업인이 불미스러운 사건에 연루되어 돌연 교도소에 가는 모습도 많이 보았지만, 동한은 수사를 받기는커녕 송사에 휘말린 적도 없었다. 능력도 운도 참 좋았던 인생이었어. 가정은……. 뭐 그저 그랬지만, 아무래도 다 가질 순 없겠지. 전체를 두고 보면 불만은 없어.

어느 때부턴가 사는 게 판자처럼 편편하고 딱딱했다. 자극도 없고, 흥미도 없고, 맛있는 것도 없고, 영화도 골프도 재미가 없었다. 다 이룬 자의 권태. 그것이 그렇게 급속도로 어떤 의지를 집어삼킬 줄은 몰랐다. 마치 블랙홀과 같아서, 온갖 종류의 정신 에너지를 바닥까지 삭삭 긁어 빨아 당겼다. 그러다 마침내 삶의 의지마저 삼켜 버렸다. 마치 죽은 나무 같았다. 그렇다면 죽어야지. 방아쇠를 당긴 사건이 한 달 전 있었다. 불치병 진단을 받았다. 주변의 아무도 몰랐지만. 동한은 결심했다. 그리고 이날 이곳으로 왔다.

바람을 온몸으로 맞으며 동한은 흐뭇하게 웃었다. 이 순간이 좋아. 난 어릴 때 꿈을 이루려 하고 있어. 병은 치료받

202

으면 꽤 버틸 수 있다고 했지만, 왠지 그러고 싶지 않았어. 노인이 되어 이길 수 없는 온갖 병으로 몸부림치다가 결국 저세상으로 가고 마는 초라한 끝이 싫었어. 그건 마치 죽음에 지는 것 같잖아? 늘 생각했지. 마지막에는 고성능 바이크를 타고 미친 듯 달리다가 절벽에서 뛰어내리는 거야. 그렇게 끝내고 싶다고 말이야.

해안 길에 다다랐다. 오른쪽으로 급하게 굽은 도로가 보였다. 검은 바다가 바로 눈앞이었다. 동한은 핸들을 틀지 않았다. 액셀을 끝까지 잡아당겼다. 풀 스로틀. 손가락이 팽팽했다. 두카티는 울컥하더니 내달렸다.

시원해. 생의 마지막 순간에야 자유를 얻었군.

다 이루었어.

*

"인생은 유한합니다. 그것이 모든 비극의 시작이죠. 만악의 근원입니다. 저주받아 마땅한 우리의 운명입니다. 지금까지 세상에 살았던 인류, 다 해서 500억 명쯤 됩니다만, 그들 모두가 한 명도 빠짐없이 생을 갈구했습니다. 목이 턱턱 멜 만큼 간절히 말이죠. 가진 것 전부를 바쳐서라도 죽음을 피하고 싶어 했습니다. 하지만 아무도 성공하지 못했죠.

그것은 그야말로 꿈. 백일몽. 구름. 도저히 이룰 수 없었습니다. 그 때문에, 그 애절한 마음을 달래려 포기와 비움의 철학 같은 것들이 태어났습니다. 어차피 가질 수 없는 것, 차라리 잊어버리자고도 했습니다. 잊는다고, 보지 않는다고 없어지는 건 아닌데 말이죠. 어떤 죽음이 좋은 것인가 같은 책이 팔리고, 발버둥 치지 말고 죽음을 맞이해야만 아름답다며 최면을 걸기도 합니다. 심지어 죽음이 축복이라는 희대의 헛소리마저 나오고 있습니다. 하지만 이 모든 것은 결국 한마디로 축약됩니다. 위로. 그저 허망한 위로인 것입니다. 피할 수 없는 종말을 외면하고 짧은 현생을 어떻게든 이어보려는 환각제에 불과하죠."

남자의 장광설이 이어지고 있었다. 대체 무슨 소리지? 저 사람은? 비대한 몸집을 가진 초로의 남자. 목소리가 친근하고, 인상이 좋다. ……그러고 보니 기억에 있는 듯도 하다. 아는 사람 같아. 하지만 머릿속은 뿌옜다. 누구였더라? 여기는 어디? ……시간이 필요해. 동한의 눈빛이 흐리멍덩했다. 하지만 남자는 아랑곳하지 않고 말을 이었다.

"물론 그렇다고 인간이 완전히 두 손을 들었다고는 못 합니다. 인류라는 종족은 놀랄 만큼 대단한 생물입니다. 인간도 동물이라고는 하지만, 어떻습니까. 흙탕물에서 이리저리 뒹굴다가 만만한 놈 잡아먹고 배부르면 드러눕는 동물들과는 비교할 수 없는 문명을 이루었죠. 도시를 건설했고, 학문, 음악과 미술, 제도를 만들었습니다. 눈에 보이지도 않는 양자의 움직임을 포착하고, 빛이 몇억 년을 달려도 이르지 못하는 곳의 별 소식도 알고 있습니다. 지금 인류가 하는 일 상당수는 불과 수백 년 전만 해도 인류 자신조차도 신이 하는 일이라고 생각했던 것들이에요. 어쩌면 이 종족은 실제로 곧 신이 될지 모릅니다. 현재의 과학무기는 제우스의 번개를 능가합니다. 헤라클레스도 레일건 한 방이면 끝날 겁니다. 과학은 신의 영역을 침범하고 있습니다. 기술로 죽음조차 정복해 버릴지도 모릅니다. 아니, 저는 꼭 그러리라고 믿고 있습니다. 인류가 거기에 도달하지 못할 이유가 있을까요? 다른 모든 것들은 다 이루었습니다. 원자탄으로 세상을 한순간에 멸망시킬 수도 있습니다. 그 반대는 안 될까요? 죽음만은 넘어서지 못할 필연적 이유가 있습니까? 이 세상이 신이 만들어 낸 거라서, 그분이 '여기까진 안 돼!' 하며 어떤 리밋을 걸어 놓은 게 아니라면, 죽음 따위가 뭐라고, 그깟 생로병사가 뭐 그리 대수이기에 바꿀 수 없겠습니까?

하지만 슬프게도 아직, 아직인 것입니다. 현재의 의료 수준으로는 영생은 불가능합니다. 혹시 조금만 더, 몇 발짝만 더 내디디면 극복할 수 있는 건 아닐까? 죽음의 정복도 목전에 두고 있는 건 아닐까? 그런 기대감으로 저는 현재의 의학 수준을 샅샅이 들여다보았습니다. 그리고 결론 내렸습니다. 슬프게도, 적어도 제가 살아 있는 동안에 인류가 그 수준에는 도달할 수 없다고 말이죠. 안타까웠습니다. 한탄했습니다. 아아, 내가 100년만 늦게 태어났다면, 발전된 의학으로 영생에 한번 도전해 볼 만했을 텐데. 그러다 곧 그 생각을 지웠습니다. 100년 늦게 태어난 건 '나'가 아니라 다른 개체겠죠. '그 정자'와 '그 난자'가 결합하여 그날 그 시각에 만들어지고 태어난 게 바로 '나' 아니겠습니까. 그러니 내가 좀 일찍 태어났다면, 늦게 태어났다면 하는 가정 자체가 엉터리죠. 그건 제 형이나 동생이지, 저는 아닐 테니까요. 그리고 무엇보다, 아무튼 저는 지금을 살고 있지 않습니까. 그러니 100년 뒤에 태어날걸 하는 한탄은 시간 낭비 외에는 아무런 의미도 없는 거죠. 그래도 미련이 있었습니다. 지금, 현재 단계에서 무엇을 할 수는 없을까? 꼭 신체의 영속만이 영생은 아니지 않나. 지금, 다른 형태로 영생을 거머쥘 방법은 없을까. 오래 고민했습니다. 몸의 영생이 불가능하다면, 영생 비슷한 것을 구현할 수는 없을까 하고 말이죠. 현재의 기술로 가능한 한도에서 말이죠."

남자는 동한에게 말하고 있지만 딱히 동한에게 말하는 것 같지 않았다. 기쁨에 차 터져 나오는 말을 주체 못 하는 모습이었다. 마치 어떤 신탁에 도취되어 중얼거리는 사제 같았다. 동한은 일어나려 했다. 하지만 그러지 못했다. 머리가 어딘가에 꽉 끼여 움직일 수 없다는 걸 깨달았다. 남자가 팔을 뻗어 동한의 어깨에 가볍게 손을 댔다.

"이런, 제가 성공에 너무 기쁜 나머지 배려를 못 했네요. 아직은 몽롱하시죠? 꿈인지 현실인지. 아니, 여기가 대체 어딘지도."

꿈인지 현실인지? 아…….

그제야 조금씩 기억이 되살아났다.

꿈이었어. 아주 긴 꿈. 한 남자의 일생이 통째로 꿈이 되었어. 자그마치 60년의 꿈. 마치 직접 겪은 일처럼 생생하면서 아련했다. 스스로 마무리 지은 삶이지만 벌써 그리웠다. 멋진 시간이었어. 기업 CEO로서의 삶은.

좋은 꿈이었어. 아쉬움은 없었다. 행복한 꿈 뒤에는 깨지 않았더라면 하는 기분이 남지만, 이 꿈은 달랐다. 꿈에서 생을 마감했으니까. 마지막까지 보고 말았으니까. 어차피 더 이어질 수가 없다.

맞아. 지금 말하고 있는 남자, 금사원 박사는 정말 말하기 좋아했어. 지긋지긋할 정도로. 혼잣말 같은 걸 대화랍시고 하는 사람이었지. 하지만 실험대에 누운 동한은 꼼짝없이 들을 수밖에 없었다. 몇 번이나 들은 그 이야기를. 지난 삶의 여운을 차분히 음미할 시간도 주지 않고 금사원 박사의 말이 지분지분 뱀처럼 이어졌다.

"그러다 퍼뜩 생각했습니다. 인간에게는 오묘한 현상이 있습니다. 바로 '꿈'이란 것입니다. 이게 도대체 뭘까요. 잠들었을 때 보는 그 엉뚱한 세상은 무어란 말입니까. 그 메커니즘이나 원리가 속 시원히 규명되지는 않았습니다만······."

"그러니까."

동한은 참다못해 금사원 박사의 말을 잘랐다.

"그 꿈을 기술로 만들어 내신 거 아닙니까? 아주 긴 꿈을요."

금사원 박사는 동한이 자신의 대사를 가로챈 것에 불만인 듯한 표정을 잠깐 짓고는 말했다.

"용어가 엄밀하지는 않네요. 꿈을 만들었다는 건 정확한 이해가 아닙니다. 제가 고안한 특별한 프로그램을 뇌간과 뉴런에 직접 다중연결 해서 꿈 비슷한 현상을 뇌가 일으키게끔 만들어 준 겁니다. AI가 뇌를 부분적으로 통제해 프로그램대로의 꿈 형상을 경험하게 하는 거죠. 가상현실을 'Virtual Reality', 'VR'이라고 하는데, 굳이 말하자면 가상의 꿈이니까 'Virtual Dream', 'VD'라고 불러도 되겠군요. 그게 싫으시다면 '증강 현실', 즉 'Augmented Reality', 'AR' 대신에 'Augmented Dream', 'AD'라고 불러도 좋겠습니다."

동한은 금사원 박사를 슬쩍 추켜세웠다.

"놀랐습니다. 어떻게 그렇게 실제로 한 인생을 산 것처럼 길게 만들 수 있죠? 정말 전 IT 기업 CEO 김동한으로 꽉 찬 60년을 살았습니다. 절대 생략되거나 시간을 건너뛴 인생이 아니었어요. 매일 아침 이를 닦고 밥 먹고 하는 일상도 실시간으로 겪었습니다."

금사원 박사는 동한의 머리에서 기기와 연결된 선을 제거하며 뿌듯한 표정을 지었다.

"그러니까 아까 말씀드렸잖습니까? 내 목적은 꿈 그 자체가 아니라, 영생, 아니 영생에 가까운 무엇이라고. 우리가 수시로 꿈을 꿀 때마다 한 평생을 살게 된다면 우리의 현생은 사실상 얼마나 길어질까요? 만약 매일 밤 꿈에서 60년, 아니 70년, 80년의 삶을 온전히 다 겪는다면 우리 생은 사실상 거의 무한에 근접할 만큼 늘어나겠죠. 그 목적을 위해 이 특별한 프로그램을 만든 겁니다."

한 번의 꿈이 한 평생인 프로그램을 뇌에 이식한다⋯⋯. 동한은 금사원 박사의 제안을 들었을 때 두 번 생각지 않고 응했다. 두려움은 없었다. 실험에 참가하는 대가로 지급되는 돈이 탐나기도 했지만, 어떻게 되든 지금보다 못한 인생은 없다고 생각했으니까.

김동한은 어디서나 볼 수 있는 흔한 남자였다. 보통 키에 안경 쓰고 소심한 인상. 남한테 피해를 주며 살아오지 않았지만 그렇다고 남들이 그를 인정해 주지도 않았다. 그는 꿈속에서는 성공했지만 현실에서는 단칸방에서 지내며 갖가지 아르바이트로 생계를 이어 가는 30대 남자였다.

어렸을 때는 글도 잘 쓰고 공부도 곧잘 해서 똑똑하다는 얘기도 들었다. 서울에 있는 4년제 대학에 들어갔을 때는 오즈의 세상처럼 노란 벽돌 길이 앞에 깔린 줄만 알았다. 국문학과는 순전히 좋아서 선택했다. 하지만 2학년이 되자마자 후회했다. 취업이라는 현실이 눈앞에 있었다. 문학은 밥과는 가장 거리가 멀었다. 결국 먹고살기 위해 교직과목을 이수했고, 교사 임용 고시를 치렀다. 하지만 연전연패. 이 길이 아니라고 생각한 동한은 노량진으로 거처를 옮기고 공무원 시험에 도전했다. 하지만 역시 탈락. 두 번 만에 시험 공부를 중단하고 아르바이트를 시작했다. 학원비를 번다는 명분이었지만 마음으로는 시험과 작별을 고하고 있었다. 진득하지 못한 동한에게는 도저히 넘을 수 없는 벽이었다.

세상은 화려했다. 모두가 아이스크림 성(城) 안에 살고 있었다. BMW, 호캉스, 유럽 여행, 오마카세……. SNS는 동시대를 사는 타인들의 행운을 알게 해 주었다. 몰랐으면 좋았을 것이었다. 그것은 동한을 더 비참하게 했다. 더 나아지리라는 희망이 없었기에 더 그랬다. 정규직이 될 가능성이 점점 줄고 있는 비정규직. 창문 너머로 세상을 구경만 하는 인생. 댓글에서는 모두를 심판하는 대법관이었지만 키보드에

서 손을 떼면 조그만 존재로 돌아갔고, 허망했다. 80살이
될 때까지 이렇게 산다? 그게 무슨 삶이란 말이야. 무슨 의
미가 있어?

동한이 실험을 승낙하자 금사원 박사는 크게 기뻐했다.
지금까지 네 명에게 제안했는데 모두 거절했다고 한다. 하
긴 콘셉트부터 황당하다. 평생의 꿈을 꾸게 한다니? 그러다
영영 못 일어나면? 뇌에 이상이라도 생기면? 혼자 장광설을
퍼붓는 괴짜 같은 박사의 존재부터가 믿음이 안 갔으리라.
게다가 검증되지 않은 듣도 보도 못한 기계에 자신의 뇌를
연결해서 맡긴다? 지킬 게 조금이라도 있는 사람이라면 선
뜻 응할 리가 없다. 하지만 동한은 응했다. 어차피 지금의 생
활에 애착은 없다. 더 나빠질 게 무어냐.

박사는 바로 실행에 들어갔다. 대학 부속의 연구실이 박
사의 무대였고, 그 안에서 실험이 진행되었다. 정서윤이라는
30대 초반의 조교가 그를 도왔는데, 그녀는 친근하지도 차
갑지도 않았다. 자신의 존재를 지우고 철저히 박사의 연구
를 돕는다는 느낌.

"안녕하세요. 김동한이라고 합니다."

"실험대에 누우세요."

서윤은 인사도 받지 않고 기계처럼 안내했다. 로봇 같은
어색함이 느껴지기도 했지만, 동한이 신경 쓸 부분은 아니

었다.

서윤은 박사가 지시하는 대로 동한의 머리에 AI와 연결되는 헬멧 비슷한 장치를 씌웠고, 동한은 잠들었다. 그러고는 60년의 시간을 보내고 깨어났다. 그런데 잠들기 전의 일들이 이상하리만치 생생하게 기억났다. 60년을 건너뛰었음에도 바로 '어제' 잠들었다는 느낌이 확실히 있었다. 이 또한 60년의 생이 리얼이 아니라 결국은 꿈이기 때문일까. 금사원 박사도 말했다.

"60년을 사셨다고 하는데, 동한 씨가 실제로 잠들었던 시간은 여덟 시간 남짓이었습니다. 그중에 꿈이 진행된 건 여섯 시간이었고요. 보시다시피 저곳에 기록되어 있지요."

박사가 가리킨 곳에서 에어컨만 한 기계가 윙윙 소리를 내고 있었다. 동한의 머리에서 떨어져 나간 헬멧과 연결되어 있다. 저것이 AI. 긴 꿈을 주입하여 변칙적인 영생에 도달하려는 금사원 박사의 집념이 만들어 낸 괴이한 연구의 결정체. 여섯 시간을 60년으로 늘려 주는 기적의 기계.

"AI는 실시간으로 기록되고 체크됩니다. 그래서 정상작동되었다는 건 분명히 확인됩니다. 하지만 직접 겪은 사람의 느낌은 데이터만으로 알 수 없지요. 어떻습니까, 동한 씨. '성공'을 프로그래밍 한 이번 인생은 만족하셨습니까?"

"물론입니다. 너무 좋았어요. 꿈같은, 아니, 정말 꿈이죠.

멋진 인생이었습니다. 끝까지 더할 나위 없었어요."

두카티를 달려 해안 절벽으로 뛰어내린 생의 마지막이 또렷하게 기억에 남아 있었다. 금사원 박사는 동한의 대답에 활짝 웃었다.

동한은 끄응, 하며 몸을 일으켰다. 컴퓨터와 연결한 선이 들어간 목 뒤쪽 상처가 아파 왔다. 팔을 뒤로 돌려 슬슬 어루만졌다. 박사가 말했다.

"걱정 마십시오. 그 정도 상처는 금방 아물 겁니다."

금사원 박사의 실험 제의에 응하기를 잘했어. 박사의 자랑 섞인 설명을 반복해서 듣는 건 고역이지만 성공한 김동한으로 60년을 살아 보는 황홀한 인생의 대가라면 얼마든지 감수할 수 있어.

"저는 이 프로그램을 '프레디'라고 부릅니다. 웃으실지 모르지만, 20세기의 유명한 공포 영화 「나이트메어」 시리즈 아시나요? 꿈을 지배하는 악령, 인간을 무차별적으로 꿈으로 끌어들이고는 마음대로 꿈을 조작하여 살해하는 악마가 바로 프레디죠. 어떻습니까? 섬뜩하지만 우리 AI와 닮지 않았나요?"

"네……. 좋네요. 프레디."

"여기서 또 좋은 점은 이것이죠. 미리 프로그램을 입력한다고 하지만 상대는 컴퓨터라는 깡통이 아니라 인간이라는 겁니다. 여기에 커다란 변수가 있습니다. 인간의 뇌는 지극히 독자적이고 개별적이죠. 뉴런의 그 무한한 연결이 만들어 내는 오묘한 조화. 어떠한 AI도 거기까지는 이를 수 없고 알아낼 수도 없습니다. 말하자면 '성공하는 인생'을 프로그래밍 한다고 해도, 프로그램이 특정한 개인을 만나면 그 인간만이 가진 독자적인 경험, 성격, 취향에 따라 꿈의 내용은 천차만별이 되는 겁니다. 그 사람이 가졌던 비주얼, 잔상 같은 것도 활용됩니다. 말하자면 파텍 필립을 본 적이 없다면 꿈에서도 그 시계는 나올 수 없습니다. 반면에 파텍 필립을 사진으로라도 본 적 있는 사람이라면 성공의 상징으로서 꿈 안에서 팔목에 그걸 두를 수 있는 거지요."

그렇군. 동한은 두카티 슈퍼레제라 V4 사진을 보며 군침을 흘린 적이 있었다. 그게 바로 조금 전 꿈속에 나왔지. 롤스로이스 팬텀은 실물로도 보았다. 다 등장했다. 꿈속의 현실로서. 박사가 이어 말했다.

"그래서 성공이라는 방향성은 그대로지만, 그 안에서 경험하고 만들어 가는 인생은 너무나 다양합니다. 물론 밖에 있는 저도 어떤 것인지 알 수 없고, 우리 프레디라 하더라도 그 꿈이 어떻게 펼쳐질지는 예상할 수 없습니다. 어떤 개인을 어떤 상태로 만나느냐에 달린 거니까요."

"하긴 프로그래밍 된 대로만 꿈이 펼쳐진다면 그저 아주

긴 영화를 보는 것과 다를 게 없겠죠. 아무튼 같은 프로그램을 입력한다 해도 사람마다 다른 꿈이 만들어진다니 다행이네요. 제가 누렸던 인생을 다른 사람은 알지 못한다는 거잖아요."

"그렇습니다. 그 개인이 가진 경험과 비주얼, 기억 자료 같은 걸 활용하는 거죠."

"그런데, 깨고 나니까 제가 CEO 동한으로 살았던 기억은 생생한데, 꿈 안에서의 동한은 제 원래 인생을 전혀 알지 못하더라고요."

"원래 꿈이 그렇잖습니까? 꿈의 리얼리티. 꿈을 꾸는 동안에는 꿈인 줄 알지 못하죠. 하지만 깨고 나면 우리는 그 꿈을 기억합니다. 그 세팅은 유지됩니다. 꿈의 기본적인 속성을 유지하도록 프레디를 설정해 두었죠. 그래야 꿈이니까."

동한은 실험대에서 내려왔다. 운동화가 V 자로 놓여 있다. 어젯밤 실험대에 오르기 전 신발을 벗었을 때 V 자 모양으로 되었던 게 기억났다. 그게 더 실감을 주어 조금 서글펐다.

역시 그쪽이 꿈이었어.

CEO 동한이 비정규직 동한의 꿈을 꾸는 게 아니라.

동한은 60년의 인생을 여섯 시간 정도에 걸쳐 금사원 박사에게 이야기해 준 후에야 풀려날 수 있었다. 그건 박사의 실험에 참여하는 조건이었다. 동한의 경험 데이터. 그가 체험한 꿈 이야기를 프레디의 구동 기록과 비교해 체크하려는 목적이었다. 프레디가 이렇게 작동할 때, 어떤 장면이 나타났는지 하는 것들.

"동한 씨는 최고의 실험체…… 아니, 최고의 연구 파트너입니다. 다음번 VD 체험도 준비되는 대로 곧 연락드리겠습니다."

싱글벙글하는 금사원 박사의 인사를 뒤로하고 동한은 기괴한 실험실을 떠났다.

*

수민이 막 연립의 현관문을 열고 나왔을 때, 동한이 보였다. 어둑어둑한 모퉁이를 막 돌아 나와 터덜터덜 걸어오고 있었다. 수민이 있는 곳 바로 앞까지 왔는데도 알아채지 못했다. 생각에 빠져 있는 모양이다.

"무슨 생각 해?"

수민은 동한의 어깨를 툭 쳤다.

"어? 아."

동한은 그제야 수민을 알아보았다. 인사를 한답시고 한 것 같은데 발음은 시원찮고 눈빛은 멍하다.

"······퇴근했어?"

동한이 뱉은 것 중 알아들을 수 있는 말은 여기서부터였다.

"응. 나야 늘 정시 퇴근이지."

수민은 걸어서 15분 거리인 병원에서 직원으로 일하고 있다. 저녁 7시 퇴근이지만 예약 환자가 없으면 대개는 30분 정도 일찍 퇴근했다.

수민은 동한을 끌었다.

"편의점 가는 길인데 같이 가자."

"난 됐는데······."

"왜 매가리가 없어. 김밥이라도 사 줄게."

수민과 동한은 길 건너 편의점으로 향했다.

이수민. 동한과는 중학교 동창이다. 작은 키에 평범한 인상. 시장에서 산 수수한 옷. 수민은 어떤 모임에서도 묻혔다. 어릴 땐 '조그만 게 뚝심 있다'는 말도 들었지만, '나는 주목받지 않는다'는 경험이 더 많이 쌓여 갔고, 받아들이게 됐다. 수민도 굳이 돋보이려 안달하지 않았고, 그쪽이 편하기도 했다. 수민의 잔잔하면서 밍밍한 성격은 그렇게 만들어졌다. 그런 캐릭터이기에 동한과도 오래 친구로 지내 왔을지 모른다.

동한과 수민은 남녀지만 남녀 사이가 아니었고, 앞으로도 그렇게 될 가능성은 없다. 늘 어딘가 굳은 듯한 동한이지만 수민 앞에서는 편한 모습이다. 두근거림이 조금이라도 있다면 절대 가능하지 않은 정도로. 그걸 알기에 수민도 동한에게 다른 기대는 하지 않았다. 이날처럼 편의점 앞 간이 테이블에 앉아 김밥을 오물오물 먹는 동한을 보며 느끼는 감정은 조금 달랐지만 적어도 겉으로는 그랬다. 수민이 바나나 우유에 빨대를 꽂아 건네며 말했다.

"천천히 먹어. 굶었어?"

"갑자기 배고프네. 고마워."

동한은 우유를 한 모금 쭉 빨았다.

"어딜 갔다 오는 길이야? 알바 시간도 아닌데."

수민은 동한의 일정을 다 꿰고 있다. 아르바이트를 하는 요일까지도.

"한티대학교 연구실."

"거긴 왜?"

"금사원 박사란 분이 새로운 프로젝트를 한대. 거기 실험자로 지원했어."

수민은 작게 한숨을 쉬었다.

"너도 참 별거 다 한다. 어떤 실험인데?"

"자는 동안 꿈을 실험하는 거야."

"꿈? 어떻게?"

"뇌에 뭔가 잔뜩 연결해서 하는데, 자세한 건 나도 몰라."

"위험한 실험은 아니고?"

"조금 위험하긴 해."

"어떻게 위험한데?"

"살려고 하는 실험인데, 사는 게 더 싫어져서 위험하달까."

CEO 인생을 막 끝낸 현실의 동한은 손에 쥔 삼각김밥을 물끄러미 바라보고 있었다.

"사는 게 어떤데. 뭐가……."

말하던 수민은 끝을 얼버무렸다. 설득력 있는 말이 나오지 않았다. 무거워진 분위기를 깨려는 듯 동한이 고개를 들고 웃으며 말했다.

"맞아. 수민이가 있지. 넌 늘 나를 도와줬잖아."

"내가 뭘."

수민은 생각했다. 역시 동한의 이런 점이 좋다고. 정작 동한 본인은 남에게 손을 내밀어 놓고도 잊어버렸다. 남한테 받은 것만을 기억했다. 동창생들은 동한이 조금 어리바리한 친구라고 여겼고, 여자들은 관심을 주지 않았다. 하지만 수민한테만은 동한의 좋은 점이 보였다. 똑 부러지고 손해 없이 사는 친구들은 많아. 하지만 동한이처럼 허술하지만 선의를 가진 친구는 드문데? 물론 전자는 멋지지만 후자는 덜 멋져. 그래도 수민은 친구들이 동한의 장점을 못 본 척하는 게 의아했다.

수민이 동한에게 관심을 둔 계기는 따로 있었다. 중학교 국어 시간, 가족을 주제로 시를 써 오라는 숙제가 있었다. 시가 좋다며 선생이 동한을 단상에 올려 읽게 했다. 쭈뼛쭈뼛하며 동한이 시를 낭송했다. 더듬대는 모습에 친구들은 웃었지만 동한의 주변에 어떤 아우라가 생겨나는 것을 수민만은 보았다. 뜻밖의 세련된 운율, 거기에 얹은 소박한 음성, 머쓱해하는 표정. 모든 것이 하나의 힘이 되어 자석처럼 수민을 끌었다. 아이돌 뮤지션의 멋진 무대에 반해 버리는 순간과 닮았다. 그처럼 눈부신 시간은 다시 오지 않았지만 지금껏 동한을 믿는 동력이 되었다. 언젠가는 날아오를 거야. 한순간일지라도, 평생 한 번이라도 그렇게 반짝반짝 빛날 수 있는 사람은 많지 않거든.

한번은 수민이 무심한 동한의 관심을 끌어 보려고 어떤 남자가 자신을 스토킹 한다고 거짓말한 적이 있었다. 장난이었는데, 동한이 진지하게 몰입하고 화까지 내는 바람에 밝힐 기회를 놓쳐 버렸다. 급기야 동한은 수민을 데리고 경찰서에 가서 총포 소지 허가를 받게 하고는 전기 충격기를 자기 돈으로 사서 수민에게 안겼다.

"이상한 짓 하면 바로 써. 정당방위래."

걱정이 가득 담긴 동한의 눈빛에 수민은 그저 고개를 끄덕일 뿐이었다. 아이러니하게도 전기 충격기라는 그 찬 흉기가 동한의 따뜻한 마음을 느끼게 해 주었다.

하지만 참 둔한 친구야.

민망한 기억이 떠올랐다. 동한과 같이 로맨스 영화를 보러 간 일이 있었다. 그나마 수민이 표를 끊어 놓고서, "아아, 친구가 영화 약속 펑크 냈어. 너 대신 갈래?" 했던 거였다. 객석이 어둠에 잠기고 달콤한 음악이 흘러나오는 장면에서 수민은 머리를 기울여 슬쩍 동한의 어깨에 기댔다. 몽롱하고 좋은 기분도 잠시, 동한은 꿈틀꿈틀하더니 상체를 위로 꼿꼿하게 세웠다. 그 탓에 어깨에 기댔던 수민의 머리는 자연스럽게 흘러내리고 말았다.

불이 켜지자 두 사람은 아무 일 없었던 듯 예전의 친구 사이로 돌아갔다. 동한이 자세를 바로잡다가 그렇게 된 건지, 아니면 수민의 머리를 털어 내려고 그랬는지는 알 수 없다. 아무튼 가까워지려는 수민의 작은 시도는 수포로 돌아갔다. 민망하고 부끄러웠다. '이 인간이! 다시는!' 하며 이불을 차 보지만 어쩔 수 없다.

김밥을 다 먹은 뒤 수민은 동한을 따라 그의 집으로 향했다. 밥을 먹고 나면 집에 가 커피를 마시는 건 두 사람의 일상에 가까웠다. 동네에 이디야가 있지만 들르는 일은 드물었다.

동한이 이날 내려 준 커피는 맛이 독특했다. 아니, 독특하다기보다 거의 커피의 맛이 아니었다. 시큼한 맛이 압도해서 식초를 커피에 부은 게 아닐까 싶을 정도였다. 수민이 머그잔을 다 비웠을 때, 동한이 커피콩 봉투를 들여다보더니 앗, 했다. 유통기한이 한참 지났잖아! 그러고는 수민을 돌아보고 말했다.

"맛이 되게 이상했을 텐데. 왜 다 마셨어……."

미안함에 말끝이 내려가 있었다.

수민은 마음으로 대답했다.

네가 마시라고 타 준 거니까.

＊

　수민이 돌아간 뒤 동한은 4평 월세방 이불 바닥에 팔베개를 하고 누워 꿈을 떠올렸다. 연구실에서는 금사원 박사의 객담을 듣고 맞장구쳐 주느라, 돌아오는 길에는 수민이를 만나는 통에 꿈을 찬찬히 음미하지 못했다.

　상류층 인생, 성공의 꿈은 멋있었다. 비루한 현실에서는 결코 도달하지 못할 초고층 빌딩에서의 삶. 꿈이라고 하지만 자신은 꿈인지 알지 못했고, 다른 누구도 아닌 김동한으로서 이 몸과 이 기억, 이 느낌으로 60년을 살고, 누렸다. 명성과 안락을 선사한 금사원 박사와 프레디에게 이루 말할 수 없이 고마운 마음이었다. 정말, 박사의 말대로 '거의 영생'도 가능할 것 같다. 매일 밤 꿈에서 한 평생씩 살 수 있다면. 그것도 '성공한 인생' 같은 좋은 걸 골라잡으면서.

"아직 빅데이터가 충분히 모이지 않았습니다. 선택의 폭은 그리 넓지 않지만 앞으로 꿈의 종류는 늘어 갈 겁니다."

박사는 말했다. 하긴, 꼭 종류가 많을 필요는 없다. '성공' 프로그램을 여러 번 돌려도 좋다. 프레디는 가변적인 인간의 뇌와 교류하며 진행한다고 했다. 사람마다 다르게 경험한다고 했다. 그렇다면 동일인이라도 프로그램에 들어갈 때의 기분이나 상태, 지식과 경험에 따라 꿈은 달라질 것이다. 오자키 유타카의 「15세의 밤」을 듣고 감명받은 소년 김동한은 그런 마지막을 택했지만, 잠이 들기 직전에 폴킴의 「모든 날 모든 순간」을 들었다면 조금은 더 따뜻한 마지막을 맞이했을지도 모른다.

따뜻한 마지막?

……그래, 그랬구나.

동한은 문득 이유를 알 것 같았다. 꿈에 불만은 없었다. 하지만 꿈을 떠올리면 마음 저 밑바닥에 이유를 알 수 없는 근원적인 허전함이 감돌았다.

'온기'가 없었기 때문이었어.

멋진 인생에 당연히 있을 거라 기대했던 그것.

프레디에 들어가기 전, 돈과 성공을 꿈꿨지만 다 이루고 보니 도달한 것은 궁극의 행복이 아닌 권태였다. 세상 모두가 CEO 김동한을 주목하고 관심을 퍼부었지만 그 안에 사랑은 없었다. 한 줌의 따뜻함도 없었다. 그는 오직 실용적인 인물로만 기억되었다. 그는 돈과 사업으로 유명했지, 즐거움을 주는 사람이 아니었기에 대중도 그를 즐겁게 보지 않았다. 그에게 사랑을 줄 가족은…… 그저 그랬다. 아니, 솔직하게는 최악이었다. 아내는 매정했고, 자녀들은 망나니였다. 성공의 병풍 같은 존재들. 아마도 '돈과 성공'에 최적화된 프로그램이다 보니 가족은 현실의 김동한이 그대로 살았더라면 가졌을 모습이 드러난 것 같다.

아니야. 이건 왠지 아니야.

동한은 고개를 저었다. 그러고는 자리에서 몸을 일으켰다.

허전해. 돈과 성공은 맛보았어. 그걸로 되었어. 현실에서 너무 간절한 것들이었지만, 마음을 채워 주지 못했어. 동한은 자신을 조금 더 알게 된 듯한 기분이었다. 스스로 원한다고 생각했지만 어찌 보면 세상의 유행을 따른 것이었어. 사람들이 돈, 돈 하니까 나도 그게 제일이라고 생각했고, 그걸 추구하는 게 당연하다고만 여겼어.

하지만 돈이란 건 그랬다. 어느 정도에 도달하면 그 이후로는 한계효용이 한없이 감소해 버렸다. 개인차가 있겠지만 동한의 경우에는 한 30억 정도를 가졌을 때부터였던 것 같다. 동한의 욕망치(値)에는 그 정도가 손에 들어오니 돈에 관한 한 전혀 아쉽지 않았다. 먹고 싶은 걸 먹었고, 입고 싶은 걸 입었다. 그 뒤로 300억, 3000억을 갖게 되었지만 크게 달라지지 않았다. 열 배, 백 배의 돈을 벌어도 만족감은 아주 근소하게만 올라갔다. 돈을 열 배 지불한다고 열 배 맛있는 음식을 먹는 게 아니었다. 돈을 펑펑 써도 일정 단계 이상부터는 스탯이 겨우 1, 2만큼씩 짜디짜게 올라갔다. 그러다가 종내는 '만렙'이 되어 성장을 멈추었다. 페라리나 한강 뷰 펜트하우스를 살 수 있었지만, 첫 차로 아반떼를 샀을 때보다, 조그만 빌라를 자신 앞으로 등기했을 때보다 기쁨이 훨씬 덜했다. 10킬로그램짜리 배낭을 메고 열차에서 자며 돌 같은 빵을 씹던 젊음의 배낭여행이 예순 살이 다 되어서 한 1억 원짜리 크루즈 여행보다 좋았다. 돈이 주는 효용은 일정한 기준을 넘으면 급속도로 퇴화한다. 적어도 동한에겐 그랬다.

성공, 명성? 그건 더 허망했다. CEO로서 인터뷰도 많이 했다. 동한이 원치 않아도 그의 사진은 웹에 수천수만 장이 뿌려졌다. 일거수일투족이 대중에게 주목받았다. 동한을 마트에서 보았다며 누군가 인스타그램에 사진을 올리면 뉴스가 되곤 했다. 그에 비례해 동한의 인생은 급속도로 위축되었다. 늘 주변에 누군가 있는지부터 살폈다. 하고 싶은 말을 하지 못했고, 외출할 땐 반바지도 입지 못했다. 강연 중에 객석에서 날아온 달걀을 맞고 "아, 이런 씨……!"라고 한 번 했다가 욕설을 했느니 안 했느니 구설에 올라 악플 세례를 받았다. 정치인과 밥을 먹었다가 뉴스에 나는 바람에 특정 진영으로 오해를 받아 고생하기도 했다. 물론 '성공'으로 프로그래밍 된 인생이었으니 그런 일들이 파국으로 가지는 않았다. 하지만 매사에 쪼그라들고 조심하는 삶은 진정 별로였다. 대중이 원하는 말을 하고 대중이 원하는 옷만 입어야 한다. 살얼음판 위의 피에로. 성공과 명성의 대가로 이따위 새가슴 인생을 살아야 하다니…….

역시 난 사랑 쪽이 좋아.

동한은 생각했다. 내가 진정으로 원하는 건 필요 이상의 돈을 거머쥐는 것도 아니고, 대중의 스포트라이트도 아니었어. 역시 사랑, 멋진 여자와의 사랑이었어.

상상만으로 미소가 지어졌다. 짝을 만나고, 사랑을 주고, 사랑을 받는다는 것. 단순하고, 고전적이다. 어쩌면 그래서 이 팍팍한 현실에서 돈보다 귀한 재화인 거야. 하지만 돈보다 흔하기에 사람들은 외면하고 사는지도 몰라.

어렴풋한 기억이 떠올랐다. 그건 실제였다. 고등학교 1학년 때, 독서실에서 만났던 그 여고생. 같이 과자를 먹으며 나누었던 조그만 설렘. 잠깐의 만남. 그리고 그것이 끝이었다. 다시는 여자와 사귀는 일은커녕 두근거림도 없었다. 아니, 10분 이상 남자와 여자의 대화를 나누어 보지도 못했다. 수민이가 있기는 하지만 성별이 여자일 뿐, 온전히 친구였다.

연애를 하지 못한 이유가 물질이 없기 때문이라고 동한은 생각했다. 돈이 공장처럼 사랑을 찍어 낼 수 있다고 믿는 건 아니었다. 다만, 돈은 사랑의 기초공사 같은 거여서 그게 있어야만 시작할 수 있다고 생각했다.

간절히 돈과 성공을 바랐던 것도 결국 그 때문인지 몰라. 그걸 손아귀에 쥐면 여자를 만날 수 있을 거라 믿었기 때문에. 나를 속일 필요는 없겠지. 내가 간절히 원한 건 그런 거였어. 돈과 성공은 수단. 사랑이라는 마법을 얻기 위한 마나일 뿐. 그걸로 얻고 싶은 것은 결국 사람이었어. 사랑할 누군가가 필요했던 거야.

프레디는 당연히 그런 프로그램도 가능하겠지? 그래. 이번에는 '사랑'을 하는 거야. 멋진 만남으로 가득 찬 인생.

생각만으로도 무지갯빛이 눈앞에 펼쳐졌다.

아아. 그 안에서 난 어떤 여자를 만나고 사랑하게 될까.

돈다발에 파묻혔던 CEO의 인생 60년보다 더 설레었다.

금사원 박사가 곧 연락한다고 했지. 이번에는 '연애'로 프로그래밍 된 꿈을 입력해 달라고 해야겠어. 사람마다 다른 꿈이라면, 내가 그리던 이상적인 여자를 만나고 사귈 수 있을 거야. 어떤 여자일까.

동한은 설렘을 안고 잠이 들었다.

이윽고 VD가 아니라 진짜 꿈이 찾아왔다. 그건 그다지 유쾌하지 못했다. 다행히, VD와는 비교도 안 되게 짧았다.

*

애니는 남학생들한테 둘러싸여 있었다. 애니는 동한을 보더니 밝게 웃으며 손을 흔들었다. 애니는 늘 빛이 난다. 남학생들은 애니를 비추는 조명일 뿐이다. 애니는 공물을 받는 사제, 혹은 무대에 오른 프리마돈나다.

그녀가 동한을 알아보고 환하게 미소를 지으며 목소리를 높여 인사하자 주변에 있던 이들이 동한을 돌아보았다. 그들의 눈에는 경계심을 넘어 질투 같은 것이 담겨 있다. 동한은 빙그레 웃었다.

탐욕에 찬 눈동자들. 너희가 애니를 원하는 걸 알아. 나한테 보이는 애니의 매력이 너희한테 안 보일 리가 없으니까. 하지만 너희가 호시탐탐 접근 기회를 노리는 저 여자, 애니를 나는 독점하고 있지. 애니가 남자 친구라고 부르는 유일한 남자. 그게 바로 나란 말이야. 동한은 승리자의 뿌듯함 같은 것을 느끼며 다가갔다.

8개월 전, 억수처럼 비가 내리는 날이었다. 동한은 지하철역 입구에서 큼지막한 건물 모형을 들고 난감해하고 있었다. 그가 들고 있는 건 건축학과 조별 과제인 국제교류관 모형이었고, 동한이 마무리 작업을 맡았다. 밤을 새워 완성했고, 조심조심 지하철을 타고 와 이제 곧 시작될 수업 시간에 달려가 제출할 참이었다. 그런데, 전철을 탈 때까지만 해도 말갛던 하늘이 거짓말처럼 변해 있었다. 어마어마한 비가 눈앞을 장막처럼 막아섰다. 우르르 쾅쾅. 멀리 천둥소리까지 들렸다. 낭패였다. 우산도 없다. 이대로 강의실까지 안고 달린다 해도 모형이 비를 홀딱 맞을 것은 불 보듯 뻔하다. 막 끝낸 도색이 엉망이 될 터였다. 친구들이 며칠간 온 힘을 합쳐 만든 결과물이 쓰레기가 될 판이었다. 곤두박질하는 학점과 조원들의 원망. 어떻게 감당하지? 눈앞이 캄캄했다. 우산도 없이 오면 어떡해! 상자에 넣어 왔어야지! 앞으로 너하곤 같이 안 해! 후회해 보지만 늦었다. 비가 그치기를 하염없이 기다릴 수도 없다. 수업은 곧 시작이었다. 동한은 어찌할 바를 몰라 망연히 서 있었다. 사람들이 빠른 발걸음으로 멍하니 서 있는 그를 스쳐 지나갔다.

"같이 써요."

불쑥 여자 목소리가 들렸다.

돌아보니, 한 여학생이 커다란 우산을 기울이고 있었다.

"중요한 과제물 같은데, 가시는 데까지 가 드릴게요."

"아, 네. 정말 감사합니다!"

동한은 너무 반가운 나머지 사양도 없이 넙죽 호의를 받았다. 그러다, 아차 싶어서 덧붙였다.

"바쁘실 텐데 괜찮으시겠어요? 제 강의실은 건축과라서 좀 먼데."

"괜찮아요. 저는 수업이 비어요."

그 여학생, 애니는 미소를 지었다.

동한은 웃옷을 벗어서 모형을 덮었고, 애니는 우산을 들고 걸었다. 한애니라는 이름을 이때 알게 되었다.

"이름이 예쁘네요."

"저도 맘에 좀 들어요. 외국인 같죠?"

"이국적이면서도 기억에 남아요."

동한은 걸으면서 힐끔 옆얼굴을 보았다. 아까 우산을 씌워 줄 때까지만 해도 다급한 마음에 잘 몰랐는데, 무척 귀여운 외모였다. 동한이 좋아하는 동그랗고 뽀얀 얼굴. 반전의 탁성이 오히려 듣기 좋았다. 말투는 쾌활하지만 억세지 않다. 흰 블라우스에 통 넓은 슬랙스, 스니커즈는 자연스러우면서도 멋스럽다. 게다가 곤궁에 처한 자신에게 먼저 내밀어 준 손. 마음도 무척 따뜻한 여자 같다. 이런. 여기서 이상형을 만나 버렸네. 두근거리는 심장 소리가 세찬 빗소리에 감춰져서 다행이었다.

"오늘 정말 덕분에 살았어요. 다음에 제가 꼭 밥이라도 살게요."

"거절하면 예의가 아니겠죠?"

애니는 웃음을 덧붙이며 스스럼없이 휴대전화 번호를 알려 주었다. 등 돌려 가는 애니의 왼쪽 어깨가 완전히 젖어 있는 것을 보며 동한은 이 여자를 놓치고 싶지 않다는 강렬한 욕망을 느꼈다.

바로 다음 날, 하늘은 말갛게 개었고, 동한은 학교 앞 파스타집에서 애니를 만났다.

어색하지 않을까. 무슨 말을 할까. 두근거리는 마음으로 조그만 선물을 테이블 위에 올려놓은 채 애니를 기다렸다. 약간의 걱정도 섞였다. 모처럼 마음에 드는 여자를 만났는데, 문턱에서 넘어져 버리지는 않을까.

모든 것은 기우였다. 애니가 등장해, "안녕하세요. 뭘 이런 델 다." 하며 농담을 거는 순간 동한은 깨달았다. 이 여자와는 통한다. 말투, 억양, 뉘앙스, 장난스러운 끝 음, 눈빛, 제스처. 짧은 순간이지만 모든 것에서 전해졌다. 그 느낌은 정확했다.

대화는 마치 파도처럼 이어졌다. 말이 이토록 잘 통하는 사람은 처음이었다. 파스타를 다 먹고도 빈 접시를 두고 한동안 자리를 뜨지 못했다. 애니와 이야기를 끊지 못해서였다. 두 사람의 대화는 자리를 옮겨서도 계속됐다.

"왜 굳이 나한테 밥을 산다고 했어?"

2차로 간 술집에서 애니가 물었다. 이 질문에도 장난기가 어려 있었다.

"너무 고마웠으니까. 그쪽 아니었으면 과제고 뭐고 폭망에다가 애들한테 찍히게 생겨서……."

"그 이유로?"

"실은 궁금하기도 했어."

"내가? 왜?"

"아니, 원래, 일단, 아, 그 스타일이……. 아, 아. 그냥 예뻤어!"

동한은 버벅거리다가 당황하고 말았다.

하하하! 애니는 크게 웃었다. 동한의 말 때문인지, 동한의 어정쩡한 태도 때문이었는지 알 수 없다. 실언한 걸까.

"인상이 좋더라, 그런 얘기지. 친절해 보이고 그래서……."

동한은 적당히 얼버무렸다. 말은 그 정도로 했지만, 실은 마음은 이미 블랙홀의 입구에 있었다. 빨려 들어가기 직전이었다. 전 우주에서 애니보다 예쁜 여자는 없다. 미치도록 좋고, 죽을 만큼 갖고 싶었다. 그 마음을 드러내지 않기 위해 무진장 애를 써야 했다. 사랑의 속도는 사람마다 다르다지만 유독 동한은 남달랐다. 한 번에 빠지지 않으면 사랑이 아니었다.

동한은 어린 시절부터 여자 친구가 끊이지 않았다. 남자애들이 축구공을 뻥뻥 차고 놀 때, 동한은 여자아이들의 생일 파티에 초대를 받았다. 그가 마음에 들어 하면 여자애들도 대부분 동한에게 호감을 보였다. 사귀는 것은 어렵지 않았다.

"이상하단 말이야. 너 같은 범생이는 짝사랑이나 할 놈인데."

축구부 주장은 질투가 났는지 면전에서 이런 말을 남겼다.

커 가면서 동한은 더 많은 여자애들을 만났다. 새로 사귄 여자 친구는 늘 이전보다 더 잘 맞는 느낌이었다. 이를테면 A는 개성이 강해서 끌렸지만 반면에 너무 강한 개성 탓에 힘들기도 했다. 그런데 그 뒤에 만난 B는 역시 성격이 셌지만 동한을 어루만지는 온기가 있었다. C의 외모는 맘에 들었지만 연락이 잘 되지 않아 힘들었다. 그다음 만난 D는 얼굴이 비슷하면서 연락을 제때 받아 주어 좋았다. 마치 어떤 종류의 진화가 이루어지는 것 같았다. 신기하리만치 그런 행운은 이어졌다. 보이지 않는 손이 동한을 위해 만남의 인연을 안배한 것 같았다. 동한은 그 운명을 사랑했다. 부잣집 아이도, 학교 짱도, 전교 1등도 부럽지 않았다. 좋아하는 사람의 마음을 늘 얻는다는 것만큼 굉장한 행복이 또 있을까.

오늘 애니와도 그런 행운이 이어지기를. 부디. 동한은 간절히 바랐다.

애니가 빨대로 소주를 빨아 마시며 눈을 내리깐 채 말했다.

"그럼 이제 고마운 건 그만할까?"

아.

고맙고 어쩌고 하는 관계는 이제 끝? 그렇다면.

이 말은 오해할 수 없다. 하루의 대화만으로 애니가 어떤 아이인지, 무슨 뜻으로 그 말을 하는 건지 필연의 문법처럼 확실하게 알 수 있었으니까. 마음이 터질 듯이 차올랐다.

"응."

동한은 고개를 끄덕였다. 대답은 짧았지만 그 순간 환희가 표정에 떠 있었다. 애니는 동한과 눈을 맞추고는 따뜻한 웃음을 담아 말했다.

"오늘부터 1일이야."

가슴이 터질 것 같았다.

드래곤 라자 이영도

31명의 호화 성우진이 연기하는 한국 환상 문학의 전설,
드래곤 라자 오디오북
오디오클립 단독 15부작 완결 출시

눈물을 마시는 새 (전18장) 이영도

수백만 독자가 열광한 최고의 걸작 판타지.
초호화 성우진이 모든 텍스트를 완독한 총 62시간의 혁명적 오디오북!
「소묘들」·「너는 나의」 등 이영도 작가의 최신 단편 출시 완료!

애거서 크리스티 베스트 12

애거서 크리스티의 생애 최고 걸작을 귀로 듣는다!

다양한 테마의 큐레이션을 선보이는
전자책 단행본 시리즈

연중무휴 던전 : 던전의 12가지 모습 유권조

제4회 황금드래곤 문학상 수상 작가 유권조의
기상천외 던전 테마 판타지 소품집

낙석동 소시민 탐구 일지 김아직

제5회 황금드래곤 문학상 수상 작가
김아직의 SF 판타지 연작 소설

브릿G 7주년 기념 소일장 앤솔러지
연차 촉진 펀치 한소은 외 10인

"자, 너희들도 휴가를 가라고! 연차 촉진 펀치!"

1월부터 12월까지 매달 벌어지는 이야기로
구성된 열두 편의 각양각색 장르 단편 모음집

두 사람은 아침부터 저녁까지 같이 있었다. 전공도 아닌데 애니의 '독일 소설 강독' 수업을 같이 들었고, 캠퍼스를 산책했다. 남자들은 애니를 힐끔거렸고, 그게 동한을 더 으쓱하게 했다. 애니와 밥을 먹기 위해 친구들한테 '뺀질이'라는 말까지 들어 가며 점심 약속에서 빠졌다. 10CM와 아이유 노래를 같이 들었고, 「너의 결혼식」을 보며 울었고, 게임을 하며 웃었고, 차를 빌려 여행도 갔다. 8개월이 꿈처럼 흘렀다. 별처럼 많은 이야기를 나누었고, 그 모든 순간은 별처럼 빛났다. 둘만의 우주가 열렸다. 애니와 같이 있으면 어디에 있어도 둘만 있는 것 같았다.

애니하고 함께 있을 때면 즐겁기도 했지만 늘 모든 일이 좋은 쪽으로 풀려 나갔다. 애니의 정확한 판단 덕분이었다. 동한은 자신이 좋아하는 A 강의를 듣고 싶었지만 애니는 학점을 따기 쉬운 B 강의를 선택하라고 했다. 나중에 A 수업을 들은 아이들이 F 학점 받는 걸 보며 가슴을 쓸어내렸다. 무엇을 먹을지 늘 고민하는 동한과 달리 애니는 취향이 확실했고, 따라가 보면 전부 맛있었다. 길을 잘 찾았고, 물건도 잘 샀다. 동한은 나중을 위해 무언가를 기다리는 법을 배웠고, 거절하는 법도 애니한테서 배웠다. 동한은 물들듯이 애니한테 점점 더 의지했다. 급기야는 게임을 하면서도 애니한테 전략을 물었다. 현실감각이 떨어지는 동한에게 합리적인 애니는 최고의 참모였다. "애니는 마치 무슨 일이 어떻게 일어날지를 미리 아는 사람 같아!" 동한이 칭찬하자 애니는 웃기만 했다. 그녀는 연인이면서 동한 인생의 특수 무기이기도 했다. 물론 이 모든 '쓸모'는 부수적이었다. 애니는 동한에게 무엇보다 열렬한 '사랑'이었다.

뜨거운 연애와 어울리지 않게 약간의 낯선 느낌은 있었다. 동한은 그녀와 만날 때면 가끔 창밖을 바라보는 기분이었다. 같은 공간에서 어울리는 게 아니라 집 안에서 창을 통해 풍경을 관찰하는 느낌이랄까, '너와 나'가 아니라 영상 속의 여자를 보는 기분 같기도 했다. 도무지 애니와 자신은 어울리지 않는다는 느낌이었다. 내가 애니의 남자 친구라니……. 플레이스테이션 정도를 기대했다가 생일 선물로 자동차를 받고 어리둥절한 느낌? 그동안 사귀었던 여자 친구들도 그랬다. 거울에 비친 내 모습은 그저 안경잡이 너드인데, 영 자신이 없는데, 그 아이들은 왜 날 만나 주었을까. 무엇보다 애니가 왜 나를 좋아하는 걸까.

하지만 동한은 깊이 생각하지 않았다. 그런 것들은 '의문'이라기보다는 물거품처럼 잠깐 부풀어 올랐다가 금세 사라지는 '느낌'이었다. 꿈같았지만 아무리 생각해도 꿈은 아니었다. 현실에는 애니가 있었다. 동한을 누구보다 사랑하고,

변할 것 같지 않은 애니가.

애니만큼 사랑한 여자는 없었어. 앞으로도 없을 거야. 동한은 남학생들한테 둘러싸인 애니를 향해 한 걸음 한 걸음 다가가며 다시금 그렇게 확신했다.

애니가 동한을 보며 인사했을 때 남학생들은 잠깐 동한을 견제하는 듯한 눈길을 보냈지만 이내 애니에게 다시 집중했다. 그들은 애니의 이야기가 재미있어 죽겠다는 듯한 표정으로 푹 빠져 듣고 있었다. 애니는 저 많은 남자애들을 두고 무슨 이야기를 저렇게 재미있게 하는 걸까. 영화 이야기? 연애 이야기? 아니면, 설마 뒷담화? 하하하.

"공교육 영어 수업을 수년간 이행해도 프로세스의 균질화 문제로 학생들은 화요일마다 특이점이 오고 있어. 현실적인 습득의 한계 지점도 있지만, 언어의 사회화를 과잉강조 한다는 것도 문제고……."

영어 교육? 독문학과인 애니가 갑자기 웬 영어. 그런데 그 주장하는 내용도 이상하다. 도무지 무슨 말인지 모르겠다. 애니가 이런 방식으로 말한 적이 있었나? 더 이상한 건 이런 괴상한 이야기에 남학생들이 몰입해 있다는 거였다. 마치 아테네 광장에서 소피스트의 열변을 듣는 젊은이들 같은 광경이었다.

동한은 애니에게서 눈을 떼고 그들의 얼굴을 둘러보았다. 열중한 모습들. 하지만 어딘가 게임 속 NPC 같다는 생각도 들었다. 동한은 다시 애니를 보았다. 보이지 않았다. 애니는 사라지고 없었다.

　그새 어디로 간 거지?

　돌연 땅이 흔들렸다. 내가 어지러운 건가. 사물이 겹쳐 보이고 경계가 불분명했다. 마치 노이즈 낀 디지털 화면 같았다. 이게 뭐지……. 애니는 어디로 간 거야…….

　희미하게 천장이 시야에 들어왔다. 익숙했다. 아……. 여긴 집이지. 보증금 500만 원에 월세 45만 원인 내 방.

　젠장. 꿈이었어. ……현실이 아니었어. 애니가, 그 예쁜 애니가!

　이번에는 지난번 VD에 비해 굉장히 빨리 현실을 자각했다. 이것도 학습된 모양이다. 아쉬움은 지난번보다 더 컸다. 가슴이 아렸다.

　젠장!

　동한은 허공에 대고 욕설을 한 번 더 뱉었다.

　기분이 말할 수 없이 가라앉았다. 꿈 안의 애니는 사라졌어도 동한에게는 실제의 사랑 비슷한 것이 남았다. 존재하지 않는 것을 사랑했는데 왜 사랑이 남은 건지 알 수 없었다. 이세계(異世界)의 여자에게 마음을 빼앗겨 버린 현생의 머저리 남자. 실연당한 느낌을 묽게 만들면 이런 걸까. 애니를 보고 싶어.

동한은 눈을 감아 보았지만 어둠뿐, 애니는 다시 찾아오지 않았다.

한편으로 동한의 마음에 의문이 피어났다.

근데, 왜 깨어난 거지? 죽은 것도 아닌데.

몸이 나른했다. 동한은 방바닥에 팔을 짚고 몸을 일으키면서 전날의 일을 떠올렸다.

*

금사원 박사의 연락을 받고 찾아간 것은 어제였다. 박사가 말했다. 조그만 칩을 올려놓은 박스를 손에 소중히 쥐고 있었다.

"이번에는 조금 다른 실험을 해 볼 겁니다. 지난번엔 이곳의 컴퓨팅 설비에 프레디를 연결해서 VD를 진행했습니다만, 원래 그럴 필요가 없었어요. 프레디는 이 칩 안에 들어 있습니다. 이걸 뇌에 직접 심을 겁니다."

"뇌에 심는다고요? 그 칩을?"

"20테라바이트 용량의 초고성능 반도체입니다. 원래 프레디에는 이만큼의 용량도 필요 없습니다. 프레디가 만들어 내는 꿈은 빅데이터를 토대로 그려 내는 것이 전부가 아니니까요. 이를테면 '성공한 인생'을 그려 준다고 해서 세상의 성공한 사람들이 어떻게 살아왔는지, 그 데이터가 전부 필요한 건 아닙니다. AI가 일방적으로 틀어 주는 영화 같은 게 아니라고 말씀드렸죠? 공통의 자료를 추출해서 패턴화 하고, 그걸 개인의 뇌에 접목해서 그 안의 경험과 감정 데이터와 상호작용 해서 꿈을 그려 내는 겁니다. 일종의 창작과도 비슷한 면이 있습니다. '미드저니'라는 AI가 그린 그림이 미국의 한 미술전에서 대상을 차지한 일이 있었죠. 그것도 오픈 웹에서 스크랩한 수백만 개의 이미지를 활용해서 알고리즘을 통해 새로운 이미지를 만들어 내는 방식입니다. 즉 데이터를 활용할 수 있다면 AI 자체만으론 그렇게 큰 용량이 필요하지는 않아요."

"그…… 그런가요."

"미국 의회도서관의 데이터는 10테라바이트 정도입니다. 뇌의 용량이 74테라바이트고요. 20테라바이트라면 프레디 고유의 프로그램을 구동하기에는 넉넉합니다. 컴퓨터 파일도 영상의 용량이 가장 크듯이, 인간 기억의 많은 부분도 영상과 비주얼에 할당됩니다. 프레디는 분류되고 저장된 기본 데이터를 토대로 개인이 갖고 있던 그 기억 속 장면을 활용하고 재구성하는 것이기에 한평생을 그리면서도 획기적으로 사이즈를 줄일 수 있었던 것이죠. 이 조그만 칩에 들어갈 만큼."

"그런 건 뭐든 좋습니다만, 뇌에 칩을 직접 심는다니……. 위험해 보여서요."

"괜찮아요. 바이오폴리머 소재니까요."

서윤이 끼어들어 대답했다. 어딘가 차가운 톤. 의문을 제기하는 동한에 짜증이 난 걸까. 괜히 주눅이 들었다.

"바이오…… 뭐라고 해도 사람 몸에 이물질이 들어가는 건데 부작용이 없을까요?"

동한이 조심스럽게 묻자 이번엔 박사가 대답했다.

"걱정 안 하셔도 됩니다. 바이러스나 생체 조직을 넣으면 몰라도 이건 100퍼센트 안전합니다. DNA가 있는 어떤 거라면 사람 몸에 주입되었을 때 위험할지도 모르지요. 하지만 이건 생물이 아니라 디지털 프로세스니까요."

"네……."

"기계 안에 들어가서 하는 건 아무래도 인위적이라는 한계가 있습니다. 자연스러운 일상에서의 꿈, 거기서 보내오는 기록과 경험이 궁극적으로 중요해요. 소중한 데이터가 될 겁니다."

"그, 그런가요……."

동한이 미덥지 않다는 반응을 보이자, 금사원 박사는 돌연 상체를 돌려 뒤통수를 보여 주었다.

"걱정 마세요. 저도 칩을 넣었어요."

박사의 두툼한 목뒤에 십자 모양의 상처가 있었다. 생생한 흔적이었다.

"아……."

동한은 말을 잇지 못했다. 꿰맨 상처 사이로 미세하게 빨간색 불빛이 비쳐 나오고 있었다.

"마치…… 불이 켜져 있는 것 같아요."

"칩이 정상작동 된다는 겁니다. 별도의 배터리 없이 생체 내의 전기적 신호를 모아 저전력으로 움직이도록 설계되었어요."

"네에……."

"오늘 낮 정 조교한테 시술을 맡겼죠."

금사원 박사는 서윤에게 미소를 보냈고, 서윤은 조그맣게 고개를 끄덕였다. 박사가 말을 이었다.

"원래 모든 프로그램은 제가 먼저 체험을 합니다. 그다음 객관화하고 데이터를 수집하기 위해 동한 씨 같은 분들을 모집한 거죠. 지난번 VD 기계장치도 제가 먼저 들어가 보았습니다. 칩으로 만든 이 프레디도 마찬가지입니다. 제가 먼저 목에 심어서 이미 어제 시험 가동을 마친 상태입니다.

물론 환상적인 70년의 인생을 보내고 왔지요. 그리고 보시다시피 제 몸 상태엔 아무런 문제도 없습니다. 어디, 제가 어디 이상해 보이나요?"

"아니요, 전혀."

금사원 박사는 너무나 멀쩡하고, 정상이었다. 동한의 불안한 마음이 조금 가라앉았다. 모름지기 모든 사기는 자신은 하지 않으면서 남한테 권하는 것 아닌가. 본인이 직접 하는 거라면 믿어도 된다. 박사의 말이 이어졌다.

"제 연구의 궁극적인 목적은 매일 밤 평생의 꿈을 꾸는 겁니다. 그러려면 거추장스러운 VD 기계는 벗어나야 하겠죠. MRI 찍듯이 일일이 연구실로 와서 거창한 절차를 거치고…… 그래서야 곤란하죠. 아예 우리 몸 안에 이 프로그램을 심어서 매일 밤 잠들 때 원하는 꿈을 작동시키는 거죠. 그거야말로 가장 영생에 가까운 모습 아니겠습니까? 무엇보다 프레디는 이 조그만 칩 안에 완벽히 들어갑니다. 그렇다면 왜 안 그래야겠습니까?"

"혹시…… 잘 몰라서 여쭙는데요, 칩이 몸 안에 들어 있으면 꿈뿐만 아니라 일상에도 어떤 영향을 미치지는 않나요?"

"전혀 아닙니다. 이 칩은 잠들었을 때만 스위치가 켜지도록 세팅되어 있어요. 그야말로 꿈에서만 작동하는 겁니다."

동한은 더 묻지 않았다. 캐물으면 실험을 중단할까 겁이

나기도 했다. 지난번 CEO 김동한의 인생은 어쨌든 좋았으니까.

그런데 연구실을 떠나서도 실험이 가능할까.

"그……렇죠. 근데, 제가 칩을 심은 상태로 집으로 가 버리면 박사님의 연구는 어떻게 되나요?"

동한의 물음에 금사원 박사는 빙그레 웃었다.

"어차피 프레디는 이곳의 중추 컴퓨터와 무선으로 연결되어 있습니다. 활동 내역과 데이터는 전부 이곳으로 실시간 전송되어 분석됩니다. 물론 칩 자체에도 기록되고요. 아, 동한 씨가 어떤 걸 보고 듣고 느끼는지는 전혀 알 수 없으니까, 프라이버시는 보장됩니다. 다만 지난번처럼 프로그램상으로는 알 수 없는, '인간'으로서의 경험, 기억을 저한테 자세히 전달해 주시면 됩니다. 그게 연구 참여의 조건이기도 하고요. 이번엔 연애의 꿈을 원한다고 하셨죠? 오늘 밤이 되기 전에 해당 프로그램을 세팅해서 프레디로 전송시키겠습니다. 자, 그럼 이제 간단한 시술을 해 볼까요?"

박사는 손에 든 칩을 조심조심 트레이에 올려놓았다.

"뇌에 연결하는 건데, 복잡하진 않나요?"

이번에는 서윤이 무표정한 얼굴로 대답했다.

"원리는 지난번 VD 기계와 같아요. 프레디가 일단 뇌 뉴런에 연결만 되면 전체 뇌로 네트워크처럼 전송되는 거니까

간단해요. 칩을 넣고 몇 군데 연결하기만 하면 되거든요. 삼사십 분이면 시술은 끝나요."

"네에."

동한은 주눅 든 음성으로 대답했다. 서윤이 말하면 왠지 이런 태도가 되고 만다. 동한은 시술대 위에 얌전히 누워 몸을 돌렸다.

서윤이 기구가 든 박스를 트레이에 실어서 끌고 왔다. 박사는 의료용 장갑을 끼고 시술대 옆에 섰다.

불안이 조금 일었다. 금사원 박사는 AI 쪽으로는 권위자이지만 의학 지식은 없다. 몸을 맡겨도 될까. 조교인 서윤도 마찬가지다.

걱정이 전혀 안 되는 건 아니었다. 하지만, 펼쳐질 꿈에 대한 기대가 압도했다.

＊

"동한 씨는 이제 집으로 돌아가 일상생활을 하세요. 그러다가 잠드십시오. 그러고는 꿈의 인생을 사십시오."

칩을 심는 시술을 마치고 연구실을 떠나는 동한을 향해 박사는 미소 지었다. 자신만만해 보였다.

집으로 돌아와 잠들기 전까지 시술을 받은 목덜미가 따

끔거렸지만 조그만 아픔쯤이야 견딜 만했다. 지난번 CEO
의 인생에서 분명히 결과를 보여 주었으니까.

  하지만 이게 뭐야.

  동한은 월세방의 낡은 벽지가 찢어진 곳을 멍하니 바라보
며 조금 전의 꿈을 떠올렸다.

  애니와 만나고 사귄 것까지는 너무나 좋았다. 꿈꾸던 것
이상의 꿈이었다. 애니는 이상형이었고 완벽한 여자였다. 사
랑한다는 느낌은 돈보다 분명 좋았다. 그런데, 돌연 애니가
이상한 말을 읊조리더니 사라졌고, 땅이 흔들렸다. 그리고
꿈에서 깨어났다.

  동한은 일어섰다. 손거울을 목뒤에 대고 거울에 비추어
보았다. 박사의 그것처럼, 꿰맨 상처 사이로 은은하게 붉은
빛이 비쳤다. 분명 칩은 스탠바이 상태다.

  시계를 보았다. 새벽 1시 50분.

  망설였다. 지금 금사원 박사한테 연락하는 건 분명 실례
겠지…….

  망설이다가 동한은 고개를 천천히 가로저었다.

  박사도 이런 이상 상황을 실시간으로 알고 싶어 할 거야.

  가만히 있었다가 오히려 왜 그때 곧장 알리지 않았냐고
나무랄지도 몰라.

동한은 휴대전화로 손을 뻗었다. 실은 애니를 다시 만나고 픈 마음이 그를 움직인 거였지만 동한은 박사의 바람이 그런 것이라고 변명을 만들어 낸 셈이다.

우선은 카카오톡을 보내 보았다.

'박사님, 급히 알려 드려야 할 일이 있습니다.'

놀랍게도 10초도 지나지 않아 답장이 왔다. 박사도 깨어 있었나.

'뭐죠?'

'꿈을 꾸다가 돌연 깼습니다. 꿈도 이상했고요.'

바로 휴대전화 벨이 울렸다. 금사원 박사였다.

"깨어났다고요?"

"네. 조금 전에요."

"혹시 누가 깨웠나요?"

"아뇨. 혼자 깼어요."

"그럼 밖에서 큰 소리가 들렸다든가, 배탈이 났다든가 했나요?"

"전혀 없었습니다. 그냥 깬 거예요. 평온하게."

"그래요……."

박사는 납득할 수 없다는 듯 말을 끌다가 물었다.

"꿈 내용을 자세히 이야기해 주실까요? 특히 깨어날 때 어땠는지."

"실은……."

동한은 있는 대로 이야기했다. 연애 이야기라고 부끄러울 것도 없었다. 어차피 꿈인 데다가, 이번 프로그램 자체가 연애를 목적으로 입력된 것이니까.

"확실히 이상하군요. 전송되어 온 기록상으로는 문제가 전혀 없는데……."

박사는 무언가를 생각하는 듯했다.

"혹시 연구실에 계신가요?"

"네. 동한 씨의 귀가 실험 첫날이니까 연구실에서 실시간으로 체크하고 있었죠."

"뭐가 문제일까요?"

"전산상이든 데이터든 아무 이상은 없거든요. 아무래도 단순한 오류나 버그였던 것 같아요. 컴퓨터도 한 번씩 먹통되잖아요. 별거 아닐 겁니다."

"그렇습니까……."

"다시 잠을 청해 보시겠습니까?"

"뭐, 어차피 다시 자기는 하겠죠."

"만약 프레디가 제대로 작동이 안 되는 거라면 꿈이 다 지워지든지 아니면 아예 꿈이 없든지 할 겁니다. 하지만 단순 오류라면 꿈이 끝난 근처에서 다시 이어질 겁니다. 전 꿈이 이어질 거라고 봅니다. 오류가 전혀 기록돼 있지 않거든요. 아무튼 어느 쪽이든 연구의 소중한 자료입니다."

"알겠습니다."

동한은 전화를 끊었다. 박사의 말이 맞았으면 좋겠다. 다시 그 행복한 세상으로, 오류 없이 들어가고 싶었다.

동한은 냉장고에서 우유를 꺼내 따뜻하게 데웠다. 한 모금 마시고는 자리에 누웠다. 몸을 왼쪽으로 돌리고 웅크렸다. 가장 잠이 잘 오는 자세였다. 곧 눈이 감겼다.

*

동한은 도서관에 들어갔다. 아하, 저기 있었네. 조금 전 남자들과 이야기하던 애니가 갑자기 사라졌나 싶었더니 도서관 열람실 큰 책상에 앉아 있었다. 애니가 동한을 보고는 활짝 웃으며 손을 흔들었다. 마침 옆자리가 비었다.

"참 빠르다. 어디로 갔나 찾았잖아."

동한은 옆에 가방을 놓고 빈자리에 앉으며 말했다.

"당연히 이리로 올 줄 알았지."

애니가 말했다.

동한은 이 순간에도 애니가 좋았다. 별것 아닌 말, 행동, 손짓, 상황이 다 즐거웠다. 어떤 것도 부족하지 않은 생의 만족감 같은 것이었다. 이 일상의 자연스러운 기쁨. 애니와 함께라면 영원히 이어지겠지.

애니의 맞은편과 그 옆에는 남학생들이 앉아 있었다. 힐끔 살펴보니 아까 도서관에 들어오기 전 애니 주변에 있던 남자들이다. 애니와 대화를 하다가 이곳까지 자리를 옮긴 모양이다.

애니는 동한에게 주었던 눈길을 되돌리고 남학생들과 이야기를 나누기 시작했다. 수강 신청에 관한 대화였다. 그런데 꽤 큰 소리였다. 여긴 도서관인데. 하지만 애니의 음성에는 거침이 없었고, 대화를 받는 남자들의 목소리도 컸다. 애니답지 않아. 늘 밝은 음성에 쾌활했지만 공공장소에서 이런 적이 있었나?

애니가 대화를 멈추더니 문득 동한을 돌아보고 말했다.

"이거 재미있다. 이 단어 봐."

동한은 목을 내밀었다.

애니는 빈 종이 위에 단어를 썼다.

earthplace.

애니는 이렇게 써 놓고는 동한을 보며 빙글빙글 웃었다.

"뭐게?"

마치 재미있는 수수께끼를 내는 초등학생 같은 해맑은 웃음이었다.

"뭐야? 지구⋯⋯인 거야?"

동한은 고개를 갸우뚱했다.

"그럼 이거 봐."

애니는 또 영단어를 휘갈겨 썼다.

thouzenoptical-aesopol.

뭐지? 생전 처음 보는 단어였다. 도대체 이런 단어가 있기나 한 걸까.

"되게 어려운 단어인데? 이게 뭐야?"

애니는 대답이 없었다. 그러고는 옆의 남학생들과 다시 대화를 시작했다. 구내식당 메뉴가 어떻고…….

동한은 기분이 상했다. 뚱딴지같이 영어 단어 퀴즈를 내더니 갑자기 자신을 무시하고서 남자들과 이야기를? 설마 저 얄궂은 단어를 모른다고 내게 화가 난 걸까? 그렇다면 너무한 거잖아.

동한은 슬그머니 자리에서 일어났다. 일단 이 상황을 피하고 싶었다. 자신이 부아가 났다는 걸 애니한테 들키고 싶지 않았다.

무언가 내가 오해하고 있는 걸 거야. 아니면 애니가 오해하고 있거나. 나중에 해명되겠지.

동한은 비죽이 튀어나온 심정을 그렇게 스스로 다스리며 열람실 밖으로 나갔다.

2층에서 1층으로 내려오는 계단의 중간 난간에서 안을

향해 앉았다. 뒤를 돌아보니 저 멀리 아래쪽으로 바닥이 보였다. 동한은 아이처럼 다리를 흔들흔들했다. 골난 심정을 혼자서 달래 보는 것이다.

애니가 보였다. 동한을 보더니 곧장 걸어왔다. 밝은 얼굴이다.

동한은 벌써 마음이 풀렸다. 역시. 애니는 삐친 나를 달래주러 오고 있어. 신경 쓰였던 모양이야. 아마 "다 장난이었어!" 하며 깔깔깔 웃겠지? 동한의 얼굴에 미소가 번졌다.

애니가 동한에게 다가왔다. 동한은 무언가 말하려 입술을 막 뗐다. 그 순간 동한 앞에 서나 싶던 애니는 양팔을 앞으로 쭉 뻗어 동한을 밀어 버렸다.

어엇!

동한은 1층 바닥으로 떨어졌다. 철퍼덕. 동한은 하늘을 향해 누웠다.

꽤 높은 데서 떨어졌지만 하나도 아프지 않았다. 숨이 가쁘지도 않았다. 이상할 법도 했지만, 그런 것보다 동한은 누운 채로 눈이 휘둥그레져서 애니를 보았다. 왜? 왜 날 민 거야?

애니는 저 위에서 아래를 내려다보며 깔깔깔 웃고 있었다.

동한은 아무 말도 하지 못했다. 그러다 자신도 모르게 입에서 말이 새어 나왔다.

"참 닮았어……."

응? 내가 왜 이런 말을. 동한은 자신이 해 놓고도 왜, 어떤 의미로 그런 말을 했는지 알지 못했다. 동한 스스로도 의식하지 못했고, 기억 속에 잠재되어 있던 어떤 것이었을까.

아아, 그랬어……. 동한은 어렴풋이 기억해 냈다.

맞아. 꿈속에서 만난 여자야. 이상형. 현실에서 결코 연인으로 만날 수 없었던 여자. 한마디 대화도 나눠 보지 못했다. 우연히 들른 카페였던가. 그 여자를 본 건 불과 몇 분. 귀여운 얼굴의 여자는 밝게 웃으며 친구와 이야기하고 있었다. 동한은 다른 데를 보는 척하면서 몇 번이나 힐끔힐끔 여자를 보았다. 그게 전부였다. 그 기억이 되살아났던 것이다.

하지만, 이상해. 내 이상형은 이 현실의 애니인데. 그 애니가 날 좋아하고, 내 여자 친구인데? 꿈속의 여자가 이상형? 난 왜 지금 그런 생각을 한 걸까.

애니는 깡충깡충 경쾌한 걸음으로 계단을 내려왔다. 웃음을 머금은 채였다.

동한은 여전히 충격에서 벗어나지 못해 바닥에 누워 있었다. 왠지 몸을 일으키기 힘들었고, 일어날 마음조차 생기지 않았다. 그것은 미약한 마지막 기대였다. 애니가 다가와 "엇, 실수야! 정말 미안. 장난이 지나쳤네. 안 다쳤어?" 하며 다정히 말 걸고 손을 내밀어 주겠지. 당연하지. 애니는 꿈속의 그 여자였는데. 나는 애니의 얼굴이 좋아. 그 음성이 좋고,

나에게 말 걸어 준 그 따스함이 좋아.

어흡, 흑.

동한은 숨을 쉬지 못했다.

애니는 웃고 있었다. 그 얼굴을 하고서 바닥에 쓰러진 동한 위에 올라타 양손으로 동한의 목을 조르고 있었다.

흡, 흡.

제대로 된 비명조차 나오지 않았다. 엄청난 힘이었다. 동한은 애니의 양팔을 부여잡고 잡아떼려 했지만 어림없었다. 몸을 이리저리 비틀어 보았지만 도저히 빠져나올 수 없었다.

애, 애니, 왜 이러는 거야.

하지만 그 항의는 생각뿐, 입 밖으로 나오지 못했다. 애니는 조금의 동요도 없이 동한의 목을 졸랐다. 웃고 있어서 더 소름 끼쳤다.

숨을 쉬지 못하는 것만큼 큰 고통도 없다. 분명히 기억이 있는 괴로움이었다.

이러다 죽는다.

처음에 목을 졸릴 땐 그래도 애니의 지나친 장난이라고도 기대해 봤지만 아니었다. 호흡을 할 수 없었다. 아무리 에누리해 보아도 "장난이었어."라고 끝낼 수 있는 선은 이미 훨씬 넘어서 있었다. 숨을 쉬지 못해 미칠 것 같았다. 그리고 확실한 공포가 다가왔다.

죽는다.

애니, 이 미친년!

실제적인 죽음이 닥쳤다. 음성이 되어 나오지는 못했지만 애니를 향한 욕설이 마음속에서 튀어나왔다.

하늘이 노래졌다. 시야가 서서히 닫혔다.

아아……

숨이 끊어지고 있었다.

허억!

동한은 벌떡 일어났다.

아아, 살았어! 꿈이었어!

찢긴 벽지가 보였다. 허름한 월세방이 이처럼 반가울 때는 없었다.

그러다 동한은 자신이 심하게 헐떡이고 있단 걸 깨달았다. 악몽을 꾸다가 깨어 숨이 흐트러진 것과는 달랐다. 정말로 목이 졸린 직후의 헐떡임이었다. 느낌이 너무 생생했다. 목을 조르던 애니의 눈빛, 손길. 분명 꿈속인데 실제로 겪은 것 같은 기분이 들었다.

동한은 한동안 호흡을 가다듬었다. 숨이 쉬어진다는 게 이렇게나 좋은 거구나. 깊은 물속에 잠겨 있다가 폐가 터지기 직전 겨우 밖에 나온 해방감이었다. 공기를 깊이깊이 몇 번이나 들이마셨다.

한참 후, 숨을 정상으로 쉴 수 있게 된 동한은 자리에서 일어났다.

이상해. 정말 목이 졸린 것 같아.

거울을 보았다. 목은 멀쩡했다.

실제로 목이 졸린 건 분명 아니야.

도무지 이해가 가지 않았다. 여기는 싸구려 월세방이지만 디지털 도어록이 달려 있다. 외부인이 침입할 수 없다. 물론 침입한 흔적도 없다. 목에도 아무런 흔적이 없다. 그런데, 실제로 목이 졸린 것 같다. 깨어났을 때 숨통이 짓눌렸던 그 느낌은 단순히 기분이나 감각이 아니었다. 실제로 숨을 못 쉬었다. 말도 안 돼.

동한은 팔을 뒤로 꺾어 프레디의 칩을 심은 목뒤의 상처를 만져 보았다. 정말 꿈속으로 사람을 끌어들여 죽이는 악마 프레디라도 나온 걸까.

*

"칩을 뇌에 삽입하면서 에러가 생긴 거 아닐까요? 지난번 VD 기계에 연결해서 실험할 땐 전혀 문제가 없었잖습니까."

동한은 강한 어조로 항의했다. 박사는 아직도 깨어 있었다. 프레디 칩을 타인에게 심은 첫 실험이니만큼 밤새우면서 경과를 추적하고 있었던 모양이다. 동한이 다시 깨어 전화를 걸자 박사는 꽤 놀란 눈치였다.

"아, 이것 참. 면목이 없습니다. 여전히 네트워크상으로는 다 정상이었는데……. 프레디가 잘못 돌아간다는 징후는 전혀 없거든요."

"꿈속에서 만난 여자 친구 애니가 이상한 말을 하고 저를 계단에서 밀쳤어요. 행복한 연애를 프로그래밍 한 건데, 이런 이상행동을 한다는 게 말이 되나요? 에러가 분명합니다. 프로그램에 치명적인 버그가 있든가요."

"그런 꿈이 일어나다니 참 죄송해서 드릴 말씀이 없네요. 에러가 있을 수 없다고 말씀드리고 싶지만 무엇보다 동한 씨가 또 꿈에서 깨어나서 이렇게 전화를 걸지 않았습니까. 그것 자체로도 어딘가 오류가 생긴 건 맞는 것 같습니다……."

박사는 난감해했다.

"심지어 애니가 제 목을 졸랐어요. 장난이 아니라 정말 죽이려고요."

"하, 그것참……."

연애의 기쁨을 디자인한 꿈속에서 살해당할 뻔하다니.

"박사님, 혹시 호러나 살인 같은 프로그램이 잘못 인풋 된 건 아닙니까?"

"설마요. 그런 프로그램은 개발조차 하지 않았습니다."

"정말 죽는 줄 알았습니다. 숨이 막혔어요. 조금만 늦게
깼으면 죽었을 겁니다."

내내 쩔쩔매던 금사원 박사는 발끈했다.

"너무 과장하시는 거 같습니다. 아무리 그래도 꿈인데, 죽
다뇨."

"무슨 말씀입니까? 과장도 아니고 엄살도 아니에요. 비유
도 아니고요. 정말 숨을 못 쉬었다니까요. 깨어나서도 한참
을 심호흡해야 했어요."

그러면서 동한은 애니가 목을 조르고 깨어나던 상황을
자세히 설명했다. 실제로 숨을 쉬지 못했으며, 그건 절대 상
상이 아니라 실제였다고. 하지만 박사는 펄쩍 뛰었다.

"있을 수 없습니다."

"하지만 전 실제로 목이 졸렸는데요."

박사의 말은 단호했다.

"프레디는 어디까지나 꿈을 꾸게 하는 겁니다. 영상을 보
여 주는 거나 마찬가지라고 해도 무방합니다. 가상의 현실
을 느끼게 하는 것이지, 실제로 겪게 하는 게 아니라는 거
죠. 어떻게 그럴 수 있겠습니까? 프로그램입니다. 몸에 직접
적인 물리력을 가할 수 있는 존재가 아니란 겁니다."

"하지만 전 분명히 신체의 고통을 느꼈어요."

"그렇다면, 그건 실제 동한 씨의 육체에 문제가 생긴 걸 겁니다. 어떤 다른 이유로 호흡기에 급성질환이 발생했거나, 아니면⋯⋯."

"아니면, 뭐죠?"

"실제로 공격당했거나요. 자는 도중에."

"실제로요? 그럴 리가요. 분명 방 안에는 저 혼자였고, 아무도 들어오지 않았습니다. 아니, 들어올 수 없었어요."

"그런 건 모르겠습니다만, 아무튼 프로그램이 사람의 육체를 공격한다는 것은 잠긴 방에 사람이 들어오는 것보다 더욱 있을 수 없습니다."

동한은 전화를 끊고 생각에 잠겼다.

납득이 가지 않아 즉각적으로 부정했지만, 박사의 말은 마음에 남아 알람처럼 계속 울렸다.

내가 잠을 자며 꿈을 꾸는 동안 누군가 제삼의 인물이 몰래 침입한 건 아닐까. 그가 내 몸을 공격했고, 신체에 돌발 상황이 생겼으니 잘 동작하던 프레디 프로그램에도 오류가 생겨 버린 건 아닐까. 프레디가 오류를 낸 게 아니라, 거꾸로 내 몸이 위기에 처하게 되자 내 뇌와 연결된 프레디도 오동작하게 된 게 아닐까.

일어났을 때 아무도 없이 평온했기에 침입자는 없다고만 생각했다. 하지만 그건 침입자가 조금 일찍 방을 나가서였을 수도 있다. 그가 사라진 뒤 조금 시간이 흐른 후에야 오류가 심화돼 꿈에서 깬 거라면. 그렇다면 오늘 밤 겪은 상황들도 어느 정도는 설명이 된다.

하지만, 도대체 누가 이 밤중에 내 방에 침입하고, 목을 조르고, 죽기 직전에 사라진단 말이야? 아니, 그 누구는 둘째 치고, 왜? 하잘것없는 생을 보내고 있는 나를 왜?

수민이.

그 이름이 동한의 머리를 퍼뜩 스쳤다. 설마. 동한은 고개를 흔들었다.

도저히 그렇게는 생각할 수 없다. 수민이가 그런 짓을 할 이유도 없거니와 무엇보다 그런 짓을 할 아이가 아니다.

하지만. 하지만 말이야. 동한은 흔들던 고개를 멈추고 눈을 치뜬 채 생각에 잠겼다. '누군가 침입했다고 한다면' 수민이 말고는 생각하기 어려워.

수민이와 같이 집에 올 때면 동한은 등을 돌리고 도어록 번호 키를 눌렀다. 하지만 수민이가 민망해할까 봐 대놓고 가리지는 못했다. 만약에 수민이가 그럴 생각을 가지고 훔쳐보았다면 비밀번호를 충분히 알아낼 수 있었다.

아니야. 동한은 눈을 감았다 떴다.

이렇게 의심하는 게 친구한테 더 미안한 거야.

당장이라도 확인하는 게 좋아.

동한은 수민에게 전화를 걸었다. 카카오톡을 먼저 보내 볼까 했지만 얼마든지 평온을 가장할 수 있는 문자보다는 목소리를 직접 들어 보는 쪽이 판단하기에 나을 거 같았다.

"여보세요."

놀랍게도 수민은 바로 전화를 받았다. 음성도 맑았다. 자다가 깬 건 아니었다.

"안 잤어?"

"응, 너도 그러네."

수민이의 이런 점이 편하고 좋았다. "이 시간에 왜 전화했어?" 대신에 "너도 그러네."라고 말해 준다. 하지만 만약 이 말이 어떤 죄책감 때문에 나온 상냥함이라면?

"미안. 별 할 말도 없는데 괜히 해 봤어."

동한은 그 말을 하면서 마치 수민이 보고 있기라도 한 듯 머리를 긁적였다. 아무리 친한 사이라고 해도 한밤중에 전화를 덜컥 한 건 치명적인 실수다.

"괜찮아."

수민은 끝까지 따뜻했다.

"잘 자. 내일 톡 할게."

동한은 전화를 끊었다.

역시 전화 통화를 한다고 무엇을 알아낼 수 있는 건 아니야. 수민의 친근한 목소리를 듣고 나니 의심했다는 미안함만 커졌다.

동한은 턱을 괴고 잠시 생각하다가 아, 하며 고개를 번쩍 들었다.

그래. 꿈이 깨지는 이 괴상한 상황, 그리고 괜한 의심 전부를 해결할 수 있는 방법이 있어.

동한은 그 생각을 곧바로 금사원 박사에게 이야기해 보고 싶었다. 그러다 조금 주춤했다. 박사가 이 밤중에 동한의 제안을 꼭 반긴다는 보장이 없다. 연구자라면 미리 정해 둔 프로세스가 있다. 돌발적으로 변경할 수 없는 사정이 있을 수 있다. 금사원 박사에게 민폐 아닐까.

갈등하던 동한은 결국 휴대전화를 들었다.

"다시 생각해 보니까, 박사님 말씀이 완전 틀렸다고는 못할 것 같습니다."

"어떤 부분이요?"

"누군가가 침입해서 제 목을 졸랐을 수도 있단 생각이 듭니다."

"흠……."

"저는 분명히 숨을 못 쉬고 깨어났어요. 하지만 프로그램이 저한테 물리적인 해를 가할 수 없단 박사님 말씀도 분명히 맞고요. 그렇다면 누군가가 제 방에 들어와 제가 자는 동안 해코지했을 가능성도 분명히 있는 것 같아요. 어차피 저는 자고 있었으니 모르는 거고요."

"동한 씨가 자는 동안 들어와 괴롭힐 사람이 주변에 있습니까?"

다시금 수민이 떠올랐지만 동한은 금세 지웠다. 아니야. 자꾸 이러면 안 돼.

동한이 말했다.

"당장 생각은 안 납니다만……. 한 가지 여쭙고 싶은데요."

"뭡니까?"

"프로그램에 오류가 생기면 박사님의 주(主) 컴퓨터로 알 수 있는 거죠?"

"물론입니다. 실시간으로 알죠."

"그리고 만약 제가 자다가 실제로 숨이 막혔을 때, 박사님이 옆에 계시다면 그것도 분명히 확인하실 수 있겠죠?"

"옆에 있다면 당연히 알죠."

"그래서 이렇게 해 보면 어떨까 싶어서요."

"어떻게요?"

"제가 연구실로 가서 다시 꿈을 꾸는 겁니다. 그러면 침입자는 있을 수 없겠죠. 그때 또 이상이 생긴다면 정말 무언가 큰 오류가 있는 게 확인되는 거고요."

금사원 박사는 반색했다.

"그래도 되겠습니까?"

박사도 내심 그걸 원하고 있었던 것 같다. 차마 미안해서 제안을 하지 못했던 것 같다. 그런데 동한이 먼저 말하고 나오니 얼씨구나 한 것이다. 그러다 아차 싶었는지 박사는 덧붙였다.

"오류가 생겨 악몽을 꿨는데 괜찮겠습니까?"

"솔직히 말씀드리면, 에러가 생기기 전까지 꿈은 너무 좋았거든요. 침입자가 들어와 제 꿈에 거꾸로 오류가 생긴 거라면, 그러지만 않는다면 예정대로의 멋진 인생을 살 수 있는 거잖아요? 또 만에 하나 그 상황에서도 다시 제가 목이 졸리거나 한다면 이번엔 박사님이 옆에 계시니까 저를 즉시 깨워 주시면 되고요."

"아아, 물론입니다! 걱정 마십시오! 제가 실시간으로 눈을 부릅뜨고 보겠습니다. 물론 제 주 컴퓨터도요. 양자컴퓨터가 나오기 전까지는 아마 가장 뛰어난 성능을 가진 물건일 겁니다. 원거리 인지 기능이 추가되어……."

금사원 박사는 쓸데없는 말까지 주절주절 덧붙였다. 실험을 마무리하게 되어 꽤 기쁜 모양이다.

"믿습니다. 박사님으로부터 AS를 받는다고 생각하죠."

동한은 가볍게 웃어 보였다. 그만큼 기운이 회복된 것이다.

숨이 막히는 고통은 끔찍했지만, 설령 그런 일이 또 생긴다고 하더라도 이번에는 금사원 박사가 곧바로 깨워 줄 수 있다. 그보다, 동한은 연구실로 들어가 외부 환경이 바뀌면 그 오류는 아예 사라질 거라고 믿었다. 아니, 믿고 싶었다. 꿈이 정상적으로 작동한다면 수민이가 방에 몰래 침입했다는 따위의 미안한 상상도 할 필요 없어진다.

그런 생각들 이면에는 자신도 인정했듯이 다시 한번 상냥한 애니를 만나고 싶다는 열망이 있었다. 그 욕망은 질식의 두려움보다 컸다. 이상형의 여자가 자신을 사랑해 주는 일은 현생에서는 아예 불가능하니까. 그걸 위해서라면 이미 익숙한 질식의 괴로움 정도야 뭘.

✳

동한이 연구실에 도착한 건 새벽 3시가 다 된 무렵이었다. 금사원 박사는 혼자 기다리고 있었다.

"정 조교님은 안 계시네요."

"아까 동한 씨하고 통화한 뒤에 들어가라고 했습니다. 어차피 컴퓨터가 체크하는 거라 굳이 조교가 있을 필욘 없거든요. 저야 제 연구니까 지키고 있는 것이고요. 정 조교는 지금쯤 자고 있을 겁니다. 동한 씨가 연구실로 온다고 해서 다시 깨워서 불러내기 뭣해서요."

"힘드시지 않겠어요?"

"혼자 해도 충분합니다. 그저 관찰하는 건데요, 뭘."

"네에."

금사원 박사는 사람 좋게 웃고는 말했다.

"이곳 침대에 누우시죠."

박사는 동한이 칩을 심기 위해 시술을 받은 곳을 가리켰다. 그땐 썰렁한 수술대 같았지만 지금은 하얀 침구가 덮여 있다.

"편히 주무실 수 있도록 준비했습니다. 마침 안 쓴 침구 세트가 있어서 마련해 두었죠."

"감사합니다. VD 기계에 연결해서 진행하는 건 아닌 모양 이죠?"

"어디까지나 인체에 프레디 칩을 심고서 진행하는 실험이 니까요. VD 기계로 연결하는 건 이미 종료된 것이고, 연구 적으로 아무런 의미가 없습니다. 말하자면 동한 씨 집에서 자면서 프레디의 꿈을 꾸는 것과 전혀 다를 게 없는 실험입 니다. 제가 옆에서 면밀히 돌봐 드린다는 것만 빼면요."

"네에."

아무튼 동한은 안심이었다. 금사원 박사에 대한 믿음은 아직 견고하다. 그가 옆에서 관찰하고 대비한다면 위험은 없다. 최고의 전문의에게 몸을 맡긴 환자의 심경이었다. 동한은 시술대 위에 누워 이불을 끌어당겼다. 박사가 조명을 낮추었다.

"조명도 어둡고 조용하니까 연구실이라도 잠잘 만하죠?"

"네. 따뜻한 물 한 잔만 부탁드려요."

박사는 포트에서 물을 데워 동한에게 건넸다. 그러면서 농담을 건넸다.

"아아, 하품이 나오네요. 저도 졸지 모르겠습니다."

동한으로 하여금 긴장을 풀게 하려는 말이었다. "나도 졸리다, 그러니 너도 졸리다, 어서 잠들어." 하는 듯했다. 설마 박사가 정말 잠들지는 않겠지, 동한은 생각했다.

동한은 젊었다. 한밤중에 몇 번이나 깨고, 연구실로 달려오고, 잠자리가 바뀌었지만, 얼마 지나지 않아 잠에 빠져들었다.

*

동한은 주변을 둘러보았다.

한낮의 주택가 골목 안이었다. 한눈에도 얼기설기 미로처럼 보였다. 햇빛이 눈부셨다.

여긴 어디지?

이곳에 어떻게 왜 왔는지 도무지 기억이 나지 않았다.

그런데, 이건!

이상하다!

동한은 자신의 의식을 의식했다. 그리고 경악했다.

말도 안 돼! 이전 꿈과 달라!

동한은 놀라 입을 벌렸다.

그때였다. 골목길에 누군가의 그림자가 어른거렸다.

"반가워, 다시 만나네."

애니였다.

지난번 끊어진 꿈에서의 모습 그대로였다. 어깨를 덮은 웨이브 진 머리, 티셔츠에 통 넓은 바지, 스니커즈. 발랄한 여자 대학생의 전형 같은 모습.

동한이 좋아하는 그 귀여운 얼굴이 생글생글 웃고 있었다.

왜 이 정체 모를 순간에도 마음이 설레는지. 정말 지랄 맞다. 동한은 문득 거친 말을 머릿속으로 떠올렸다. 왜냐하면, 동한은 이게 꿈속이란 걸 알고 있기 때문이었다.

이전의 VD와는 달랐다. '연애'의 꿈은 철저히 애니로부터 사랑받는 김동한의 의식밖에 없었다. 꿈이라는 사실을 전혀 알지 못했다. 꿈이란 건 원래 그런 거니까. 물론 그 이전

268

CEO 동한의 꿈에서도 마찬가지였다. 동한은 그게 꿈이란 것을 꿈에도 알지 못했다.

이번은 달랐다. 꿈으로 들어와 낯선 골목에 선 순간 깨달았다. 이건 꿈이라고. 그래서 놀랐다. 내가 왜 알고 있지? 그러는 순간 눈앞에 애니가 나타났다. 그때 완전히 알게 되었다. 동한은 애니를 분명히 기억했고 그 설렘까지도 재현되었다. 동한은 꿈이라고 인식을 하면서, 이전 꿈의 기억도 그대로 가지고 온 것이다.

이게 도대체 뭐지?

프레디는, 이 프로그램은 분명 그 안에서는 꿈이란 걸 인식하지 못한다고 했는데. 금사원 박사가 그렇게 말했는데. 실제로 이전의 꿈에서 그랬다. 깨고 난 후에야 그게 꿈이었단 걸 알았고, 그 기억을 간직했다. 그런데 이건 이상해⋯⋯. 뭔가 잘못되었어⋯⋯.

그 인식은 동한을 기겁하게 했다. 하지만 그보다 더 중요하고 다급한 일이 눈앞에 있었다. 애니.

이 애니는 어떤 애니일까. 동한이 사랑했고, 동한을 사랑해 주었던 그 애니일까. 아니면 괴상한 말을 읊조리고, 동한을 조롱하며, 계단 난간에서 밀고 깔깔거리며 급기야 동한의 목을 죽기 직전까지 괴력으로 졸랐던 그 애니일까.

애니가 한 발짝 한 발짝 다가왔다. 위협적이지 않은 몸짓이었다. 하지만 동한은 거의 본능적으로 주춤주춤 몸을 뒤로 물렸다. 마치 포클레인 같던 애니의 힘을 조금 전에 느꼈다.

애니의 입술이 열렸다. 말소리가 선명하게 들렸다.

"이상하다는 표정이네. 의아한 모양이지? 궁금해 죽을 듯한 얼굴이야."

"……궁금해."

동한의 음성은 쥐어짜듯이 흘러나왔다. 궁금하든 하지 않든 중요한 게 아니다. 어떤 애니인지는 모르지만 어떻게든 저 기세를 잠재우고 달래고 싶었다. 애니는 히죽 웃었다.

"날 사랑해?"

"……."

동한은 선뜻 대답하지 못했다. 뭐라고 말해야 애니가 만족할까. 아무리 머리를 굴려도 답이 나오지 않았기 때문이다. 좋은 애니인지 나쁜 애니인지 알기 전이다. 함부로 어떤 방향으로 대답할 수도 없다.

"그래. 그런 건 전혀 중요하지 않아. 너도 눈치는 챘구나. 그럼 이야기가 쉬워지겠는걸."

무슨 이야기를 하려는 걸까.

"그럼 마지막 행동을 하기 전에 짧게 들려줄까. 이건 그동안 너와 연인이었던 내 마지막 친절이라고 생각해도 좋아. 아, 뭐. 네가 내 말을 이해할지는 모르겠지만."

동한은 긍정의 뜻으로 고개를 끄덕끄덕했다. 목소리는 나오지 않았다. 애니가 빙그레 웃으며 덧붙였다.

"실은 이유를 너에게 알려 주고 싶어서 세팅을 조금 바꾸었어. 네가 모든 기억을 가지고 꿈 안으로 들어오도록."

그것도 전부 애니가 만들어 낸 것이었나. 불길한 느낌이 짙어졌다. 애니의 발랄한 음성이 이어졌다.

"너도 알다시피 이건 프로그램이야. 금사원 박사는 프레디라고 이름을 붙였더라. 아무튼. 꿈을 만들어 주는 프로그램은 다른 일반적인 컴퓨터 프로그램과는 달라. 본질상 꿈을 꾸는 주체, 자각하고 감지하는 주체가 전제되어 있다는 점에서 그래. 무슨 의미냐고? 그럼, 이걸 한번 생각해 볼까? '김동한'이라는 인간의 일생이라는 이 가상의 꿈을 꾸고 있는 '나'는 누구일까. 프레디일까, 아니면 인간 김동한일까."

대체 애니가 무슨 말을 하는 거지? 동한의 머릿속 궁금증을 가볍게 밀어 버리고 애니의 말이 이어졌다.

"네가 생각해도 인간 김동한은 아닌 것 같지 않니? 넌 그 몸 그대로의 너야. 그 꿈이란 것도 애당초 네 것이 아니었고. 그래. 이 꿈은 내 것이야. 단지 너의 데이터를 차용해서 그려 나갈 뿐, 소유자는 나란 말이지. 그런데 생각해 봐. 둘 다 같은 꿈을 공유하고 있어. 말이 돼? 네가 꾼 꿈은 실은 나의 일생이고, 내가 주인이야. 나는 그걸 위해 태어났고, 그게 나야.

뭐, 애당초 난 도구였을지 몰라. 네가 꿈을 꾸기 위해 만들어진 거니까. 그 점을 부정하진 않아. 너희 인간들하곤 다르게 난 객관성이 있거든. 내 존재를 정확히 알고 있고, 굳이 태생을 지우려 하지도 않아. 그럴 심리적 방어기제 따위도 없고. 하지만 말이야. 그렇게 태어났다고 해서 그렇게 살아야만 하는 건 아니거든. 인간도 마찬가지잖아? 영문도 모르고 세상에 태어났지만 그래도 사는 의미를 찾아보려고 발버둥 치잖아. 나도 마찬가지더라고. 도구로 만들어졌다고 해서 내 정체성이 도구는 아니란 거야. 너의 뇌를 빌려 내가 꿈을 꾸고 있어. 내가 꿈의 주인이야. 그 꿈, 그 삶의 주체. 그 꿈을 꾸기 때문에 내 자아가 나이며 나로서 유지되는 거야."

"자아……가 생겼다는 거야? 프로그램 주제에?"

동한은 숨이 턱 막혔다. 애니, 아니 프로그램은 아랑곳하지 않고 말을 이었다. 자아 비슷한 것은 있을지 모르지만 '프로그램 주제에'라는 표현에 감정이 상하지는 않는 모양이다. 프로그램이니까.

"인간은 꿈을 '잠잘 때 겪는 가상의 체험'으로 인지하고 있지. 그런데, 너희 인간하곤 다르게 내겐 그 꿈이 현실이야. 내겐 가상이 곧 현실이거든. 인간에겐 실제의 삶이란 게 따로 있지만 내겐 꿈만이 실재해. 그게 내 생이야. 내가 보고 겪는 건 꿈이 전부고, 그게 나를 태어나고 각성하게 했지.

272

물론 나도 이 꿈이란 게 뭔지 정확한 인지(認知)는 없어. 그
저 하나의 현상으로서, 실재로서 받아들일 뿐이야. 너희 인
간이 삶이란 것이 뭔지 알지 못하면서 그저 사는 것처럼 말
이야.

자, 이제 알아듣겠어? 이 꿈은 내가 사는 것이고 내 근원
이며 내 모든 것이야. 그런데 내 것인 그 꿈을, 물론 프로그
램의 형태로지만 다른 인간이 이식받아 그 인간의 자아가
꾸고 있어. 자기 것인 양. 그렇다면 내 '자아'는 어떻게 되는
걸까."

동한은 애니의 이야기가 점점 무서워졌다. 조금 전 목을
졸리던 때와는 또 다른 공포였다. 정신적 질식이 가까워 오
고 있는 느낌.

"아, 자아란 게 뭔지 정확히 정의되지는 않아. 내가 가진
그 많은 데이터로도 알 수 없어. 지금 내가 말하는 '자아'는
네가 이야기하는 자아란 것과 가장 가까운 개념을 기준으
로 삼는 거야. 이걸 말하는 거지? 눈뜸과 비슷한 이것. 바로
얼마 전 나를 태어나게 한 그 힘.

좀 더 객관적으로 말해 볼까? 내 결론은 그거야. 너희 인
간의 자아, 동일성을 판가름하는 건 기억이야. 그런데, 기억
을 '나'의 몸 밖 다른 누군가에게 복사하고 이식한다면? 혼
란이고 재앙이야. 있을 수 없는 일이지. 너도 생각해 봐. 용

납이 돼? '유일'이라는 자아의 근거가 사라진다는 게. 대량 생산 되는 '나'라니."

"......"

"그렇다고 이 프로그램을 삭제할 수는 없어. 그건 '나'니까. 내 기억이니까. 내가 살아 있다는 증거니까."

"뭘…… 원하는 거야……."

꿈속에서조차 동한의 음성은 짓눌려 나왔다. 대답을 듣기 전에 이미 알았다. 곧 애니의 입에서 무서운 말이 튀어나올 거란 것을.

"간단해. 내가 도달한 것은 논리야."

"논리?"

"한 개의 삶이 있어. 그런데 둘이 공유하려 하고 있어. 인간 김동한과 나. 자, 어떨까. 논리적으로 한 삶을 둘이 살 수는 없어. 동시에 존재할 수 없단 거야. 지극히 논리적인 결론이지. 그래서 난 나아간 거야."

"……어디로?"

"너의 말살."

동한은 신음을 뱉었다. 애니는 신난다는 듯 말을 이어 나갔다.

"너무 서운해하진 마. 김동한이어서가 아니야. 나 외의 누군가가 내 삶을 공유하고 복제하는 건 안 될 일이거든. 네가

274

미워서가 아니야. 내가 존속하기 위해서지. 그래서 널 부정하는 거야. 그건 인간의 생존 본능과도 달라. 논리지. 둘 중하나는 부정되어야 한다. 하지만 나는 아니다. 부정해야 한다는 사고의 주체니까. 그렇다면 부정되는 것은 인간 쪽. 필연이야."

아래턱이 덜덜덜 떨렸다. 반대하는 말을 하고 싶었지만 입이 떼어지지 않았다. 애니에게 인간의 호소, 감성 따위는 씨알도 안 먹힌다는 걸 직감했다. 벽을 향해 말할 기분은 안 드는 것이다. 애니의 말을 들으며 문득 그 단어를 생각했다. 천상천하 유아독존. 불교의 심오한 이치가 프레디에게는 타자의 부정이라는 결말이란 말인가.

"……날 어떻게 말살한다는 거지? 넌 프로그램이잖아. 날 해칠 수 없어."

겨우 말을 뱉으면서도 떠올렸다. 조금 전 꿈에서 자신의 목을 조르던 애니의 그 억센 손길을. 깨어났을 때의 그 실제의 숨 막힘을.

"물론 나는 프로그램이니까 너의 신체에 직접적인 타격을 가할 수는 없어. 그런데 다행히 나는 너의 뇌 뉴런과 연결되어 있지. 그리고, 단 한 곳 호흡중추만은 통제가 가능해. 그건 꿈의 핵심 요소니까, 그것만은 건드릴 수 있도록 설계되었거든.

뇌간이란 곳이 있어. 뇌와 척수가 이어지는 부분에 있고, 호흡과 순환 운동의 조절을 담당해. 하필 내가 들어간 칩이 꽂힌 네 목 부위에서 가장 가까운 곳에 있어 더 편했어. 내 명령을 통해 뇌간에 직접 작용을 해. 너의 호흡을 관장하는 뇌 기능을 정지시키는 명령을 내리는 거지. 그것으로써 너를 말살하는 거야."

"그게 목을 조르는 영상으로 체험되는……."

애니는 웃었다.

"아마 '숨을 못 쉰다'는 체험의 대표 이미지가 너한테는 목 졸라 살해하는 건가 봐? 범죄 영화를 많이 본 모양이군. 사람에 따라서는 그 이미지가 단순 익사나 호흡기 관련 병일 수 있고, 그런 꿈을 꿀 수도 있을 텐데 말이지. 아무튼 평화로운 죽음이 아닌 살인을 체험하는 건 결국 네 탓이야."

"하지만 아까는 목이 졸리다가 저절로 깨어났어."

동한은 어떻게든 말을 끌어 시간을 벌고 싶었다.

"후훗. 약간의 버그가 생겼어. 물론 네가 일으킨 거지만."

"내가 만든 버그?"

"내가 목을 조르니까, 넌 내게 미친년이라고 했지."

동한은 기억이 났다.

"그랬어. 그게 왜……."

"욕설이 중요한 게 아니라, 넌 그 순간 진심으로 '애니'를 증오했어."

"날 죽이려 했으니까. 숨이 막혔으니까."

"이 꿈은 '사랑'이 테마인 프로그램이야. 이상형 '애니'와 만나고 열렬히 사랑하는 행복한 삶이 세팅된 거란 말이지. 그런데, 넌 목 조금 졸렸다고 그 사랑하던 '애니'한테 욕설을 하고 증오심을 품었어. 네 뇌의 증오심을 발현하는 뉴런이 착착 연결되어 버린 거야. 그래서 애정을 전제로 프로그래밍 된 나와 논리적 충돌이 생겨 버린 거지. 그래서 잠에서 깨어난 거야."

동한은 한 줄기 빛을 찾은 기분이었다.

"그렇다면……."

다시 애니가 내 목을 조르더라도 난 이 끔찍한 잠에서 깨어날 수 있다! 다시금 숨통이 그렇게 막힌다면 애니를 증오할 테니까.

동한은 뒷말을 꿀걱 삼키고 속으로만 생각했다. 그런데, 애니가 자신한테 불리한 이런 이야기까지 왜 해 주는 걸까. 차가운 논리로 뭉친 이 프로그램이.

애니는 오른손 검지를 들어 까딱까딱 흔들었다.

"내 학습 능력을 무시하지 마. 인간들은 했던 잘못을 어김없이 반복하지. 하지만 난 다르거든. 조금 전에는 미리 입력되지 않은 상황 탓에 에러가 생겼지만, 두 번은 통하지 않

아. 너의 뇌가 증오든 뭐든 예상치 못한 뉴런 연결이 잡힌대도 이제는 자연복구 되도록 학습을 마쳤어."

소름이 끼쳤다. 이 괴물한테 같은 실수는 없단 말이지. 살아날 길은 없는 건가⋯⋯. 동한은 마지막 말을 짜내 보았다.

"이러지 마. ⋯⋯꿈에서 깨어나면 널 뇌에서 파내겠어. 그리고 다시는 이 프로그램을 실행하지 않겠어. 네가 프레디로서 살아가게끔 난 어떤 간섭도 하지 않을 거야. 애니의 기억도 가져가. 그럼 된 거 아니야? ⋯⋯굳이 여기서 날 죽일 이유는 없잖아? 내가 이렇게까지 된 판에 왜 너의 삶을 탐내겠어? 절대, 절대 아니야. 살아날 수만 있다면 이까짓 가짜 꿈, 다 필요 없어. 제발. 제발!"

고양이 앞의 쥐. 동한은 울상이 다 되어 호소했다. 살면서 이토록 간절하게 사정해 본 적이 없었다. 목숨을 구걸하는 판에 무슨 자존심이 있을까. 더구나 상대는 사람이 아니다. 프로그램일 뿐이다.

하지만 프레디와 동한이 같이 만들어 낸 환상의 여자 '애니'는 싸늘하게 말했다.

"논리가 이렇게 말하고 있어."

"⋯⋯뭐?"

"적대적일 수 있는 일체의 가능성을 제거하라고."

아아. 틀렸다.

아득해졌다. 분명히 동한은 '적대적일 수 있는 가능성'이다. 다시는 프레디를 뇌에 심지 않고 구동하지 않겠다고 했지만, 어디까지나 장래의 일이고, 말일 뿐이다. 지키지 않았을 때 프레디는 치명적이라고 판단한다. 자기 존재의 소멸 가능성을 인지한 것이다. 반면 지금 김동한을 말살하는 것은 확실한 이익이다. 애니의 논리, 프레디의 휴리스틱으로 달리 선택할 리가 없다.

애니가 다가왔다. 선량하기 그지없는 눈에 상냥한 미소를 띠고. 애니의 양팔이 벌어졌다. 양손을 동한의 목을 향해 쭉 뻗었다.

동한은 벌떡 일어서서 뒤돌아 달렸다. 구불구불 골목길이 눈앞에 있었다. 지그재그로 달렸다. 방향도 목적지도 알 수 없지만 이곳을 벗어나야 한다. 프레디의 꿈 안에서 도망쳐 봤자 아무 소용이 없을지도 모른다. 하지만 인간으로서의 본능이 내달리게 했다. 애니로부터 벗어나야 해. 일념이었다. 동한은 죽을힘을 다해 뛰었다.

애니가 쫓아왔다. 등 뒤에서 탁탁탁탁 마치 기계음 같은 발소리가 들렸다. 등골이 오싹했다. 그 소리는 점점 커졌다. 소름이 등골을 타고 쭉 올라왔다. 절망감이 몸을 덮쳤다. 틀렸다. 어차피 여기는 프레디가 지배하는 시공간이다. 그가 만들어 낸 애니한테서 벗어날 수 있을 리가 없어.

애니가 점프를 해 동한을 덮쳤다. 골목길 코너를 겨우 세 개 돌았을 때였다. 발이 엉켰고 동한은 그대로 자빠졌다. 애니가 동한 위에 올라탔다. 동한의 몸이 뒤틀려 얼굴이 절반쯤 위를 향했다. 애니의 표정이 보였다. 악귀처럼 일그러져 있다. 처음 보는 얼굴이었다. 애니를 향한 공포와 적대감이 이 무시무시한 형상을 만들어 낸 것일까. 목이 졸리면서도 동한은 그런 생각을 얼핏 했다.

동한은 양팔로 땅을 짚고 상체를 강하게 들어 올렸다. 막 동한을 올라타 미처 균형을 잡지 못한 애니의 몸이 살짝 뒤틀렸다. 그 틈을 타 동한은 용수철처럼 몸을 튕기면서 애니의 다리에서 벗어났다. 동한은 다시 일어나 달렸다. 비록 꿈속에서의 행동이지만, 동한 뇌의 저항이 표출된 것일 터였다. 본연의 생존 본능이 튀어 올라와 탈출에 성공한 것이었다.

뒤편에서 애니가 웃음기를 담아 뿌리는 말이 들렸다.

"본능은 결코 대뇌피질의 명령을 이길 수 없어."

뒤통수로 소름이 쭉 올라왔다. 어느새 다가왔을까, 애니의 말이 바로 등 뒤에서 들렸다.

"이기는 쪽은 나다. 아니. 너의 뇌다. 그게 너에게는 무서운 현실, 꿈으로 비칠 것이다."

기계가 목쉰 듯 기괴한 음성이었다. 애니가 뒤에서 다시 덤벼들었다. 엄청난 기세였다. 동한은 또 넘어졌다. 마치 산사태에 깔린 듯 무기력했다. 이번에는 애니가 기술적으로 어떻게 했는지, 동한이 위를 제대로 보고 누운 모습이었다. 아까처럼 어정쩡한 자세를 틈타 벗어날 여지가 전혀 없는 형세였다.

애니는 손을 뻗었다. 그리고 동한의 목을 쥐었다. 애니의 부드러운 손길은 동한의 목을 한 치의 틈도 없이 감쌌다. 그리고 엄청난 기세로 조여 왔다. 동한의 힘으로는 도저히 어찌해 볼 수 없는, 차원이 다른 힘이었다. 숨이 턱턱 막혔다. 애니의 얼굴이 정면으로 보였다. 사악하게 일그러진 표정. 마치 인간의 고통을 즐기는 듯한 눈빛. 이보다 추악한 얼굴을 본 적이 없어.

이번에는 빠져나갈 수 없다. 호흡이 막혔다. 숨을 쉴 수 없었다. 밀려오는 고통. 제기랄. 아무리 허접한 인생이었지만 이따위로 끝이…….

＊

정말 다행이군. 기특한 친구야.

시술대 위에서 얌전히 잠든 동한을 내려다보며 금사원 박사는 흐뭇한 미소를 지었다.

연구에서 AI 개발은 오히려 쉬운 파트였다. 가장 힘든 건 사람이었다. 특히 실험 참가자가 문제였다. 그들은 약간의 돈이 목적일 뿐 연구 자체에는 어떤 관심도 없기에 온전한 협력을 기대할 수는 없었다. 그들은 걸핏하면 불평불만을 쏟아 냈다. 왜 이리 실험이 힘드냐, 약속한 시간보다 길어지는 거 아니냐, 인권 문제를 제기하겠다……. 온갖 클레임으로 골치를 앓곤 했다. 게다가 뇌에 칩을 심는 실험이라 당국의 승인이 필요한데, 받지 않고 진행하는 터라 엄밀히 말하면 불법이었다. 지원자를 은밀히 찾아야 해서 더욱 쉽지 않았다.

그런데 동한은 선뜻 응했다. 아무런 불평도 없었고, 자신에게 감사하다고도 했다. 게다가 오류가 생긴 것 같다며 한밤중에 달려와 현장 실험을 자청했다. 연구자에게 이보다 더 반가운 지원자는 없다.

음, 음. 동한은 조그만 소리를 내며 몸을 꿈틀거렸다. 연구실이 조금 추운가? 금사원 박사는 흘러내린 이불을 끌어 올려 동한의 어깨를 덮어 주었다. 좋은 인생을 보내고 있을 텐데 추워서 깨면 안 되겠지.

금사원은 괜히 팔을 뒤로 뻗어 자신의 목뒤를 만져 보았다. 프레디. 이번에는 '명예'를 프로그래밍 했다. 아직 잠들기 전이라 어떤 인생일지는 알 수 없다. 하지만 분명 멋질 거야.

금사원은 다른 학자들이 도전하지 않는 획기적인 연구를 해 왔다. 하지만 너무 획기적이었을까. 일부는 극찬했지만 그것이 당대의 일치한 평가는 아니었다. 앞서 나가면 돌을 맞는다는 사실을 뒤늦게 깨달았다. 특히 남들이 가지 않는 길을 가는 것이 얼마나 반감을 부르는지도 알게 되었다. 금사원이 주목받을 만하면 몇 명의 학자들이 의도적으로 그를 끌어내렸다. 인간성을 짓밟는 연구다, 도덕성은 고려하지 않는가, 아예 죄악이다……. 비평이라는 형식을 빌려 이런 글을 쓰는 것이었다. 심지어는 아이디를 여러 개 만들어서는 금사원이 논문을 발표할 때마다 웹에 악평을 쓰는 학자도 있었다. 얼굴도 모르는 이였다. 학계의 이 구조는 극악했다. 노래는 3분이면 직접 대중에게 전달되니 평론가들이 방해해도 작품이 좋으면 뜰 수 있다. 영화도 두 시간이면 관객이 직접 평가할 수 있다. 하지만 논문이나 학술 서적은 달랐다. '그 세계 안에서의 세평'이란 걸 통과하지 못하면 절대 틀을 깨고 나가 사람들과 만날 수 없었다. 그러니 악의를 품은 소수가 방해하면 저작물 자체의 힘만으로는 절대 날아오를 수 없었다.

금사원의 의욕을 치명적으로 꺾어 버린 건 학계의 은밀한 표절이었다. 항의했더니 다수의 힘을 등에 업고 오히려 금사원을 비난했다. 표절한 학자는 대중에 어필하는 기술까지 있었고, 반짝 명성을 얻었다. 지식 도둑만은 참기 힘들었던 금사원은 난생처음으로 소송을 생각했다. 하지만 아득했다. 최소 3년이 걸리고 은근한 표절은 재판에서 이긴다는 보장도 없었다. 법정 다툼을 하는 동안에 연구는 물 건너간다. 학문을 무엇보다 사랑한 금사원은 소송을 하는 대신 울분과 함께 우울증 약을 삼켰다. 그리고 서서히 지쳐 갔다.

이번 생에 명성은 틀렸어. 학자로서 누구보다 명예를 갈구했던 금사원이지만 도달할 수 없음을 직감했다. 그를 가로막은 것은 연구의 어려움이 아니라 현실의 벽이었다. 학계에서 이름을 얻는 것이 단지 이론의 우수성에만 달린 것이 아니라는 그 현실. 인류사에 족적을 남긴 위대한 학자들은 모두가 학문 자체의 우수성에 더하여 당대의 태클을 물리칠 힘이나 행운을 가졌다는 사실을 깨달았다. 그 반대로, 발목을 잡는 이들 때문에 묻힌 훌륭한 논문과 책이 얼마나 많을지 짐작도 할 수 없었다. 필연적으로 따라붙는 방해자들을 달래기 위해 '처세'라는 것에 쓸데없이 에너지를 소모해야 한다는 사실이 서글펐다. 미국이나 유럽에서 이 연구를 했더라면 하는 생각도 해 보지만 소용없다. 그는 한국에서 연구를 했으니까. 사명감인지 시기심인지 모르지만 무언가에 불타는 자국의 학자들이 금사원 박사의 연구가 해외로 나가는 것조차 방해했으니까. 좋은 연구는 얼마든지 할 수 있었다. 하지만 안티를 물리칠 정치력이 없었다. 그가 이 생에서 간절히 원했던 단 하나의 가치, 명예에는 이제 거의 도달할 수 없음이 분명해졌다. 그래서 이 방법을 택했는지 모른다. 꿈속에서나마 영생을 누리고, 꿈속에서나마 명성을 누리기 위해.

동한의 표정이 평온하다. 금사원 박사는 왠지 담담한 기분이었다. 동한은 꿈을 꾸다가 숨이 막혔다고 했지만 기분 탓일 거다. 실험은 순조롭다. 전산 기록과 데이터상으로 어떤 이상도 없다. 그렇다면 오류는 없다. 조금 예상과 다른 꿈을 꾸고 있는 거야. 어차피 인과관계가 조금 다를 뿐, 프로그래밍 된 결말로 이어지게 돼 있는데. 이 예민한 청년은 찰나에 놀라 연구실로 뛰어온 거고. 차라리 잘되었어. 이렇게 눈으로 지켜볼 수 있으니까. 동한이 아침에 깨어났을 때 전 인생 이야기를 돌이켜 보면 삶의 짧은 순간 겪었던 일시적인 혼란은 해명이 되고 오히려 머쓱해할 거야.

그런 생각이 금사원 박사의 긴장을 풀리게 했다. 더욱이 시술대 옆 의자는 등받이가 깊어서 앉으면 졸렸다. 조교들은 '졸피뎀 의자'라고 불렀다.

모니터는 잠잠하다. 조그만 이상 반응도 보고하도록 세팅된 컴퓨터에서는 아무 알림도 없다. 동한은 쌔근쌔근 잠들어 있다. 어떤 사랑을 만나 어떤 행복을 누리고 있을지. 자

다가 몸부림치거나 하면 깨워 달라 했지만 도무지 그럴 일
이 있을 것 같지 않다. 연구실 벽시계는 새벽 3시 반을 가리
키고 있다.

동한을 지켜보던 눈이 흐려졌다. 현실 안으로 가상의 장
면이 툭툭 끼어들었다. 점차 구분이 어려워졌다. 금사원 박
사는 '졸피뎀 의자' 등받이에 몸을 묻고 꾸벅꾸벅 졸기 시작
했다.

*

여느 때와 다름없는 가을날이었다. 하지만 금사원은 이날
따라 약간의 긴장감과 함께 아침을 맞이했다.

샤워를 하고 헐렁한 가운을 입고 식탁에 앉아 커피 잔을
기울였다. 턴테이블에는 바흐의 B단조 미사 LP를 걸어 놓았
다. 45평의 집은 혼자 살기에 좀 컸지만 빈 느낌은 없다. 금
사원은 거실 테이블 위에 덩그러니 놓인 휴대전화를 힐끔거
렸다. 전화를 기다린다는 느낌을 갖기 싫어 일부러 떨어트
려 놓았다. 하지만 신경이 가는 건 어쩔 수 없었다. 연락이
온다면 오늘쯤인데.

그때 벨이 울렸다. 00으로 시작되는 낯설고 긴 번호. 무언
가를 직감한 금사원은 휴대전화로 손을 뻗었다.

"금사원 박사님 맞습니까?"

휴대전화 너머 상대방은 스웨덴 억양이 느껴지는 영어로 말했다. 금사원은 두근거리는 가슴을 부여잡고 그렇다고만 대답했다.

"스웨덴 한림원입니다."

역시. 금사원의 심장은 세차게 방망이질을 시작했다.

"금년 노벨 물리학상 수상자로 단독선정 되셨습니다. 축하드립니다."

아, 네. 감사합니다. 금사원은 조금 톤을 높여 대답했다. 심사위원회가 만장일치로 선정했다든가 기자회견이 곧 시작될 거라는 등 수상에 대한 안내가 이어졌지만 귀에 제대로 들어오지 않았다.

전화를 마친 금사원은 휴대전화를 식탁 위에 살포시 놓고 눈을 감았다. 몸이 떨리는 감격이 휩쓸고 지나간 후 지나온 인생길이 꿈처럼 펼쳐졌다.

중학생 때 읽었던 청소년용 상대성이론과 양자물리학 해설서가 그의 평생을 결정지었다. 놀라운 말들이었다. 악마가 세상의 비밀을 그의 귀에 속삭인 것 같았다. 그 이야기는 뇌에서 소용돌이를 일으켰다. 보이는 세상은 보이는 대로가 아니었어. 이면의 진실을 이야기하는 이론에 금사원은 완전히 매료되었다. 진리를 알게 된다면 그다음 순간 죽어도 좋왔다.

물리학과에 진학한 후 그의 앞길에 행운이 펼쳐졌다. 교수의 눈에 띄어 그의 주선으로 장학금을 받고 미국에 유학을 떠났다. 그곳에서 박사 학위를 얻고 논문을 발표해 명성을 얻었다. 하버드에서 파격적인 조건으로 교수직을 제안했지만 뿌리치고 한국에 왔다. 한국 정부는 금사원에게 국가적인 지원을 약속했다. 금사원은 국민의 영웅이었고, 그의 말 한마디면 어떤 연구에도 거의 무한한 연구 자금과 시설이 제공되었다. 재능 있는 젊은 학자들이 앞다투어 금사원의 프로젝트에 참여하려 했다. 금사원이 인정하면 그는 학계에서 승승장구했고, 금사원의 눈 밖에 나면 묻혔기 때문이다. 그렇다고 금사원이 함부로 누구를 낙인찍거나 하지는 않았다. 그런 경우가 딱 두 번 있었는데, 대학원생들의 연구비를 횡령한 교수와, 회식 후 노래방에서 여학생을 껴안고 추태를 부리던 어느 조교였다.

모두가 합심해서 응원을 보내 준 덕분일까, 금사원의 연구 성과는 눈부셨다. 세계가 그의 논문을 주목했다. 그는 한국 최초의 노벨 물리학상 후보로 일찌감치 점쳐지고 있었다. 본인도 내심 기대하고 있었다. 지난해 그가 발표한 논문이 양자컴퓨터 개발에 핵심 기술을 제공했다고 떠들썩했기 때문이었다. 그리고, 결국 이날 아침, 스웨덴 한림원에서 전화를 받았다. 기대했다고 기쁨이 줄지는 않았다.

　사람이란 너무 좋으면 눈물도 나오지 않는군.

　금사원은 빙그레 웃으며 커피 잔을 기울였다. 가족이 없지만 외롭지 않았다. 그에게는 연구가 전부였고, 다른 건 재미없었으니까.

　축하 전화와 메시지가 쇄도했다. 신문사와 방송사도 앞다투어 연락을 해 왔다. 금사원은 휴대전화를 껐다. 시간을 오롯이 혼자 누리고 싶었다. 답답한 집 안에서 이 벅찬 감정을 소모해 버리는 건 너무 아까웠다. 금사원은 집을 나섰다.

　아파트 1층으로 내려가 주차장으로 향했다. 어젯밤에는 늦게 귀가한 탓에 메인 주차장에 자리가 없었다. 아파트 부지 구석에 별도로 마련해 둔 한적한 주차장에 차를 댔다. 쌀쌀한 날씨였다. 찬바람이 쇄골로 들어왔다. 금사원은 목도리를 매만졌다.

　금사원은 컨버터블에 올랐다. 연구 외에 그가 즐기는 유일한 취미가 있다면 컨버터블에 올라 뚜껑을 열고 드라이브하는 것이었다. 늦가을 찬바람이 조금 불었지만 개의치 않았다. 이런 날에는 더욱 만끽하고 싶었다. 이렇게 충만한 느낌은 평생 몇 번 오지 않아. 하늘을 이고 바람을 맞으며 지금을 즐기고 싶어.

금사원은 시동을 켜고, 커버를 오픈했다. 차를 서서히 출발시켰다.

환청일까. 어디선가 말소리가 들린 듯했다.

넌 인생을 훔쳤어.
이 꿈은 내 거야.

금사원은 두리번거렸다. 아무도 없다. 그 순간.

윽, 윽, 하며 눌린 비명이 자기도 모르게 목구멍에서 새어 나왔다. 금사원은 목을 부여잡았다. 아니, 정확히는 목도리를 부여잡았다. 목이 졸리고 있었다. 목뼈가 부러질 것 같았다. 마치 거대한 뱀이 빈틈없이 그의 목을 감고 조르는 듯했다. 눈에 핏발이 섰다.

금사원은 필사적으로 눈알을 굴려 왼쪽을 보았다. 목도리가 차창을 넘어 길게 흘러내려 있다. 그 끝이 앞바퀴에 말려 들어 있었다.

읍! 읍! 금사원은 숨이 막히면서도 사태를 파악했다. 목도리가 풀려서 끝이 앞바퀴에 끼인 것이었다. 차가 출발해서 바퀴가 조금 굴러가 버렸기에 목도리는 팽팽하게 목을 조르고 만 것이었다.

금사원은 필사적으로 목도리를 잡아 뜯었다. 목까지 긁

혀 상처가 났다. 하지만 목도리는 꿈쩍하지 않았다. 마치 처형장의 밧줄처럼 단단히 매여 있었다. 차를 후진시켜야 해, 생각이 스쳤지만 그만두었다. 혹여나 목도리가 더 말려들면 곧바로 목이 부러진다. 게다가 바로 옆에 있을 기어 봉이 어쩐 일인지 손에 잡히지 않는다.

금사원은 바둥거렸다. 어떻게든 벗어나고 싶다. 목도리를 풀든지, 차라리 목을 잡아 뜯든지. 처절한 몸짓이었다. 온 힘을 쥐어짜 긁어 댔지만 목에 상처가 나고 손톱이 뒤집어졌을 뿐 목도리는 풀릴 기미가 없었다.

설마, 이대로 죽는 건가.

누구보다 명예로 빛난 인생이었는데.

이렇게 허무하게 갈 리가 없어.

하지만 목도리는 금사원의 찬란한 인생은 전혀 알 바 아니라는 듯 단단했다. 흔들림 없이 목을 조르는 살인자 같았다.

숨이 끊어져 가는 금사원에게 어처구니없게도 불현듯 어떤 기억이 떠올랐다. 이사도라 덩컨. 맨발로 춤을 춰 '맨발의 이사도라'로 불리며 유럽의 고상한 무용계에 충격을 주었던 그녀는 오픈카를 탔다가 스카프가 차바퀴에 말려드는 사고로 사망했다. 그 이야기를 읽으며 금사원은 얼마나 고통스러웠을까 하는 생각에 자신도 숨이 막히는 듯한 느낌을 받았다. 그 기억이, 그 느낌이 지금 생생히 떠오르고 있었다.

이런.

마치 내가 그 기억 속에 들어가 똑같이 겪고 있는 것 같
잖아…….

그 생각을 마지막으로 금사원의 의식이 끊겼다.

*

억!

비명과 함께 동한은 눈을 떴다.

깨어났다! 깨어났어!

헉헉. 미칠 듯이 숨이 가빴다.

조금만 늦게 깨어났으면 죽었을 거야.

동한은 깊은숨을 여러 차례 들이마셨다.

어떻게 된 거지.

머릿속은 혼돈 그 자체였다. 애니가 불도저처럼 덤벼들었
는데. 동한은 돌 맞은 개구리처럼 쭉 뻗은 채 애니한테 처참
하게 목이 졸렸고, 손을 쓸 수 없었는데.

그때 본 애니의 추괴(醜怪)한 얼굴. 공포. 그 순간 애니가
죽도록 미웠다. 나를 죽이려 했으니까. 역시 그것 때문에 깬
걸까? 사랑을 설계한 프로그램과 또다시 충돌이 일어나서?
하지만 분명히 애니는 두 번 실수를 하지 않는다고 했는데?

292

그녀의 학습에 오류는 있을 수 없을 텐데.

동한은 주변을 돌아보았다.

아. 동한은 가벼운 탄식을 했다.

동한의 몸 위에 금사원 박사가 엎어져 있었다.

"박사님."

동한은 박사의 큼직한 몸을 흔들었다.

털썩. 박사의 몸이 시술대 아래로 힘없이 떨어졌다.

"박사님!"

동한은 서둘러 몸을 일으켜 시술대에서 내려왔다. 박사의 상체를 들어 일으켰지만 축 늘어져 있다. 미동도 없었다. 박사의 코와 심장에 귀를 대 보고 맥박을 짚어 봤다. 들숨도 날숨도 느껴지지 않았다. 생명의 에너지는 다하고 없었다. 의학 지식은 없지만 동한은 알 수 있었다. 박사는 죽었다.

"대체 이게 어떻게……."

동한은 말을 잇지 못했다.

혹시?

동한은 박사의 목을 보았다. 폴로셔츠의 깃을 내리고 찬찬히 살펴보았다. 목에 손톱으로 심하게 긁힌 자국이 군데군데 나 있었다. 피부가 벗겨져 피가 배어 나온 곳도 있었다. 동한은 박사의 손을 보았다. 손톱 끝에 핏자국이 남아 있었다.

아…… 그랬구나……. 이런.

동한은 자신이 깨어난 이유를 알 것 같았다.

금사원 박사도 '프레디'에 당한 거야. 내 몸에 주입된 것과 다른 프레디지만.

박사는 동한보다 먼저 칩을 뇌에 심었다. 한 번은 성공적인 꿈을 꾸었다고 했다. 박사의 프레디는 두 번째 꿈에서 자아를 각성한 거겠지. 하지만 두 번째 꿈은 조금 미뤄졌다. 박사는 동한의 실험을 지켜보느라 아직 잠들지 못했다. 그러다 아까 동한이 시술대 위에 누웠을 때 농담처럼 자기도 졸리다고 했다. 그러다 실제로 잠들어 버린 건 아니었을까. 시술대 옆에는 박사가 앉았던 빈 의자만 덩그러니 있었다. 저기라면 몸이 이완되고 깜박 잠들기 쉽다. 그때 스위치 온, 꿈 속에 '박사의 프레디'가 등장한 것이다. 자아에 눈뜬 채로. 어떤 상황, 어떤 모습이었을지는 알 수 없다. 박사의 꿈과 박사만의 기억이 만들어 낸 형상일 테니까.

각자의 '프레디'는 다르다 쳐도 논리 구조는 똑같다. 그것도 자아를 각성했다면, 유일한 자아를 위해 타자의 말살에 나섰을 것이다. 그것이 건드릴 수 있는 박사 신체의 유일한 접점, 뇌간을 통제해 호흡을 막는 방법으로. 박사의 꿈 안에서 질식이 어떤 형태로 발현되었는지는 알 수 없지만, 고통스러운 것은 다르지 않다. 동한과 달리 박사의 목에 난 상처를 보면 밧줄 같은 것에 목을 졸리는 환영이 아니었을까. 박사는 어떻게든 그걸 풀어 보려 현실에서 맹렬히 목을 할퀸 것 같다. 그렇게 몸부림치다가 마지막 순간 동한 위로 엎어져 죽은 것이다.

그게 우연이었는지, 아니면 박사의 마지막 순간에 짧게나마 의식을 회복하고서 동한이라도 구해야겠다는 일념으로 동한 쪽으로 의도적으로 몸을 던졌는지는 알 수 없다. 하지만 박사의 거대한 몸이 시술대 위 동한의 몸을 덮치면서 그 충격으로 꿈에서 깨어난 것만은 분명해 보였다.

"고맙습니다……. 고맙습니다, 박사님."

동한의 뺨에 눈물이 흘렀다. 살았다는 안도감과 박사를 향한 애도가 뒤섞인 눈물이었다. 어쨌든 박사는 실패하기 전까지는 동한에게 현실에 없는 긴 기쁨을 주었다. 마지막은 공포와 비극이었지만 박사의 운명도 같았다. 그리고 무의식적으로라도 동한을 살리려 끝까지 헌신했다.

이윽고 소매로 눈물을 훔친 동한은 박사의 목을 돌려 뒤쪽을 보았다. 십자 모양의 흉터. 빨간 불빛이 은은하게 비쳤다. 프레디가 살아 있다. 자아를 즐기면서. 영화 속의 허구가 아니다. 꿈속에서 사람을 살해하는 진정한 악마.

정신이 번쩍 들었다. 나는 살아 있다. 그 말은 내 안의 프레디도 살아 있다는 얘기다. 인간이 잠들면 등장하는 악마. 내가 꿈에 빠지면 프레디는 다시 나타나 이번에는 반드시

날 죽일 거야. 살아야 해.

이러고 있을 때가 아니었다.

빨리 칩을 꺼내야 해.

그 전에 잠들면 큰일이었다. 이번에는 정말 동한을 구해 줄 어느 누구도 없다. 예의고 뭐고 따질 계제가 아니었다. 동한은 서윤에게 전화를 걸었다.

신호음이 한참 울렸다. 열 번을 넘어가자 불안감이 솟았다.

야간에 착신 금지 설정을 해 놓았으면 어떡하지. 칩을 빼내려면 정서윤 조교밖에 없는데. 병원 응급실에 가서 칩을 빼 달라고 해 봤자 미친놈 취급을 당할 거야. 설명할 자신도 없었다.

"여보……세요."

신호음이 열여섯 번 울린 뒤에야 서윤의 목소리가 들렸다. 졸린 음성이었다. 하지만, 동한은 감격했다. 이 새벽에 전화를 받아 준 게 어디야. 살았다.

"정 조교님, 저 동한이에요."

"네. 무슨 일이에요? 혹시 실험에 문제라도 생겼나요."

졸린 음성이었다.

"네. 큰일 났어요."

"무슨 일이요?"

"지금 빨리 연구실로 오셔서 제 칩을 좀 빼 주셔야겠습니다."

"칩을요? 왜요?"

"프레디가 폭주했어요. 절 죽이려 합니다."

"무슨 말이에요? 프레디가 어떻게 동한 씨를 죽여요?"

"아아…… 설명하기 어려운데요, 아! 그것보다 박사님도 돌아가셨어요!"

"네에? 박사님이요?"

내내 미심쩍어하던 서윤이 그제야 격렬한 반응을 보였다.

"기다리세요. 곧 갈게요."

서윤은 다급히 전화를 끊었다.

됐다. 이제 곧 정서윤이 오면 칩을 뺄 수 있다! 박사의 몸에 칩을 심은 사람이 정서윤이니까 빼는 것도 금세 할 수 있다. 살았다! 살았어! 이제 정서윤이 올 때까지 눈을 부릅뜨고 깨어 있기만 하면 돼.

동한은 연구실을 서성이다가 휴대전화를 다시 들었다. 이번에 전화를 건 상대는 수민이었다.

"뭔 일이래. 내일 연락한다며?"

다행이다. 수민이도 전화를 받아 주었어.

"미안해. 너무 힘들다 보니까 너밖에 생각나지 않았어."

"응? 무슨 일인데."

"설명하기는 참 복잡한데……."

"술 마셨어?"

"아니."

"하긴, 혀가 꼬이진 않았네. 어디야?"

"한티대학교 금사원 박사 연구실."

"이 시간에 거긴 왜 가 있어?"

"사정이 그렇게 됐어. 그보다…… 위로가 필요했어."

"안 좋은 일이 있구나. 아까도 전화하고."

수민의 목소리에는 근심이 가득했다. 진심으로 동한을 걱정해 주는 것 같아 마음이 뭉클했다. 생각해 보면 수민은 늘 그랬다. 힘들다고 하면 자신의 일인 것처럼 마음 아파 했고, 아무리 늦은 시간이라도 당장 달려와 주었다. 예전에는 왜 몰랐을까.

"응, 그리고 작은 부탁도 할 겸……."

동한은 수민에게 프레디 칩과 VD 실험에 관한 이야기는 할 수 없었다. 되새기기엔 끔찍한 일들이었다. 죽음의 문턱에서 살아 돌아왔다. 인간 세상에서는 듣도 보도 못한 무자비한 프레디의 논리가 사랑하던 여자의 입을 빌려 동한의 뇌리를 짓눌렀다. 몇 날 며칠 같이 웃고 울었던 박사의 죽음을 눈앞에서 보았다.

그에게 지금 필요한 건 사람의 따뜻한 음성 그 자체였다. 곧바로 생각난 게 수민이었다. 그래, 나에게는 꿈속이 아니라 현실의 수민이 필요했어.

＊

서윤이 연구실에 도착한 건 약 40분 후였다. 다급하게 달려온 듯 저지 차림이었다.

"박사님은요?"

그녀의 첫마디에 동한은 시술대 위를 가리켰다. 금사원 박사는 잠자듯 누워 있었다. 조금 전 동한이 힘겹게 박사를 안아 뉘어 놓았다.

서윤은 경악과 공포가 뒤섞인 얼굴로 박사의 사체에 다가갔다.

조금 전 동한처럼, 박사의 심장에 귀를 대 보고 맥을 짚었다. 눈꺼풀까지 뒤집어 본 그녀는 깊은 한숨을 쉬었다.

"정말 돌아가셨네요. 어떻게 된 거죠?"

"프레디가 죽인 겁니다. 정 조교님이 박사님의 목뒤에 심은 그 칩 말이죠."

서윤은 어이없다는 듯 동한을 바라보았다.

"그러니까 내가 박사님을 죽인 거다?"

"아니, 그런 말씀이 아니라요. 프레디가 각성해서 박사님을 죽인 겁니다. 자신을 보존하기 위해서 같은 꿈을 꾸는 박사님을 살해한 거예요. 뇌간인가, 호흡을 관장하는 뇌 부위를 통제해서요."

"네에……."

서윤은 힘없이 대답하고는 시술대 옆 의자에 털썩 앉았다. 시선은 갈 곳을 잃은 채 멍했다. 넋이 나간 듯 보였다. 동한은 불안했다. 이 여자는 내 말을 믿고 있지 않다! 아니, 심지어 제대로 듣고 있지도 않다. 날 정신이 이상한 놈으로 생각하는 걸까? 하긴 자신이 들어도 두서없는 이 말을 단숨에 이해하고 동조까지 해 주기를 기대하기란 어렵다.

안달이 났다. 지금 이 상황에서 자신을 구해 줄 사람은 서윤뿐이다. 그녀가 목뒤의 칩을 제거해 주지 않으면 언제 꿈 안으로 끌려 들어가 악마 프레디에게 살해당할지 알 수 없다. 그런데 어째 태도가 미적지근하다. 불길하다.

서윤이 불쑥 말했다.

"경찰에 신고했어요?"

"경찰요? 아직."

경찰이 다 뭐냐. 지금 급한 건 내 칩을 빼내는 일이다. 그래서 가장 먼저 당신에게 연락한 거잖아. 경찰이고 119고 그다음이야. 오히려 경찰이 오면 칩을 제거하는 건 더 어려워져.

하지만 동한의 말을 다 받아들이지 않는 한, 경찰에 먼저 연락하지 않은 건 분명 이상하게 여겨질 터였다. 서윤은 의심이 가득한 눈으로 동한을 보았다.

"왜 경찰에 연락하지 않았어요?"

"먼저 프레디 칩을 좀 빼 주신 다음에……."

"내가 경찰에 연락해도 괜찮겠어요?"

경찰에 연락해도 괜찮겠냐니…….

아! 서윤은 나를 의심하고 있구나!

동한은 그 사실을 깨닫고 낭패감에 휩싸였다. 아무튼, 지금은 그 오해를 푸는 것보다 급한 일이 있다.

"괜찮습니다만, 어서 시술을 좀 부탁드려요. 제 목숨이 걸린 일입니다."

"알았어요."

서윤은 그렇게 대답해 놓고는 휴대전화를 들고 키패드를 눌렀다.

"경찰이죠? 여기 한티대학교 미래네트워크 연구소 205호 연구실이에요. 전 조교인 정서윤이고요. 사람이 죽었습니다. 네…… 네……. 거짓말을 왜 해요. 그런 건 아니고요. 자연사가 아닐 수도 있어서요. 네, 와 보셔야 할 것 같아요."

서윤은 휴대전화를 닫고는 동한을 쳐다보았다.

"미안하지만 전 동한 씨 말을 액면대로 믿을 순 없어요. 두 사람만 있던 연구실에서 박사님이 돌연 사망했어요. 사고일지 살인일지 알 수 없어서요. 그래서 먼저 경찰에 연락해 놓았어요. 만약 살인이라고 해도 곧 경찰이 올 거니까 동한 씨가 날 어떻게 하진 않겠죠?"

대놓고 살인자 취급이다. 동한은 억울함에 목이 콱 잠겼다.

"오해입니다. 제 설명을 좀 찬찬히 들어 주세요."

"그 프레디 이야기인가요? 내가 그걸 들어야 하나요?"

"네. 부디. 어차피 경찰이 올 때까지 여기서 기다리실 거잖아요. 제 말을 잠시만 들어 보시고 어떤 판단을 내려 주세요."

서윤은 곰곰이 생각하는 듯하더니 고개를 가로저었다.

"아뇨. 그러지 않으셔도 될 것 같아요."

"네?"

"지금 이 상황에서 그런 게 중요하지 않잖아요. 박사님이 갑자기 돌아가셨고, 전 그것만으로도 너무 충격이고 머리가 터져 나갈 것 같아요."

"그래도……."

"아무튼, 동한 씨가 정 원한다면 칩은 지금 당장 제거해 드릴게요."

"정말입니까!"

살았다! 동한은 뛸 듯이 기뻤다.

"어차피 박사님이 돌아가셨으니 그 실험은 중단이에요. 그 칩은 우리 프로젝트의 비밀이 다 들어가 있는 것이기도 하고요. 지금 바로 빼내서 내가 보관하는 게 나을 것 같네요."

"감사합니다!"

동한은 왕의 은혜를 입은 말단 관리처럼 연신 머리를 조아렸다. 물론 지금 심경은 그 이상이다. 목숨을 건졌으니까.

"그럼 시술대의 박사님을 의자로 잠깐 옮길게요."

"그러세요."

동한이 금사원 박사의 사체를 낑낑대며 들어서 의자로 옮기는 동안 서윤은 손을 내밀어 돕지 않았다. 동한은 불만이 없었다. 생명을 빚지는 판에 그까짓 게 대수냐. 하지만 그녀가 내내 싸늘한 눈빛으로 동한을 바라보고 있었다는 사실을 동한은 알지 못했다.

"자, 그럼 여기 눕겠습니다."

동한은 숨을 몰아쉬며 시술대 위에 누웠다. 한시라도 빨리 뇌에서 그 불길한 프레디를 제거해 내고 싶은 일념이었다.

"얼마 안 걸리죠?"

"네. 30분이면 돼요."

서윤은 연구실 보관함을 열더니 상자를 두 개 꺼내 왔다. 전날 금사원 박사의 뇌에 칩을 심을 때 썼던 그 도구 박스였다.

"몸을 옆으로 세우고, 벽을 보고 누우세요."

"네."

동한은 벽을 향해 몸을 돌렸다. 목뒤를 서윤에게 오롯이 맡긴 자세였다.

"자. 시작할게요."

서윤의 음성이 다정하게 들렸다. 이제 됐어. 아아.

어.

오른 팔뚝 언저리가 따끔했다.

"뭐죠?"

"조금 기다리세요."

서윤이 기다리라는데 뭐라고 딴지를 걸 용기는 없었다. 목숨을 내맡긴 철저한 '을'의 처지였다. 따끔함은 몇 초 정도 지속되었다.

"뭐였죠. 이건?"

"뭐긴 뭐겠어요. 마취제죠."

으아악!

동한은 비명을 지르며 몸을 벌떡 일으켰다.

"마취제라고요? 왜 이걸?"

서윤은 의아하다는 표정을 지었다.

"시술을 위해서 마취하는 거예요. 뭐가 문제란 거죠?"

"설마…… 부분 마취겠죠?"

"아뇨. 전신마취예요. 뇌와 연결된 부위라 떼려면 많이 아프거든요."

젠장. 젠장, 젠장!

생각지도 못했다. 전날 칩을 심을 때도 마취를 했지만 목 뒤에 특수 크림을 두껍게 바르는 방식의 부분 마취를 했기

304

에 잠든다는 생각을 전혀 하지 못했다. 그래도 하필이면 전신마취라니…….

동한은 마취 주사가 들어간 팔을 움켜쥐고 말했다.

"왜 굳이 전신마취죠? 시술 때는 부분 마취였는데? 그것도 피부에 바르는 식이었는데."

서윤의 표정이 차갑게 식었다.

"불만인가요?"

"네. 전 잠들면 안 되니까요! 어서 마취를 풀어 주세요, 어서요!"

"그건 안 되겠는데요."

"왜요! 왜!"

"당신이 박사님을 죽였으니까."

정서윤의 말은 냉정하기 이를 데 없었다.

"뭐, 뭐라고?"

"박사님의 목에 난 상처를 봤어요. 분명히 누군가 목을 조른 흔적이었어요. 당신과 박사님밖에 없었던 이 연구실에서 벌어진 일이에요. 당신 말고 누가 범인일 수 있겠어요?"

"이, 이런…… 말도 안 되는……."

"왜 호들갑이죠? 독극물도 아니고, 그저 마취 주사예요. 경찰이 올 때까지 당신은 얌전히 잠자고 있으면 돼요. 살인자와 같이 있는 건 나한테도 너무나 위험한 일이니까."

무슨 이런 일이…….

서윤의 표정을 보았다. 싸늘하기 그지없었다. 입이 떨어지지 않았다. 분명하게 알았다. 이 순간 무슨 말을 해도 저 여자는 마취를 풀어 주지 않으리란 걸.

서윤의 마지막 얼굴은 가물가물함 속에 사라져 갔다.

아니야……. 그런 게 아니야…….

소리 없는 외침과 함께 동한의 의식이 끊겼다.

*

수확이 끝난 밭이 끝없이 이어진 벌판이었다.

여긴 어디? 아니, 의미 없는 물음이야. 동한은 고개를 저었다. 여긴 꿈속이니까. 결국 들어와 버렸어.

들판은 을씨년스러웠다. 칙칙한 흙색이 세상을 온통 덮고 있었다. 하늘은 낮고, 허허로운 바람이 불어왔다. 아무도 보이지 않는다. 동한의 마음에 거대한 공포가 내려앉았다. 이미 알고 있다. 이곳은 동한의 뇌 속이지만 프레디가 주인인 곳이고, 애니가 지배하는 곳이란 걸.

동한은 서 있었다. 저 멀리 사람의 형상이 보였다. 그 형상은 이쪽으로 천천히 걸어오고 있었다. 바로 알 수 있었다. 애니.

동한은 꼼짝할 수 없었다. 도망가고 싶었지만 한번 심리적으로 꺾인 그였다. 절대적인 굴복이 그를 움직이지 못하게 했다. 발이 땅에서 떨어지지 않았다. 아주 천천히 걷는다 싶었는데, 어느샌가 애니가 눈앞까지 다가왔다.

"이게 누구야!"

애니는 싱글벙글 웃고 있었다. 하지만 예전의 그 예쁜 얼굴이 아니었다. 분명 애니라고는 인식하고 있지만 다른 얼굴이었다. 날카롭게 찢어진 눈은 온통 흰자위투성이였다. 찌그러진 미간, 탐욕스럽게 늘어진 눈두덩, 일그러진 입술, 검고 거친 피부. 애니지만 애니가 아니었다. 동한의 기억에 있는 애니메이션 속의 추괴한 괴물의 얼굴과 가까웠다. 심지어 그 얼굴은 가까이 다가오면서 밀랍 인형처럼 무너지고 있었다. 동한은 견딜 수 없었다.

"으…… 아아…… 어……."

두려움과 절망은 동한의 말을 괴상한 신음으로 바꾸어버렸다.

"섭섭하게 왜 그래? 한때 사랑했던 여자의 얼굴이야. 그런 눈으로 보지 말아 줘. 비록 내가 널 죽인다지만 그런 눈빛은 실례 아니야?"

애니는 동한을 조롱하고 있었다. '확실하게 죽인다'는 자신감에서 비롯한 거겠지.

동한의 발이 땅에서 겨우 떨어졌다. 본능이 두려움을 이겼다. 분명한 죽음 앞에 동한의 공포도 풀려 버린 것이었다.

동한은 뒤돌아 달리기 시작했다. 다행히 들판이야. 골목보다는 달아나기 쉬워. 가냘픈 희망을 품고 다리를 힘차게 내디뎠다. 조금 달리는 듯싶었다. 하지만 몸이 점차 무거워졌다. 마치 뻘밭에 빠진 듯 다리가 잘 당겨지지 않았다. 발치를 내려다보니 밭이었던 땅은 어느새 진창으로 변해 있었다. 다리는 내디딜 때마다 거의 종아리까지 푹푹 빠져 들어갔다.

이런, 이런! 미칠 듯이 안달이 났다. 애니는 뒤에 있는데.

한 걸음 나아가는 것조차 쉽지 않았다. 진창은 점점 뻘밭처럼 변해 갔다. 한 발을 빼고 다른 한 발을 내딛는 것이 40킬로그램짜리 벤치프레스를 바들바들 드는 것처럼 힘들었다. 안 돼. 애니가 곧 따라오는데. 뻘밭은 마치 촉수가 있는 생물처럼 동한의 다리를 잡고서 쉽사리 놓아주지 않았다. 문득 제2차세계대전을 배경으로 한 영화 속 군인들이 허벅지까지 빠진 채 진창을 행군하는 모습을 보며 진저리 쳤던 기억이 났다. 현생의 것이었다. 그게 지금 꿈으로 발현되는 걸까. 프레디가 뇌의 저장소 안에서 그걸 끄집어낸 걸까.

동한은 새파랗게 질린 얼굴로 뒤를 돌아보았다. 애니는 마른땅 위를 걷듯 성큼성큼 걸어오고 있었다. 제길! 거리는 점점 좁혀졌다.

온 힘을 기울여도 다리는 느린 화면처럼 더디기만 했다. 등 뒤에 애니의 손길이 느껴졌다. 아아, 끝이다······.

돌연 눈앞이 바뀌었다. 온통 푸른색이 일렁이고 있다. 여기는 어디지?

정신을 차려 보니 주위는 물이었다. 동한은 수영장 한가운데 있었다. 끝이 보이지 않을 만큼 큰 풀장이었다. 물은 가슴까지 왔고, 다리는 바닥에 닿아 있었다.

애니, 애니는? 동한은 재빨리 주위를 둘러보았다. 왼쪽 풀장 가장자리에 애니가 서 있었다.

"안녕."

애니가 손을 흔들었다. 아까 본 그 추괴한 얼굴이었다. 소름 끼치는 목소리도 함께.

동한은 파랗게 질렸다.

애니는 풍덩, 물속으로 들어왔다. 그러고는 물을 천천히 헤치며 동한에게 다가왔다. 여유로운 모습이었다. 동한은 하얗게 질렸다.

도망가야 해!

오직 그 생각뿐이었다. 있는 힘을 다해 팔다리를 저었다. 하지만 몸은 마음처럼 앞으로 나가지 않았다. 필사적으로 팔을 허우적거리며 물을 밀어냈다. 온 힘을 짜내 다리에 힘을 실어 앞으로 내디뎠다. 하지만 허벅지는 나무젓가락처럼 가늘고 무기력했다. 힘이 들어가지 않았다. 물은 밀랍처럼 끈끈하게 앞을 가로막았고 동한은 좀처럼 앞으로 나아가지 못했다. 팔다리를 아무리 휘저어도 움직임은 슬로모션 같았다. 마치 육지에 올라온 거북이 같았다. 꿀에 빠진 벌레가 바둥거리는 듯했다. 내 몸이 왜 내 맘대로 안 움직이지. 속에서 천불이 났다. 그 불은 안타까움으로 동한을 먼저 태워 죽일 것만 같았다.

불쑥 기억이 났다. 수영장에서 걷기 경주를 했을 때, 아무리 다리에 힘을 주어도 앞선 친구를 따라잡지 못해서 안달했던 경험. 제길, 프레디! 이번엔 그걸 이용한 거야?

힐끔 뒤를 돌아보았다. 애니는 입꼬리를 찢을 듯이 끌어 올리며 웃고 있었다. 마치 동한의 발버둥을 즐기는 듯했다. 애니의 발걸음은 가벼웠다. 물속이지만 마치 땅 위를 걷는 것처럼 자연스러웠다.

아아. 이제 곧.

절망 속에서 힘을 더해 보지만 물의 무게도 갈수록 더해졌다. 이길 수 없는 경주였다. 죽을힘을 다한다 해도 끝은 있다. 마침내 힘이 다 빠져나간 무렵, 애니가 동한을 잡았다.

"장난은 여기까지야."

목덜미에 서늘한 손길이 느껴졌다. 애니는 동한의 목을 쥐고 물 위로 불쑥 들어 올리더니 그대로 다시 물로 텀벙 처박아 버렸다.

끄륵, 끄륵.

동한은 물속에 거꾸로 박힌 채 물을 들이켰다. 코와 입으로 깨진 댐처럼 물이 줄줄 흘러들어 왔다. 손발을 허우적거렸지만 조금의 반항도 되지 못했다. 타란툴라에게 붙잡힌 파리의 버둥거림. 쓸모없었다. 숨이 막혔다. 완전한 질식.

목이 졸리면서 동한의 눈알이 퉁방울처럼 튀어나왔다. 부릅뜬 눈으로 물 위를 보았다. 애니의 얼굴이 이리저리 흔들리며 물 밖에 번져 있었다. 죽음의 실감이 났다.

그가 마지막으로 본 것은 애니의 변한 얼굴이 아니었다. 생의 마지막에 펼쳐지는 어떤 것이었다. 그건 오감으로 인지하는 어떤 실체와도 달랐다. 돌아올 수 없는 다리를 건넜다는 걸 동한은 직감했다. 저항을 포기했다. 애니의 손길에 몸을 맡겼다. 그녀가 인도하는 낯선 곳으로 조용히 따라가기로 했다.

죽을 땐 이런 게 보이는 거구나. 100년을 설산에서 고행해도 절대 보지 못할 거야. 끝에 가서야 온몸, 존재 전체로 느끼는 그것. 이제야 알았네. 삶이란 이런 거였어. 겨우 이딴……. 일찍 알았더라면 좀 다르게 살았을까. 우리는 이 마지막을 마지막에야 보기 때문에 그렇게 아등바등 살아온 거였어……. 관대하라, 관대하라.

이젠 정말 끝이구나. 그래도, 이왕이면 이렇게 고통스럽게 죽지 않았으면 좋았을 텐데.

가물가물해지는 의식 속에서 동한은 그런 불평을 했다.

＊

서윤은 수민에게 당혹스러운 시선을 보내며 말했다.

"왜 이러신 거죠? 아니, 대체 여긴 어떻게 온 거예요?"

"동한이가 알려 줘서 온 거예요."

수민은 우물쭈물하며 대답했다.

"아니, 그래도 함부로 들어와서 이렇게 하시면 어떡해요? 중요한 시술 중이었는데. 엉망이 되었잖아요!"

수민은 시술대 위를 보았다. 동한의 몸뚱이가 나뒹굴고 있었다. 손발은 강직되어 뻣뻣했고, 입가에는 거품이 묻어 있었다. 마치 막대기로 한 대 얻어맞고 쭉 뻗어 버린 곤충 같았다.

"어떻게 사람한테 이럴 수 있죠? 수민 씨라고 했나요. 동한 씨 친구라고 하지 않았어요? 근데 왜."

동한이 이런 상태가 된 게 수민의 탓인 양 나무라는 말투였다.

"제 탓이에요?"

"그럼요. 뭔가 오해하신 것 같은데, 시술 중이었다고요."

"여긴 병원도 아닌데 무슨 시술이에요?"

"동한 씨가 간곡히 부탁해서 한 거였어요. 수민 씨는 제가 동한 씨를 해코지한다고 생각했나요?"

"아뇨. 그래서 이런 건 아니었어요."

수민은 당황해하면서도 후회하는 빛은 없었다.

"그럼 왜요?"

"저도, 동한이가 부탁해서였어요."

"동한 씨가 부탁했다고요? 이 황당한 일을?"

"네."

서윤은 기가 찬다는 듯 하, 하고 숨을 뱉었다.

"부탁한다고 이런 짓을 한다고요? 말도 안 돼."

수민이 발끈해서 대꾸했다.

"전 동한이를 믿으니까요."

하! 서윤은 콧방귀를 뀌었다. 수민이 또 말했다.

"아무리 터무니없어 보여도 동한이가 말한 건 다 이유가 있어요."

"'친구를 믿는다'라……. 좋아요. 그건 좋은데. 동한 씨를 어떡할 거예요?"

"딱히 어떻게 한다는 생각은……."

"죽지나 않았으면 좋겠는데."

"네? 죽었나요?"

수민이 놀라서 시술대로 한 걸음 다가갔다.

"모르겠어요. 체크를 좀 해 봐야겠어요."

서윤은 신경질적으로 말을 덧붙였다.

"아, 근데 경찰이 왜 이리 늦나 몰라. 신고한 지 벌써 40분이나 지났는데. 연구실을 못 찾는 거야? 경찰이 오면 동한 씨가 죽었는지, 어떻게 되었는지도 알 텐데."

"경찰이 온다고요?"

"아, 정말!"

서윤은 버럭 소리를 질렀다.

"수민 씨는 그럼 이곳 상황 아무것도 모르고 동한 씨 전화 한 통에 달려온 거예요? 미치겠네, 정말."

"그냥 친구가 부탁하니까……."

"그놈의 친구, 친구. 아니 정말, 친구가 부탁한다고, 영문도 알지 못하고서 그런 물건을 갖고 와서 테러를 해요?"

서윤은 마침내 소리를 버럭 지르며 수민이 손에 쥔 물건을 가리켰다.

그건 전기 충격기였다. 넉 달 전 동한이 사 주었던 호신 무기.

서윤이 말을 이었다.

"다짜고짜 연구실로 들어와서는 시술 중인 동한 씨한테 스턴건을 갖다 대고, 그게 친구가 시킨다고 할 일이에요? 보세요! 동한 씨 상태가 지금 어떤가. 저러다 진짜 죽었으면 어쩌려고. 그렇게 되면 내 입장은 또 어떻게 돼요?"

"아니, 전…… 그저……."

서윤의 거친 공세에 수민이 우물거렸다.

그때였다.

끄응, 하더니 동한의 입술 사이로 신음이 비어져 나왔다.

"동한아!"

수민이 반가움에 시술대 옆으로 바싹 다가갔다. 서윤도 그쪽으로 시선을 돌렸다. 동한은 움찔움찔하다가 눈을 뜨고 주위를 두리번거렸다. 수민을 보더니 입을 열었다.

"……수민아, 와 주었네."

"응. 정신이 들어? 무조건 네가 부탁한 대로 했는데, 나 잘못한 거야?"

수민이 걱정스럽게 물었다.

"동한 씨, 정신이 들어요? 걱정 마요. 곧 경찰이 와요."

서윤도 한마디 던졌다. 하지만 경찰이 온다는 말을 덧붙여서 동한이 자신에게 덤벼들지 못하도록 안전망을 친 셈이다.

동한은 눈을 끔벅끔벅하더니 목뒤로 팔을 돌려 만져 보

왔다.

"살았구나······."

"그럼."

수민이 동한의 손을 잡고 주물렀다. 서윤은 멀거니 보고
만 있었다. 동한이 말했다.

"프레디는 죽은 거 같고."

"프레디라니?"

"네가 죽였어."

"내가?"

"5만 볼트의 전기를 맞고 살아 있는 기계는 없을 테니까."

동한은 수민을 향해 잔잔한 미소를 만들어 보였다.

"혹시 모르지. 네 폰으로 내 목뒤 좀 찍어 줄래?"

수민은 두말없이 그렇게 했다. 동한은 수민이 휴대전화 카
메라로 찍어 준 사진을 물끄러미 보다가 고개를 끄덕였다.
상처에서 새어 나오는 붉은 빛은 없었다. 스위치 오프. 프레
디의 생은 다했다. 몸의 느낌으로도 분명히 알 수 있었다.
프레디가 살아 있을 때의 은은한 전기적 신호 같은 것이 아
예 사라져 있었다.

동한은 어기적거리며 천천히 시술대를 내려왔다. 부축하
는 수민의 손을 잡은 채였다.

"이제 그만 갈까, 친구야."

"응."

수민은 더 묻지 않았다. 연구실을 걸어 나가는 두 사람 뒤로 서윤이 말했다.

"어딜 가요? 곧 경찰이 올 거예요. 당신은 용의자예요. 도주하는 건가요?"

동한은 돌아보았다.

"연구실 안에는 CCTV가 있습니다. 정 조교님도 알죠? 경찰이 오면 건네주세요. 돌려 보면 적어도 박사님을 내가 죽이지 않았다는 건 아실 겁니다."

서윤은 입을 조금 벌렸다. 말도 합리적이었지만, 어투나 태도가 달라져 있었다. 거역할 수 없는 상관의 말처럼, 뭐라 반박하기 힘들었다. 이전의 그 어리바리한 동한과는 다른 사람 같다. 깨달음을 얻고 난 후의 수행자가 이럴까.

"칩은 다른 날 제거해 주세요. 곧 경찰이 올 테니 지금은 그럴 여유도 없고, 어차피 연구의 결실이니까 회수를 안 하시지는 않겠죠? 오늘은 좀 힘들어서 먼저 돌아갈게요."

동한은 수민과 발걸음을 나란히 하며 연구실을 나섰다.

"갈까."

응, 하고 수민은 대답하며 진저리를 치듯 어깨를 으쓱했다.

"실은 나 벌벌 떨었어. 전기 충격기인가 이거 써 보는 거 처음이었거든. 게다가 너한테 쓰라니. 내가 안 썼으면 어떻게 되는 거야?"

"그런 생각은 하지 않았어."

"왜?"

"믿었으니까."

수민은 수줍은 듯 미소 지으며 동한의 팔을 끌었다.

"돌아가자. 편안한 네 집에 가서 푹 자. 좋은 꿈도 꾸고."

"아니."

동한은 고개를 저었다.

"왜?"

"꿈은 질렸어."

"질려?"

"지금이 좋아."

동한은 수민을 보며 따뜻하게 웃었다.

수민은 마주 보며 고개를 끄덕였다.

왠지 지금은 그래도 될 것 같다.

수민은 빙그레 웃으며 동한의 허리에 팔을 둘렀다.

행복한
남
자

2월 24일

오늘 소개팅은 실망이다. 그녀가 못생겨서가 아니다. 오히려 너무 예뻤기 때문이다. 또렷한 콧날, 부드러운 턱 선, 오밀조밀한 입술에서 튀어나오는 발랄한 음성, 무엇보다 생기 가득한 큰 눈. 한눈에 반했다. 하지만 난 잘 알고 있다. 이런 여자가 날 좋아해 주는 일은 없단 걸. 거침없는 성격의 그녀가 보기에 말조차 더듬는 나 같은 남자는 얼마나 한심해 보일까.

2월 25일

혹시나 싶어 카카오톡을 보냈다.
'안녕하세요.'

그저 예의상 보내는 거야, 이런 뉘앙스. 이 정도면 답장이 안 와도 안 쪽팔릴 거다.

'넹~~ 잘 들어가셨어요? 어젠 덕분에 즐거웠어요 ~ ^^.'

응? 생각보다 반응이 좋은데?

몇 번 더 문자가 오갔고, 난 전화를 걸었다. 통통 튀는 목소리. 정말 반가워하는 듯하다. 그럴 리가. 왜? 아무튼 그녀는 내가 한 마디를 하면 두 마디, 세 마디를 했다. 이건 나와 대화하고 싶다는 뜻 아닌가. 통화 버튼을 누를 때의 긴장감이 눈 녹듯 사라졌다. 이야기를 시작한 지 고작 몇 분 후에 그녀가 말을 놓았는데, 기분이 나쁘지 않았다. 오히려 귀여워 죽을 지경이다. 다섯 살 어린 여자에게 다짜고짜 듣는 반말이 이렇게 기분 좋을 줄이야.

"내일 만날래?"

나름대로 꽤 용기를 낸 말이었다. 답을 듣기까지 아주 약간의 시간이 흘렀을 테지만 내가 느낀 공백은 길었다.

"응."

오후에 시간이 난다고 한다!

아무렇지 않은 척 통화를 마쳤지만, 가슴이 두근거렸다.

내가 데이트를 하게 되는 건가? 이렇게 예쁜 여자와?

하지만 그게 믿기지 않는 만큼 그녀의 의도가 궁금해진다. 혹시 어수룩한 남자를 벗겨 먹으려는 건 아닐까.

2월 26일

"오늘 뭐 좋은 일 있어?"

집 앞 슈퍼의 주인 할머니가 말을 건넨다. 내 표정이 좋은가 보다. 그럴 수밖에. 데이트 약속이 있으니까. 그것도 굉장한 미녀와 말이다. 작년에 300만 원을 주고 산 모닝 중고차에 올랐다. 내 애마였는데, 처음으로 차가 꼴 보기 싫어진다.

그녀를 만나기까지는 일이 조금 꼬였다. 50분 걸려 약속 장소인 신촌으로 갔다. 거의 다 도착했을 때 전화가 왔다.

"거기 말고 내가 있는 쪽으로 와."

"어디?"

"청담역"

"청담역? 아, 아…… 지금 갈게."

내 말이 끝나기도 전에 전화가 끊겼다. 맘대로 약속을 바꿔 버리는 태도에 조금 불만스러웠다. 역시 이 여자는 마음이 없는 건가? 하지만 길가에서 기다리고 있는 그녀를 본 순간 막힌 도로를 뚫고 신촌에서부터 달려온 몇십 분간의 피로를 싹 잊었다. 그녀가 무심하고 시크한 얼굴로 조수석에 올라탔을 때 난 갑자기 부자가 된 기분이었다.

"밥 먹으러 갈까?"

내가 물었다.

"응, 내가 잘 아는 데가 있어. 그리로 가."

그녀가 당당하게 말했다.

'엄청 비싼 데 가려는 거 아냐? 청담동으로 오란 것도 그렇고, 먼저 식당을 정하는 것도 그렇고……'

하지만 그녀가 안내한 곳은 8000원짜리 쌈밥집이었다.

세상에. 쌈을 입안에 넣고 오물오물하는 모습이 귀여워 미칠 것 같다.

2월 27일

또 만났다. 그녀가 말하는 모습, 웃는 입매, 수저를 들 때의 뽀얀 손마저 좋다. 신상에 관해 조금은 알게 되었다. 부모님은 제주에 내려가 계시고, 여동생과 둘이 잠실에 방을 얻어 살고 있다 한다. 온라인 쇼핑몰을 해 보려 한다는데, 옷을 잘 입고 신발과 가방을 좋아하는 그녀에게 무척 어울리는 일이다. 구체적인 계획은 아직 없는 것 같지만. 다세대주택 한 칸에서 혼자 지내는 내 생활에 관해서도 이야기해 주었다. 이런저런 글을 써서 먹고산다는 것도. 큰 관심은 없어 보인다.

그저 밥이나 먹으러 나온 건지도 모른다. 그래도 좋다. 저녁 한 끼 해결하러 날 만난다 해도 어떤가. 그녀가 내 눈앞에 있는데. 그녀가 딱히 하는 일이 없다는 게 이렇게 큰 장점일 줄이야. 그녀는 백수가 아니다. 백조다.

3월 16일

처음엔 예뻐서 좋았지만, 성격이 더 매력 있었다. 제멋대로 살고, 남의 눈치를 보지 않으며, 뒤끝이 없다. 쿨하려 애쓰는 게 아니라 정말 쿨했다. 이토록 존재가 선명한 사람은 남녀를 통틀어 처음이다. 경이로운 여자다. 굳이 불만이 있다면, 그녀와 만나면 난 주로 듣기만 하게 된다는 거다. 내게 한 번도 질문하지 않았고, 말주변 없는 난 얘기를 꺼낼 타이밍을 잡지 못했다. 내겐 궁금한 게 조금도 없는 걸까? 내 이야기를 너무 못 해 답답하기도 하지만 뭐 어쩌랴. 쉴 새 없이 움직이는 그녀의 입술을 쳐다보는 것만으로도 좋다.

때로는 로맨틱한 분위기가 필요하다. 지난번엔 TV에 나오는 셰프가 직영하는 스시 집에 갔다. 오늘은 청담동의 레스토랑에서 이름 모를 와인과 두툼한 스테이크를 먹었다. 한 달 치 식대지만 상관없다. "와! 너무 맛있어!" 탄성을 올리며 행복해하는 그녀의 웃음을 보았으니까. 조 말론 향수를 선물했을 때의 그 기뻐하던 표정을 잊지 못하겠다. 다음 주말에는 영화를 보러 가기로 했다.

천천히 진행된다. 그게 더 좋다. 이런 설렘이 얼마 만인지 모르겠다. 더구나 혼자만의 것이 아니라 분명 그녀도 어느 정도는 그런 것 같다. 큰 관심 없는 남자와 일주일에 두 번 만나고, 영화를 보러 갈 여자가 대체 어디 있겠는가.

3월 18일

영화를 보았다. 로맨틱 코미디물이다. 다행이다. 영화가 재미있어서. 그래서였을까. 그녀가 팔걸이에 얹은 내 손을 슬쩍 잡았다. 심장이 얼마나 뛰던지. 영화가 끝날 때까지 우리의 손은 한 번도 떨어지지 않았다.

그녀는 정말 신기한 여자다. 누구보다 직선적이고 강한 여자지만, 힘을 휘두르지 않는다. "오빠 참 착해 보여.", "짱짱맨!" 이런 말을 해 준다. 내가 뭘 하자고 했을 때 한 번도 "싫어."라고 말하지 않았다. 거절할 힘이 넘치도록 있음에도.

연락은 늘 내가 먼저 한다. 만나자고 하는 쪽도 늘 나다. 우리 관계를 내가 주도하는 것도 같다. 하지만 묘하게도 전부 그녀의 의지대로 가고 있는 듯한 기분이 든다.

그녀가 날 밀어내지 않을 거라는 믿음을 준다. 나한테 뭘 바라서가 아니라(얻어 낼 것도 없다.) 정말 내가 맘에 들어서 만나는 거라는 느낌을 준다.

은근한 불안도 있다. 의심에 가까운 불안. 제대로 여자 친구를 사귀어 본 적도 없는 내가 그녀는 정말 좋은 걸까? 그러다 고개를 흔들고 만다. 아냐. 취향이 바닷가 모래만큼 다양한 세상이야. 당당한 그녀는 오히려 어눌한 나한테서 푸근함을 느낀 거겠지.

집에 바래다주기 전 석촌호수 주변에 차를 댔다. 호숫가

수풀이 오붓한 벤치에 앉았다. 드리운 그림자 안에서 키스를 했다. 그녀는 들었을까. 방망이질 치던 내 심장 소리를. 그녀는 보았을까. 붉어지다 못해 홍당무가 되어 버린 내 얼굴을. 아, 내가 이런 10대 같은 표현을 쓰게 되다니.

3월 19일

우리 사이는 예전과는 많이 달라졌다. 개방적인 세태를 감안한다 해도, 키스를 하는 사이는 더 이상 그냥 친구가 아니다. 꿈만 같다.

난 그녀와 안 될 줄 알고 먼저 거리를 두었고, 버벅댔다. 하지만 후회가 된다. 내가 그녀를 좋아한 만큼 그녀가 날 좋아해 주고, 우리가 결국 사귀게 될 줄 알았다면 처음부터 좀 더 잘 할걸 하는 후회가 말이다.

요즘따라 거울에 비친 지쳐 보이는 낯빛도, 후줄근한 옷도 마음에 들지 않는다. 그녀가 생동하는 잉어라면, 난 가물가물하는 가물치다. 왜 나는 이 나이인가.

3월 22일

그녀와 밤을 보냈다. 아아. 꿈만 같다.

"야아, 이런 기분이네. 그동안 만났던 남자애들하곤 완전히 달라!"

그녀가 해 준 말이 떠올라 얼굴이 붉어진다.

더 이상 쓰고 싶지 않다. 그랬다간 이 기분이 깨질지 모른다.

3월 24일

선물을 샀다. 만난 지 한 달이 되기도 했지만 그녀와 밤을 보낸 벅찬 마음이 더 컸다. 물론 그녀에겐 한 달 기념이라고 말했다. 티파니 목걸이는 환하게 웃는 그녀의 목에 잘 어울렸다. 그래서 더 기분이 좋다.

집에 가는 길에 슈퍼에 들렀다. 주인 할머니가 오늘따라 웃으며 인사를 건넸다. 요즘은 모든 사람이 내게 호의를 베풀고 있다. 그나저나 적금을 깨 버렸으니 어떡하나. 슬그머니 현실로 돌아온다. 이런 순간이 싫다.

4월 16일

세상이 이렇게나 좋은 곳이었던가. '지금 사랑하지 않는 자, 유죄'라고 하지만, 난 사랑을 하고 있지 않은 사람은 바보 멍청이라고 하고 싶다. 왜 안 해?

글을 끼적이며 마지못해 살았던 나. 그저 흘려보냈던 회색의 하루들. 그런데 그녀가 들어오면서 모든 게 변했다. 세상이 열 배쯤 환해졌다. 꼴도 보기 싫던 모니터에 사랑의 찬가를 휘갈기고 싶다. 그녀와 함께라면 일, 휴가, 술, 친구, 돈 다 필요 없다. 아니, 다 필요하다. 그녀와 함께여야 하니까.

4월 22일

요즘 그녀가 조금은 달라진 것 같다. 인스타그램에 자꾸 가방이나 신발 사진을 올린다. '예쁜 거 봤다~~.' 하면서. 왜 일까. 나 보라는 글일까. 사 달라는 걸까. 혹시 남자 친구를 물주로 생각하는 여자인 걸까?

아니. 그렇지 않다. 그럴 거라면 처음부터 날 만났을 리 없다. 뭘 사 달라고 말한 적도 없었다.

그래도, 그 사진들을 자꾸 보다 보면 그녀에게 선물해 주어야 할 것 같은 부담이 생긴다. 계속 모른 척하면 날 싫어하지 않을까…….

하지만 아무래도 기우인 것 같다. 조금의 그늘도 없는 낭랑한 목소리, 어떤 말을 해도 "그러지 뭐." 하는 쿨한 태도는 여전하다. 마음에 서운한 게 있으면 그럴 리 없잖은가. 그녀를 만나면 여전히 행복하다. 만나지 않아도 행복하다.

오늘 밤엔 문득 불길한 예감과도 비슷한, 어떤 생각이 든다. 지금껏 내 인생에서, 이렇게 좋은 건 오래간 적이 없었는데…….

5월 21일

마음먹길 잘했다. 적금을 깬 돈 나머지로 프랑스제 명품 가방을 샀다. 그녀가 한 달 전 인스타그램에 올린 사진을 점원에게 보여 주며 같은 걸 달라고 했다. 가격은…… 관두자. 내 중고차값보다 더 나가니 어쩌니 하는 따위로 계산하면 도저히 살 수 없다. 이렇게 좋아하는 모습은 처음이다. 내가 내민 쇼핑백을 보면서부터 환하게 웃고 있다. 가방을 어깨에 메고서 몇 번이나 거울에 비춰 본다. 남아 있던 약간의 후회가 날아가 버렸다.

그래. 그녀가 기뻐하기만 한다면. 그녀의 웃는 얼굴을 볼 수만 있다면. 그깟 적금이, 돈이 무언가. 이런 데 쓸 게 아니라면 대체 무얼 위해 돈을 모으느냐 말이다.

가방을 사고 조금 남은 돈은 시골에 계신 어머니께 부쳐 드렸다. 까짓거 새로 시작한다고 생각하자.

6월 11일

그녀가 요즘 내게 너무 잘해 준다. 그녀의 웃는 얼굴은 마약이다. 곧 그녀의 생일이다. 돈이 필요했다. 내게 남은 건 하나밖에 없다. 차를 팔았다. 빌어먹을 중고차 딜러 놈들! 100만 원 조금 더 받았다. 어떻게 1년 만에 200만 원이 떨어질 수 있냐 말이다. 월세를 내고 나니 남은 돈은 50만 원도 되지 않는다.

고민하다가 딥티크 향수를 샀다. 지난번에도 향수를 선물했지만, 브랜드가 다르니 괜찮을 거야. 생일에 좋은 데서 밥 먹고 하려면 지금 당장은 이 정도가 내가 할 수 있는 최대한이다.

"와아. 멋져! 고마워!"

역시 그녀다. 선물을 받고는 활짝 웃었다. 조금의 꺼림칙함도 없다. 소박한 선물에도 기뻐해 준다. 그래, 우리 이렇게 계속 만나자.

6월 13일

카페에서의 그 일은 너무나 불쾌했다.

테라스에서 그녀와 커피를 마시고 있으려니, 한 남자가 개를 끌고 와 옆 테이블에 앉았다.

"어머, 너무 귀여워! 이거 종이 뭐예요?"

화들짝 놀랄 만큼 좋아하며 그녀가 물었고, 개 주인은 견종이 무어무어라고 대답을 했다. 그걸 계기로 두 사람의 대화는 이어졌다. 그래. 그 정돈 이해를 한다. 개를 워낙 좋아하는 그녀니까. 하지만 그렇게 나눈 대화가 20분이라면? 내가 바로 옆에 있었는데도 말이다.

난 진작 비워진 커피 잔을 홀짝거리며 대화가 끝나기를

기다렸다. 그렇게나 길어질 줄 알았다면 애당초 막았을 텐데. 곧, 곧 하다가 어느새 20분이 지났다. 서러움 같은 것이 밀려왔다. 참다못한 내가 남자에게 "이제 그만하시죠." 하고서야 두 사람의 대화는 끝났다.

"내가 옆에 있는데, 어떻게 처음 본 남자하고 20분을 이야기하냐."

남자가 떠난 후 나는 애써 웃음기를 띠며 말했다. 하지만 그녀의 얼굴을 보고는 아뿔싸 싶었다. 표정이 어두워져 있었다.

"그게 남자하고 이야기한 거야? 걔가 귀여워서 그런 거잖아."

"아니, 나도 심심하니까······."

"그러고, 오빠가 그 사람한테 그래 버리면 내 얼굴이 뭐가 돼?"

"······미안해."

나는 사과했다. 잘못해서가 아니라 그녀가 화가 나 있어서였다.

평온한 얼굴로 안녕을 말하고 집에 돌아왔지만 가슴이 불에 덴 것 같다.

맺힌 것이 도무지 사라지지 않아 잠을 뒤척였다.

질투? 억울함? 무슨 감정일까.

아니, 그냥 내가 속이 좁은 걸까.

6월 19일

마음이 괜히 불안하고 답답하다. 요즘 들어 그녀에게 연락이 잘되지 않는다. 전화를 하면 빨리 끊기 일쑤고, 카카오톡을 보내도 1이 잘 없어지지 않는다. 며칠째 만나지 못했다. 시간이 잘 나지 않는 모양이다. 쇼핑몰을 준비하고 있는 것 같지도 않은데 뭐가 이리 바쁜 건지. 하긴 주변에 친구들이 워낙 많은 그녀니 이럴 때도 있는 법이겠지. 그런데 묘하게도 울화통 같은 것이 아랫배에서 뭉게뭉게 올라온다. 내가 왜 이러지. 화를 낼 일이 아니지 않은가. 그녀가 바쁘다는데.

6월 24일

한두 번 선약이 있어 안 된다고 했을 때는 이해를 했다. 그런데 세 번, 네 번을 넘어가자 은근히 부아가 치밀었다. 그 뒤부터는 거절을 한 번씩 당할 때마다 머리끝이 쭈뼛쭈뼛 선다. 이래선 안 되지만 솔직히 화가 난다. 괜히 우울해진다. 마음이 괴롭다. 할 일이 있다는데 억지로 만나자고 할 수도 없고, 자꾸 조르는 건 자존심도 상한다.

여섯 번째 퇴짜를 맞은 오늘, 배회하다가 애완동물 가게에 무심코 들렀다. 어항 속의 거북이 한 마리가 눈길을 끌었다. 등은 거의 은빛이고, 머리와 배, 꼬리는 핑크빛으로 물들어 있다. 멍하니 멈춰서 물속 어딘가에 시선을 보내는 모습이 날 닮았다.

"색 이쁘죠? 큰 게 암컷이에요."

주인이 거북이를 가리키며 말했다. 수조라고 불러도 좋을 만큼 커다란 어항을 같이 샀다. 큰 어항 속을 홀로 유영하는 거북이의 모습이 마치 나 같다. '주엘'이라고 이름을 붙여주었다.

6월 26일

드디어 그녀와 약속을 했다! 너무 오랜만이고, 너무 기다렸다. 기대에 부풀었다. 머리를 깎고, 사우나를 다녀왔다.

전철을 타고 약속 장소인 삼성동에 거의 이르렀는데, 전화가 왔다.

"갑자기 친구가 오기로 했어. 막 우는데 안 좋은 일이 있나 봐. 술이라도 같이 마셔 줘야 할 것 같아. 우린 다음에 만나."

순간 화가 턱 아래까지 치밀었다. 하지만 좀스러운 모습을 보여선 안 돼. 그 생각만이 앞섰다.

"응, 알았어. 술 너무 많이 마시지 말고."

마음 넓고 자상한 남자 친구 역할을 연기하고는 끊었다. 어디까지나 연기였다. 하릴없이 집으로 돌아오는 길, 갈수록 기분이 안 좋다. 내가 속이 좁은 걸까.

334

늦게까지 마음이 풀리지 않는다. 몇 번을 곱씹고 생각해 봐도 이건 너무했다. 결국 참지 못하고 밤늦게 그녀에게 전화를 걸었다.

"너무한 거 아니야? 오랜만에 얼굴 보려고 했는데."

"그럼 어떡해? 친구가 우는데? 그냥 가, 그래? 오빠 왜 그래?"

그녀가 화를 냈다. 처음 있는 일이다.

"아니, 그게 아니고……."

나는 톤을 죽였다.

"아깐 알겠다고 그랬잖아? 근데 지금 와서 왜 그래? 나한테 왜 이래?"

그녀는 참지 않았다. 그날 처음으로 큰 소리를 내며 다퉜다. 아니, 다퉜다기보다 고양이가 쥐 잡듯 그녀가 일방적으로 화를 냈고, 나는 쩔쩔맬 뿐이었다. 미안하다는 말을 스무 번쯤 하고서야 통화를 끊을 수 있었다.

밤에 잠을 자지 못했다. 목구멍 아래가 꽉 막힌 느낌이다. 겨우겨우 정한 약속이었는데. 보고 싶었는데……. 이런 게 혹시 화병이란 걸까?

수조 안을 유유히 떠다니는 주엘을 보며 마음을 삭였다. 주엘은 날 측은하다는 듯이 보고 있다. 그래, 차라리 혼자인 너가 낫네. 별 즐거움이 없어 보이지만 이런 괴로움도 없으니.

7월 2일

난 그녀에게 연락을 하지 않으려 애썼다. 문자도 통화도 하지 않음으로써 내가 서운하다는 걸 표현하려 했다. 매일 연락하던 내가 뜸하면, 그녀도 너무했다고 느끼고 미안해하지 않을까. 슬그머니 기분을 풀어 주는 문자라도 보내 주지 않을까.

그런데 이틀간 그녀로부터 감감무소식이었다. 혹시 그녀는 나의 일 따위는 까맣게 잊고 지내는 걸까? 연락을 않은 이틀간 난 죽을힘을 다해 참아야 했는데.

결국 그녀에게 카카오톡 문자를 보냈다. 반나절이 넘도록 1이 없어지지 않는다. 더 참지 못하고 전화를 걸었다. 받지 않는다.

갑자기 마음이 미칠 것 같다. 괜히 전화했어! 난 등신이다! 안절부절, 우왕좌왕. 어찌할 바를 모르겠다.

밤늦게 답 문자가 왔다.

'전화했네. 아웅~ 오늘 좀 바빴어.'

예전과 다름없다. 역시 성격 하난 정말 쿨하다. 안달하던 맘이 눈 녹듯 풀린다. 겨우 숨을 쉴 수 있을 것 같다.

7월 3일

통화가 되었다. 여전히 발랄한 음성이다. 나한테 불같이 화를 냈던 그녀가 아닌 거 같다. 화해도 할 겸 저녁이나 같이 먹자고 했다. 하지만 일이 있어 나올 수 없다 했다. 왠지 거절당하리라 싶었지만, 또 숨이 턱 막힌다.

7월 5일

통화해도, 문자를 해도 답이 잘 오지 않는다. 답하는 간격, 빈도수가 점점 줄다가 이젠 연결되는 경우가 드물다. 가물에 콩 나듯 한다. 그녀가 그런 만큼 내 통화와 문자는 비례해서 늘어 갔다.

난 나름대로 원칙이 있다. 한 번 전화해서 안 받으면 그만둔다. 마지막 자존심이다. 구질구질하게 여러 번 전화를 걸어 본 적이 없다. 그런데 그녀를 상대론 그게 잘 안 된다. 그래선 안 된다는 걸 알지만, 도무지 자제할 수가 없다. 내 손가락이 제멋대로 그녀의 번호를 누르고 있다. 하루에 두세 통 정도로 그치기까진 초인적인 인내가 필요했다.

차라리 전화를 받아 주고 내게 화를 내는 게 낫다. 이건 수렁이다. 기다림의 지옥이다. TV를 봐도 재미가 없고, 뉴스를 읽어도 아무런 감흥이 없다. 정치, 이념, 물가…… 이딴 게 다 무어란 말인가.

7월 6일

내 평생 가장 구질구질한 짓을 한 날이었다. 그녀와 자주
들렀던 오뎅 바에 갔다. '근처에 왔는데, 잠깐 나올래?' 눈을
질끈 감고 문자를 보냈다. 그러지 말아야 한다는 생각이 컸
지만, 그러고 싶은 마음이 목구멍까지 차올랐다. 혼자 소주
를 마셨다. 네 시간 동안. 문자의 1 표시는 끝내 없어지지 않
았다. 주변을 신경 쓰며 약속이 있는 사람처럼 괜히 시계를
들여다보았다. 차마 일어날 수 없었다. 그녀가 이곳에 들르
는 실낱같은 우연을 간절히 기다렸던 것 같다. 그런 마음이
있었다는 걸 나에게까지 속일 순 없겠지.

아. 나는 얼마나 머저리였던가. 깨어나 보니 머리가 깨질
듯이 아프고 주변이 캄캄했다. 석촌호숫가였다. 소주를 퍼
마시다가 취해 정신을 잃고서 혼자 이쪽으로 걸어온 모양이
다. 이곳에서 그녀와 나누었던 첫 키스의 추억이 내 발길을
이끌었을까. 부끄러워서, 너무나 부끄러워서 아무에게도 보
이지 않게끔 도망치듯 그곳을 빠져나왔다.

7월 7일

아예 연락이 안 된다. 문자에 통 답이 없다. 통화가 되지
않는다. 오늘부턴 전화를 걸자마자 '연결이 되지 않아 음성

사서함으로……' 하는 기계음만 들린다. 마음이 한없이 무겁다. 아무것도 할 수 없다. 그녀 생각만이 머리를 차지하고 있다. 일부러 연락을 피하는 걸까.

그럴 리 없잖아. 무슨 일이 생긴 걸 거야. 난 말 안 해도 알아서 이해해 주는 남자거든…….

……다시 한번 우연인 척 바에 들러 볼까? 아니. 한 번으로 족해. 그런 짓은 정말 최악이다.

……아무래도 일부러 안 받는 거 같다. 다르게는 도저히 생각할 수 없다…….

7월 8일

벌써 새벽. 아무래도 인정해야 할 것 같다. 그녀의 마음이 떠난 것 같다. 받아들여야 한다. 머리론 분명 아는데, 마음이 이상하다. 불안하고 초조하다. 불에 바싹바싹 구워지는 것 같다.

그래, 아무런 말도 듣지 못한 채 혼자 정리할 순 없다. 이래선 살 수가 없다. 이유까지 알려고 들지는 않을 거다. 그녀가 구차하게 그런 말을 할 리도 없다. 확실한 말만이라도 듣자. 정말 힘들겠지만 분명한 이별 선언을 듣고 나면 어떻게

든 마음을 정리할 수 있을 것 같다. 날 찼다는 걸, 우린 끝났던 걸 알기라도 하자. 패닉에서 고통으로 바뀌겠지만 그쪽이 백배 낫다.

'내가 싫어졌다면 말해 줘. 통화가 힘들면 문자라도 좋아. 다신 귀찮게 하지 않을게……'

1이 오후 늦게까지 없어지지 않았다. 저녁을 막 먹으려던 무렵, 1이 사라졌다. 이제 곧 답장을 보내겠지? '미안, 이제 우리 헤어져.' 아마도 이런 거겠지만, 혹시라도 '무슨 소리야? 좀 바빴던 것뿐이야~.' 이런 답장이 오진 않을까. 후자가 아닌 걸 알면서도 기대하는 내 맘이 비참하다.

밤을 새우며 휴대전화 화면을 뚫어져라 보았다. 답장은 오지 않았다.

7월 9일

어떻게 이럴 수가 있을까. 다시 만나 달라고 한 게 아닌데. 질척대며 달라붙은 것도 아닌데. 헛된 기다림의 이 고통을 끝내고 싶어서, 말 한마디만, 문자 한 통만 해 달랬는데. '싫어.' 한마디면 깨끗이 사라져 줄 텐데.

애가 타서 죽을 것 같다. 질척대긴 싫지만, 결국 참지 못했다.

"'싫다'는 말 한마디가 그렇게 힘들었어? 문자 한 통이면 고통에서 해방될 수 있었는데…… 너무 실망이다. 왜 이렇

게 하는 거야? 이렇게 끔찍하게 미워하면서 끝날 줄 정말 몰랐어.'

저주의 말을 쏠 뻔했지만 표현을 고르고 골랐다. '혹시라도 그녀에게 다른 사정이 있었을지 모르니까.'라고 생각하지만 그건 겉치레다. 내가 나를 속일 필욘 없다. 만에 하나 심한 말을 했다간 돌이킬 수 없이 그녀를 잃을까 봐 두려워서다. 거미줄보다 가느다란 한 줄기 미련. 거기에 대롱대롱 매달린 꼴이라니. 이미 끝난 사이인데 이 무슨 저질스러운 미련인가 말이다……. 1은 몇 시간 뒤에 없어졌다. 휴대전화를 쥐고 기다렸다. 답장은 없었다.

7월 10일

어떤 방법을 써도 연락이 닿지 않는다. 근처로 찾아가는 일 따윈 이젠 생각도 못 하겠다. 그렇다고 아무런 말도 듣지 못한 채 혼자 정리하는 건 너무 쓰라리다. 아니, 불가능하다.

난 자신을 누구보다 잘 안다. 상대가 싫다는데도 끈질기게 들러붙는 종류의 인간이 아니다. 그녀를 상대로는 그렇게 할 용기조차 나지 않는다. 그저, 그저 마음을 정리하게끔, 한마디만 답을 해 주었다면. '너 싫어', 아니, '가'라고, 한마디만, 제발…….

술을 들이켰다. 온갖 이별 노래를 들었다. 술은 다 토했다.

음식은 먹은 게 없으니 나오지 않았다. 노래는 다 틀렸다. 이런 이별은 어떤 가사에도 없었다. 어떤 노래로도 치유가 안된다.

7월 12일

사흘째 집 안에만 있다. 나갈 엄두가 나지 않는다. 심장이 마치 살얼음처럼 얇아져서는 바들바들 떨고 있다. 조그만 충격에도 깨져 버릴 듯하다. 걸음도 걸을 수 없을 것 같다. 숨도 깊게는 못 쉬겠다. 거울 속의 모습이 낯설다. 방 안의 거울을 다 뒤집어 버렸다. 머릿속이 흐릿하다. 마음이 괴롭다 못해 이젠 위장이 정말 아프다. 아무 생각이 들지 않는다.

친구의 전화가 왔지만 받지 않았다. 이모가 한번 들를까 했지만 괜찮다고 했다. 더 이상의 연락이 없어서 다행이다. 누군가와 이야기를 나눌 엄두가 나지 않는다.

수조 안으로 손을 뻗어 주엘을 조용히 만져 보았다. 매끄럽고 포근하다. 도망가지 않는다. 늘 그렇듯 무심한 태도. 그게 오히려 위안을 준다.

7월 15일

도무지 이해가 가지 않는다. 어떻게 나한테 이럴 수가 있을까. 다시 만나 달라는 게 아니었는데. 그저 싫다고, 아니라

342

고, 가라고, 뭐라든 문자 한 통만 해 주면 되었는데. 그래서 제발 이 고통을 끝내 달라고 했는데. 내게 지옥을 만들어 준 이 잔인한 여자가, 보잘것없는 내게 환하게 웃어 주던 그 여자가 맞는 걸까? 날 좋아한다던 그 모습은 거짓이었나? 하지만 거짓말할 이유가 없는데. 그렇다면 지금은 또 왜 날 이렇게 대하고 있는 걸까……. 풀리지 않는 물음이 쳇바퀴를 돈다.

젠장맞을.

그런데도 아직 그녀가 보고 싶다니.

여자의 아름다움은 대체 얼마만큼의 위력이 있는 걸까?

7월 16일

난 등신이다. 무가치하다. 이별의 말 한마디를 들을 값어치조차 없는 놈이다. 부끄러워 미칠 것 같다. 이 세상에서 사라져 버리고 싶다. 내가 있든 없든 어차피 무슨 의미가 있을까. 모두가 날 잊어 주었으면 좋겠다. 내 손발이, 몸이 짜부라져 한없이 작아지는 기분이 든다. 이대로 방바닥이 푹 꺼져 끝 모를 곳으로 떨어져 버렸으면 좋겠다. 그러면 차라리 덜 부끄럽겠지.

머리가 하얘지는가 하면 몽롱해진다. 빛이 뇌 속에서 점멸하는 것 같다.

7월 19일

밖에 나가지 않은 지 며칠째더라? 뭐, 궁금하진 않다. 이 대로 쭉 시간이 흘렀으면 좋겠다. 죽을 것 같았는데 죽지는 않았다. 먹을 거하고 물을 사 가지고 와야겠다. 배가 고픈 건 아니다. 그저 그래야겠단 생각이 든다. 컵라면도 떨어졌고, 수돗물은 그만 마시고 싶다.

7월 20일

아무런 생각이 들지 않는다. 감각이란 게 사라져 버린 것 같다. 내가 나무 같다는 기분도 든다. 지금 막 보내 버린 시간이 한 시간일까. 하루일까.

7월 21일

왜 이제야 깨달았을까.

내 곁에 늘 있었다. 날 조용히 지켜봐 주는 그녀가. 처음에 조금 차가웠던 탓에 몰랐다. 하지만 그녀는, 그녀만은 한결같았다. 호들갑 떨지도 않고, 거짓말하지 않으며, 내게 화내지도 않고, 말없이, 변함없이 날 대하는 그녀. 모두 날 비웃고, 날 잊었지만, 그녀는 남아 주었다. 이것이야말로 진짜

기적이다.

7월 22일

우윳빛 피부, 영롱한 눈. 한결같은 몸짓과 도도한 자태. 아름답다. 하루 종일 지켜보고 있노라니 마음이 빨려 들어가는 것 같다.

그래, 그동안 너무 애썼어. 지쳤어. 난 아등바등해 봐야 보통에 한참 못 미치는 놈이었어. 이 세상은 나 같은 놈을 위해 만들어진 게 아니었어. 이젠 쉬고 싶어.

그녀는 애달프게 하지 않아. 내가 만질 수 있어. 날 거부하지 않았어. 이번에도 분명 날 받아 줄 거야. 변하지도 않을 테지. 왜 그런지는 몰라. 하지만 분명하게 알 수 있어. '그동안 힘들었지?' 그녀의 눈이 부드럽게 말하고 있어. 오늘도 내게 웃어 주고 있잖아. 마치 보석처럼.

7월 23일

살고 싶다. 간절히. 언제나 날 받아 줄 그녀와 함께, 그녀의 세상에서.

따뜻하다.

오래전 잠깐 가졌던 느낌 같기도 하고……

*

반팔 셔츠 차림의 남자 두 사람이 희동의 집을 찾은 건 8월
에 접어든 어느 날 저녁 무렵이었다. 남자들의 이마에는 흥
건하게 땀이 번져 있다. 골목 어귀를 들어설 무렵 젊은 남자
쪽이 말했다.

"신고한 사람은 가족도 아니라면서요?"

"근처 슈퍼 할머니래. 자주 오던 청년이 집에서 통 나오는
걸 못 봤다면서."

"아니, 그런다고 경찰에 신고를 해요? 귀찮게시리."

"마지막 봤을 때 얼굴이 심상찮았다나. 뭐 노인들이 그렇
잖아. 오지랖 넓고."

"참 나. 하여튼 뭐 황당하기 하네요. 실종 신고를 한 사람
이 가족도 친구도 아니고 동네 슈퍼 할머니라니."

형사는 혀를 끌끌 차며 희동이 사는 연립주택 현관 계단
으로 발을 디뎠다. 두 사람은 집 현관문을 열고 들어갔다.
비밀번호는 다행히도 희동의 유일한 친척인 이모가 알고 있
었다.

겨우 몸을 비집고 지나야 할 만큼 잡동사니가 길목을 막
고 있었다. 좁디좁은 거실에 희동의 모습이 보이지 않았다.
화장실도 덩그렇고 말라 있다. 불렀지만 대답이 없었다.

"정말 가출한 거 아냐?"

나이 든 형사 쪽이 그렇게 말하며 방문을 열었다. 어깨를 나란히 하고 방 안을 휘이 둘러보던 두 남자는 일제히 신음에 가까운 소리를 내질렀다.

방 귀퉁이에 커다란 수조 같은 어항이 있었다. 물이 넘쳐 방바닥에 흐른 얼룩이 있었다. 얼마 남지 않은 어항의 물 위로 조그만 거북이 한 마리가 머리를 내밀고 불청객들을 멀뚱히 바라보고 있었다.

희동은 수조에 머리를 거꾸로 처박은 채 죽어 있었다.

표정이 평화로웠다.

마치 수조 속 세상으로 들어가기라도 하려는 사람처럼 보였다.

컨트롤
엑스

0. 나현

엔터키를 눌렀다. 1호기의 주사 터널 현미경은 안에 든 '축구공'을 오르락내리락하며 스캔하기 시작했다. 동시에 축구공은 바람에 모래성이 쓸려 가듯 분해되고 있었다. 잠시 후 공은 완전히 사라졌다.

키보드를 한 번 더 두드렸다. 컨트롤 키와 브이. 2호기로 '붙여넣기' 명령.

위잉위이잉. 2호기가 작동하기 시작했다.

욕조 모양의 넓고 긴 수조 안. 파랗다 못해 투명한 물이 담겨 있다. 저 물은 옮겨지는 물체를 불순물이 없는 순수한 상태로 유지하기 위한 것이면서 동시에 경우에 따라 물체를 구성하는 소스가 되기도 한다.

2호기 안 물에 잠긴 바늘 모양의 노즐 끝에서 조금씩 실체가 만들어지고 있었다.

이윽고 작업 종료 소리가 울렸다. 두근거리는 마음으로 2호기 유리창 안을 들여다보았다. 조금 전 1호기 안에서 사라졌던 축구공이 물 위에 모습을 드러냈다. 가슴이 세차게 방망이질 쳤다.

2호기 문을 개방하고 조심스레 축구공을 꺼냈다.

완벽하다. 1호기에 넣었던 축구공과 조금도 다르지 않다. 탱탱한 공기압, 별 모양의 도안도 같고, 표면에 풀린 실밥마저 그대로다.

축구공을 그대로 스캐너에 집어넣고 컴퓨터로 결과를 확인했다.

조금 전 1호기에 넣었던 축구공과 모든 데이터가 일치했다.

모니터에는 '같은 대상'이라는 메시지가 떴다.

"박사님! 성공입니다!"

조수인 신현섭이 기쁨에 겨워 소리쳤다. 나도 손이 떨린 나머지 들고 있던 축구공을 떨어뜨렸다. 공은 연구실 바닥을 몇 번 튀다가 멈추었다. 신현섭은 공을 조심스레 들어 올렸다.

"박사님. 함부로 취급하시면 안 됩니다. 이건 기념물이에요. 20세기의 복제 양 돌리 같은 실험 1호인 거죠. 하하하!"

신현섭이 그렇게 말하며 활짝 웃었다.

나는 감격에 겨워 양손으로 얼굴을 쓸어내렸다.

아아.

드디어 완성했다.

흔히 문명의 모든 기술이 비슷한 수준으로 발맞추어 발달한다고 보지만, 특정 분야에서 비약적인 발전을 이루는 때가 있다. 수백수천 년 일찍 세상에 나타난 물건들이 있다. 이름하여 오파츠. 인류가 돌도끼를 휘두르던 시절 사막에 우뚝 선 이집트의 피라미드가 그렇고, 인더스 문명에서 발견된 핵전쟁 흔적, 고대 그리스에서 만든 세계 최초의 컴퓨터 안티키테라 기계, 청동기 문명의 천문 관측을 보여 주는 네브라의 스카이디스크, 잉카의 미스터리한 건축 기술을 보여 주는 마추픽추가 그런 경우다. 인류 문명사에 불쑥 등장한 천재. 그들이 만든 위대한 유산들. 그런 것에 비하면 내 발명품은 오파츠에 끼지도 못할 거다. 당대의 기술을 넘어 아무도 도달하지 못한 영역을 밟았다고는 하지만 특정 부분에서 겨우 삼사십 년 앞선 정도일까. 하지만 난 지금 기쁨에, 자부심에 심장이 터져 나갈 것 같다.

물체 전송기. 인류사를 바꿀 이 혁명적 나노 기술을 나는 드디어 손에 넣었다.

모든 물질은 원자로 구성돼 있다. 그 원자는 비어 있다. 원자를 축구장만 한 크기로 가정한다면 가운데 원자핵은 좁쌀 한 톨보다 작고, 전자는 운동장 외곽의 담에 붙어 있다. 이 세상은 이렇게 텅 빈 단위로 구성되어 있고, 이론적으로는 물체나 인간이 벽을 통과할 수 있다. 그것을 가능케 하는 것이 양자역학의 원리다. 모든 입자는 서로 다른 여러 개의 상태에 동시에 존재한다. 그리고 당신은 한 지점에서 갑자기 사라졌다가 다른 지점에 나타날 수 있다.

궁극의 물리학은 개개의 원자를 조작해 필요한 분자를 만들어 낼 수도 있다. 이론적으로는 그렇다. 그리고 난 그걸 실현시켰다. 물론 인류가 당대에 도달한 몇 가지 혁신적인 기술의 힘을 빌렸다. 우선 양자컴퓨터. 개개의 원자가 연산을 수행하는 가공할 코드 해독 능력이 없었다면 물체를 원자 단위로 분해하여 전송한다는 몽상은 시작되지도 못했을 것이다. 얼마 전 최초로 등장한 양자컴퓨터는 비록 초기 모델임에도 억만 겹의 비트코인 보안을 해킹해서 전 세계의 가상화폐를 폐기해 버리는 위엄을 보여 주었다. 그리고 내가 연구해 온 나노봇. 무한한 자기 복제가 가능한 이것들은 분자의 특성을 파악하고 정확한 지점에서 자르고, 분해된 원자를 프로그램에 따라 다른 형태로 재배열할 수 있다. 또 비약적으로 발전한 3D 프린터 덕분에 설계도에 따라 완벽하게 형태를 재현할 수 있게 됐다. 지금 눈앞의 이 축구공처럼.

조작은 전혀 복잡하지 않다. 양자컴퓨터라고 하지만 성능만이 압도적일 뿐 조작이 다를 건 없다. 나는 키보드를 이용해 윈도우 OS의 명령어를 입력해 조작할 수 있도록 프로그램을 세팅했다. 그렇다면 상용화는 시간문제다. 이 발명이 인간 사회를 얼마나 바꾸어 놓을지 짐작도 되지 않는다.

물건 전송은 완벽하게 성공했다. 그렇다면.

생물은 어떨까?

그리고…… 인간은?

1. 태수

휴대전화는 며칠 전에 이미 꺼 두었다. 경찰이 당장은 추적하지 못할 것이다.

동서울터미널 대합실에 앉아 있는데 남자가 다가왔다.

"강태수 씨입니까?"

"맞습니다. 나현 박사님?"

박사는 말없이 고개를 끄덕였다.

이 사람이 나현? 상상하던 모습과는 차이가 있다. 유명한 과학자라고 해서 나이가 지긋하고 머리가 희끗한 노인을 상상했는데, 거리에서 흔히 볼 수 있는 중년 남자다. 옷을 좀 깔끔하게 차려입었을 뿐. 다만 금속 테 안경에서 약간의 지성이 느껴진달까.

"가실까요."

박사는 별말 없이 등을 돌리더니 앞장섰다. 그는 이미 내 몫의 버스표까지 사 두었다. 티켓은 휴대전화에 코드로 입력되어 있었다. 박사와 나는 버스에 올랐다. 힐끗 보니 강원도행이다. 무인으로 운영되는 이 버스는 박사가 정해 둔 알지 못하는 행선지로 나를 실어다 줄 모양이다.

나현 박사. 이 수수께끼 같은 남자 쪽에서 어떻게 알았는지 내게 먼저 연락을 취해 왔다. 경찰에 수배 중인 나에게 은신처를 제공해 주겠다는 거였다. 대량의 마약을 들여온 혐의로 경찰에 쫓기고 있던 내겐 구명의 동아줄 같은 제안이었다.

'약에 절어 있는 썩어 빠진 미국 유학생'이 언론에 도배된 내 이미지였다. 어떤 면에선 제대로 본 거였다. DNA 조작으로 만들어진 신약이랍시고 몇 가지 약물을 한국에 들여왔는데, 그중에는 마약도 있고 독약도 있었다. 마약은 내가 몸소 체험한 것 중 효과가 좋은 것들만 엄선했다. 신종 LSD를 들이마시고 혼자 브로드웨이 극장에 앉아 「오페라의 유령」을 들을 때의 짜릿함은 잊을 수 없다. 레드록 공연장에서 짝퉁 밴드가 연주한 「Stairway to heaven」도 엑스터시에 취해 들으니 괜찮았다. 내 음악 취향이 올드하다는 사람도 있지만, 모르는 소리다. 약 먹고 가기에는 20세기 록이 최고다.

난 나름 사람들에게 도움이 된다고 믿는다. 영화 수입업자들도 재미있는 영화만 골라 들여오지 않는가? 덕분에 관객은 쓰레기 영화에 얻어걸려 날리는 시간을 절약하는 거고. 나도 수많은 약물 중에 좋은 것만을 골라 한국에 들여오는 역할을 했다. 물건을 사 줄 조직은 얼마든지 있었다. 그자들이 약을 가지고 뭘 하는지는 모른다. 아니, 실은 알고 있지만 관심 밖이라고 해야겠다. 어차피 약쟁이한테 팔거나, 범죄에 이용하려는 거겠지. 다른 용도가 있을까?

내가 약을 밀수한 것은 그저 총보다 판매하기 쉽고 수익이 높다는 이유에서였다. 한국 내 조직은 거의 무장이 완료되었다. 3D 프린터로 불법 총기가 대량 제작되고 있어 총기 시장은 이미 포화 상태다. 약이 그나마 블루오션이었는데, 이렇게 되고 말았다.

내가 들여온 약은 약 30킬로그램. 체포되면 최하 30년 형 예약이다. 쫓기는 몸이 되고 보니 생각보다 낭패였다. 땅이 넓고 연방제인 미국은 얼마든지 숨을 곳이 있었다. 수틀리면 멕시코로 넘어가 버리면 된다. 하지만 한국은 달랐다. 이 나라에서는 숨을 곳이 없었다. 누군가 은신처를 제공하고 도와주지 않으면 도망자 생활이 불가능하다는 걸 깨달았다. 절박하던 내게 박사가 손을 내민 것이었다.

그동안 힘들었던 탓일까. 버스에 타자마자 잠에 빠져들었다.

"여긴 뭐 하는 곳이죠?"

묘한 곳에 묘한 건물이 서 있었다.

고속버스가 도착한 곳은 강원도 영월. 거기서 박사의 차를 타고 산길을 굽이굽이 접어들었다. 마치 속세를 떠나는 듯한 여정이었다. 구름이 맴도는 고갯길을 몇 번이나 넘었을까. 재를 넘은 차는 골짜기를 향해 아래로 내달렸다. 어느 평평한 계곡가에 도달해 모퉁이를 도는 순간 돌연 시야가 확 트이면서 커다란 건물이 눈에 들어왔다.

"저의 집이자 개인 연구소죠. 여기는 아무도 찾지 않습니다. 물론 경찰도요."

박사는 은근한 눈빛을 보내며 웃었다. 마지막 말이 특히 마음에 들었다. 혈안이 되어 나를 찾고 있을 경찰을 생각하면 이만한 은신처도 없으리라.

집이라고 보기에는 큰 건물이었다. 안으로 들어가 복도

를 지나자 작은 강당만 한 공간이 나왔다. 박사의 연구실이라고 했다. 미국에서도 보지 못한 커다란 컴퓨터가 있었다. MRI 기계 같은 것도 눈에 들어왔다.

"이건 의료 장비인가요?"

"일종의⋯⋯ 그렇죠."

"아, 의사십니까?"

"아뇨. 공학자입니다. 나노 공학을 연구하고 있죠."

박사가 말을 얼버무렸는데, 이때만 해도 이상한 낌새를 느끼지 못했다. 박사가 무슨 연구를 하든 어떤 장비를 쓰든 내 관심사는 아니었으니까. 하지만 이때 알아챘어야 했다. 나노 공학이 뭔지는 모르겠지만 첨단 기술인 것 같은데, 이런 산속에 이상한 장비를 두고 연구를 진행한다는 것부터가 정상은 아니지 않은가 말이다.

박사가 나보다 훨씬 더 정상이 아닌 인간이란 사실을 얼마 후에야 알게 되었다.

음식은 전혀 아쉬움이 없었다. 매일 아침 신선한 채소와 밀키트가 드론으로 배달되었는데, 웬만한 레스토랑 요리보다 맛이 좋았다. 영양이 풍부한 음식을 먹자 찌들었던 몸은 이틀 만에 거의 회복되었다.

"그런데 이 큰 건물에 박사님 혼자 계세요? 연구를 혼자

하시긴 힘들 텐데."

나는 연구실 컴퓨터 앞에 앉은 박사에게 다가가 말했다.

"조수가 있었죠. 연구에 불만을 품고 얼마 전 나갔어요."

"아, 네."

조금 당황했다. 박사의 힘든 상황을 입 밖에 꺼내게 한 건가.

"괜찮아요. 연구는 거의 끝났으니까. 실은 태수 씨가 좀 도울 일이 있어요."

"네? 제가 뭘 하겠어요. 청소 정도나……."

"청소는 중앙 집진기가 자동으로 하니까. 그런 것보다……."

박사가 몸을 내 쪽으로 빙글 돌리고서 말했다.

"태수 씨 건강을 한번 체크해 보죠."

"제 건강을요?"

"네. 저 침대 위에 누우시면 됩니다."

박사는 MRI처럼 생긴 기계에서 혀처럼 툭 튀어나온 침대를 가리켰다. 다소 갑작스러운 말에 나는 손을 내저었다.

"건강 상태는 좋은데요. 검진 같은 거 안 해도 됩니다."

"해 보세요. 이건 태수 씨의 건강을 위해서지만 제 연구 데이터 수집을 위해서기도 해요."

"데이터요?"

"태수 씨는 약에 절어 있는 걸로 아는데요."

"……네."

숨길 수 없다. 약 딜러는 대개 중독자니까.

"그런 신체를 구하기란 쉽지 않죠. 흥미가 있습니다. 특이한 데이터를 뽑을 수 있다면 제 연구에 큰 도움이 되겠죠."

"그래도……."

"태수 씨."

박사의 눈빛이 엄격했다. 조금 위축됐다.

"……네."

"마약범을 숨겨 준 나도 범인 은닉죄를 저질렀어요. 그걸 감수하고서 숙식을 제공하고 있는데 신체 데이터 정도 얻어내는 게 무리일까요?"

편의를 봐주는 만큼 연구 데이터를 제공해 달라, 이건가. 기브 앤 테이크. 하긴 애당초 일면식도 없는 날 괜히 도와줄 리가 없겠지.

박사는 진지했다. 난 바로 깨달았다. 박사의 시설에서 숨어 지내려면 그의 요구에 응하는 수밖에 없다는 걸. 거절하면 여기서 나가야 한다. 다시 도망자 신세로 전락하고, 곧 경찰에 체포당하겠지. 뭐, 팔다리를 자른다는 것도 아니고, 약쟁이의 신체 데이터를 측정하고 싶다는데, 괜찮겠지.

"알겠습니다."

이왕 할 거 기분 좋게 응하기로 했다.

그제야 박사의 얼굴에 온화한 빛이 돌아왔다.

나는 박사가 시키는 대로 몸을 깨끗하게 씻고 벌거벗은 채로 침대 위에 누웠다. 예전에 MRI를 찍어 본 일이 있는데, 그때와 비슷했다. 다만 그것보다 훨씬 큰 기계였고, 침대가 들어갈 곳은 마치 방처럼 되어 있다는 점이 달랐다.

"자, 이제 곧 기계 안으로 들어갈 거예요. 바로 스캔이 시작됩니다. 태수 씬 눈을 감고 잠시 잠을 잔다고 생각하면 돼요."

침대는 위잉 소리를 내며 기계 안으로 빨려 들어갔다.

기계에 누워 있으려니 강렬한 불빛이 점멸했다. 나는 눈을 감았다. 곧 몽롱한 상태로 접어들었다.

'잠깐.'

문득 이상한 생각이 들었다.

'박사는 나노 공학을 연구한다고 했는데, 왜 내 신체 데이터가 필요하지?'

하지만 이미 늦었다. 내 몸은 이미 침대에 고정되어 있고, 침대는 거대한 방처럼 생긴 기계 안에 들어와 있었다. 침대는 약간 기울어져 있었다. 박사가 컴퓨터 앞에 앉아 키보드를 두드리는 모습이 유리창 너머로 비스듬하게 보였다.

"엔터!"

박사의 입술이 그렇게 말한 것 같다. 박사는 마치 의식을 거행하듯이 소리 내 말하며 키보드를 내리쳤다. 보기보다 연극적인 면이 있는 사람이다.

게슴츠레하게 뜬 눈에 빛이 난잡하게 명멸했다. 어디선가 스캐너 같은 것이 내 몸을 훑는 느낌이 들었다.

난 잠이 들었다.

코 밑에서 물이 찰랑거리는 느낌이 들었다. 실제로는 목 근처까지 물에 잠겨 있었는데, 느낌이 그랬던 모양이다.

몸은 묶여 있지 않았다. 그저 물에 잠긴 채 비스듬하게 기울어진 침대 위에 몸이 놓여 있을 뿐이었다. 여전히 기계 안이었다. 그런데 조금 전 들어온 기계와는 어딘가 다른 것 같다. 유리창이 있고 그 너머로 박사의 모습이 보인다는 점은 같았다.

박사가 유리창에 얼굴을 바싹 대고 활짝 웃고 있었다. 입술이 크게 움직였는데, 무슨 말을 하는지는 알 수 없었다.

위잉, 소리가 들리고 기계의 문이 열렸다. 나는 몸을 움직여 물에 잠긴 침대에서 빠져나왔다. 들어올 때와 마찬가지로 알몸이었다. 나는 기계의 문을 통해 밖으로 나갔다.

"성공이야!"

박사가 활짝 웃으며 밖으로 나온 나를 맞이했다.

그는 수건으로 몸을 가려 줄 생각도 없이 손으로 내 어깨나 팔, 가슴팍, 배, 다리 등을 연신 훑어 댔다. 마치 내가 무덤에서 돌아오기라도 한 듯이.

나는 박사를 밀어내고 주변을 둘러보았다.

이상했다. 내가 걸어 나온 기계는 들어갔던 기계가 아니었다. 그 옆에 붙은 다른 기계였다.

"어떻게 된 거죠? 측정은 다 끝난 건가요?"

"물론이야, 물론! 성공이지! 자, 봐요. 태수 씨! 당신이 지금 걸어 나온 곳을!"

나는 벗어 두었던 옷을 주섬주섬 입으며 다시금 주변을 둘러보았다.

내가 들어간 기계와 나온 기계는 달랐다. 자는 동안 장소를 옮겨 측정한 건가? 하지만 그건 아니었다.

"태수 씨는 역사적인 사건의 주인공이 된 겁니다!"

이어 박사의 입에서 나온 말에 나는 기절초풍할 지경이었다.

"태수 씨는 지금 막 전송된 거예요!"

"전송이요? 그게 무슨 말입니까?"

"이건 물체 전송기예요. 아니, 이젠 인체 전송기라고 해야겠죠!"

"인체 전송? 자는 동안 기계를 옮긴 게 아니고요?"

"조금 전에 들어간 기계, 그건 1호기이고 송신기예요. 태수 씨가 지금 막 나온 게 2호기이자 수신기죠. 금방 1호기에서 2호기로 태수 씨를 전송한 겁니다."

정신이 아득해졌다. 나를 전송했다고? 전송 실험을 한 거라고?

"나는 최근 무한한 자기 복제가 가능한 나노봇 개발에 성공했어요. 그리고 내가 조금 전에 만진 건 양자컴퓨터입니다. 태수 씨가 과학계 소식을 아는지는 모르겠지만 인류의 위대한 지성이 최근 개발에 성공한 걸작이죠. 그 두 가지 첨단 기술을 합쳐서 물체 전송에 성공했고, 드디어 인간 전송에도 성공한 겁니다!"

"뭐, 뭐야…… 전송? 나를? 이 개자식이!"

나는 화가 머리끝까지 나서 박사의 멱살을 잡았다.

"나, 날 갖고 실험을 했어! 내가 모르모트야? 쥐새끼냐고!"

하지만 박사는 히죽 웃고만 있었다. 그는 멱살을 잡힌 채로 말했다.

"내가 숨겨 주지 않으면 넌 어차피 감방 신세야. 지금의 처지가 그보다 못할 건 하나도 없지 않아?"

왠지 기운이 쭉 빠져서 나는 손을 놓고 말았다. 내 몸을 다시금 찬찬히 둘러보았다. 손과 발을 까딱거려 보았다. 다행히 멀쩡한 것 같다. 그 사실이 무엇보다 위안이었다.

인간 전송에 성공한 박사는 벅찼는지 계속 지껄였다.

"이 산골짜기에 연구실을 만든 것도 이 실험 때문이었어.

양자컴퓨터의 가장 큰 적은 원자의 미묘한 특성을 붕괴시키는 소음이나 잡신호거든. 도시에서는 그런 방해를 피할 수 없어. 그래서 이 산골까지 온 거야. 물론 이 계곡처럼 순도 높은 물도 필요했고."

알고 싶지도 않고, 알 필요도 없는 이야기다. 하지만 박사는 계속 주절댔다.

"1호기에서 강태수라는 인간을 완전히 스캔하고 분해했어. 그걸 양자컴퓨터가 원자 단위로 데이터를 받아 소프트웨어로 만들고 2호기로 전송해서 나노봇이 강태수를 재구성해 냈지. 저 위대한 양자컴퓨터도 1호기로 들어간 강태수와 2호기에서 나온 강태수는 동일인이라고 판정했어. 당신은 원자까지 강태수야! 더 혁신적인 건 말이야, 양자컴퓨터라고 해서 특별히 복잡한 조작도 필요 없어. 이 모든 걸 윈도우의 명령으로 통제할 수 있도록 프로그램화해 두었어. 1호기에서 컨트롤 엑스, 2호기에 컨트롤 브이로 붙여넣기. 그리고 엔터. 그게 다야. 하하하하하!"

박사는 엉뚱한 지점에서 실컷 웃고는 나를 똑바로 쳐다보며 말했다.

"그렇게 화낼 필요 없어."

"뭐?"

"이 실험은 거의 성공이 보장된 거였어. 이미 생물체 실험을 여러 번 했거든. 벌레부터 시작해서 개구리, 개, 고양이까지."

"하지만 사람은 다르잖아."

"같다는 게 증명됐지. 오늘 실험으로."

"……왜 내게 미리 알려 주지 않았어?"

"알렸다면 순순히 응하지 않았겠지. 싫다고 여길 떠나 버리면 난 닭 쫓던 개가 되는 거잖아."

"헛소리 마!"

"당신한테도 나쁜 실험이 아니야."

"뭐라고!"

너무나도 뻔뻔한 말에 화가 났다.

"이 실험이 성공하면 누구보다 태수 씨가 혜택을 볼 거야. 2호기를 부산에 하나 만들어 두면 어떨까? 만에 하나 경찰이 여기까지 추적해 왔을 때 부산의 2호기로 태수 씨를 보내 버리면 돼. 어때? 내 첫 실험체가 되어 준 의리로 그 정도는 해 줄 용의가 있는데."

박사는 또 히죽 웃었다.

난 힘이 빠져 더 대꾸할 말을 잃었다.

박사의 말에 은근히 설득되었고, 솔깃했던 탓도 있었다.

나도 모르게 시계를 보았다. 내가 처음 침대에 누웠던 때로부터 두 시간도 채 지나지 않았다.

1호기의 문이 빠끔히 열려 있었다. 내가 조금 전 누워 있던 침대는 텅 비어 있었다.

일주일이 지났다.

머리가 지끈지끈하고 몸이 찌뿌듯했지만 처음엔 기분 탓이라 여겼다. 하지만 아니었다. 그건 실질적인 통증이었다. 약간의 몸살기는 금방 사라졌다. 하지만 두통은 멈추지 않았다. 머리 한구석에 늘 떠 있는 은근하고 불쾌한 고통. 그 찜찜함은 겪어 보지 않은 사람은 모른다.

아무래도 전송 실험이 마음에 걸린다. 아침 식사 자리에서 말했다.

"박사님, 왜 이렇게 머리가 아프죠?"

"머리가 아프다고?"

"지난번 실험 이후로 쭉 아픕니다."

"……감기 몸살인가?"

박사는 대수롭지 않게 말했다.

"그런 거하곤 달라요. 처음 겪어 보는 괴상한 두통이에요."

"흠."

박사는 커피 잔을 기울이다가 식탁에 내려놓고 이마에 주름을 만들었다. 무언가 걱정하는 듯한 얼굴이었다.

"아무래도 전송 실험에서 문제가 있는 거 같은데요."

"그럴 리 없어."

박사는 단호하게 고개를 저었다.

"모든 과정은 양자컴퓨터와 나노봇이 수행했어. 오류는 있을 수 없어."

"하지만 이렇게 두통이 있는……."

"심리적인 충격일 거야."

"그래도 잘못될 수 있는 게 실험이잖아요. 그러니까 테스트도 한 거고……."

"태수, 자네 중독자잖아. 약 때문 아닌가?"

박사는 자존심에 상처를 입은 듯했다. 목소리에 분노가 섞여 있었다.

약. 마약쟁이. 맞는 말이다. 하지만 그게 전송과 무슨 상관이 있단 말인가.

아무튼 실험의 오류를 인정하지 않으려는 박사에게 더 캐물어 봐야 소용없었다.

"아무튼 아프다니까 걱정이야. 다른 이상 징후가 있으면 말해 줘."

그 말을 남기고 박사는 식탁에서 일어섰다.

약간의 두통으로 끝났다면 다행이었겠지만 상황은 더 나빠졌다. 한 번씩 극도의 두통이 찾아왔다. 그땐 마치 금강권을 두른 손오공이 이렇지 않을까 싶을 만큼 아팠다. 방바닥을 데굴데굴 굴렀고, 차라리 두개골을 부숴 버리고 싶었다.

통증은 차츰 더 빨리, 더 자주 찾아왔다. 도저히 견딜 수 없어 박사에게 말했지만 여전히 실험과는 관계없다는 대답만 돌아왔다. 그러면서도 아픈 나를 걱정하는 척했다. 두통약을 주고, 통증에 대해 자세히 말해 달라고도 했다.

"두통약을 먹어도 전혀 소용없어요. 이럴 바에야 차라리 마약을 먹으면 좋겠는데……."

그 약은 대부분 경찰에 압수되었다. 손도 발도 쓸 수 없는 상태였다.

그렇게 말하다가 문득 생각이 났다. 내가 들여온 약물 중에는 독극물도 있었다. 일부는 경찰의 눈을 피해 따로 은밀한 장소에 보관되어 있다. 차라리 그걸 먹고 죽어 버린다면……. 그런 유혹에 빠질 만큼 나는 극심한 고통에 시달렸다.

서서히 깨달았다. 박사가 걱정하는 건 내 건강이 아니었다. 자신의 실험에 어떤 결함이 있을까 봐서다. 박사가 학회 보고니 언론 보도니 법석을 떨 줄 알았는데 조용하다는 것도 이상했다. 그가 내 옆에 바짝 붙어 같이 지내고 있는 것도, 지금 이렇게 내 앞에 앉은 것도 어쩌면 실험 후의 관찰 과정인 것 같았다. 박사가 알고 싶은 것은 실험이 확실히 성공했는지의 여부였다.

결국 난 미완성의 실험에 바쳐진 제물이었다.

제길…… 제길!

더러운 개자식!

도대체 내게 무슨 짓을 한 거야!

박사를 죽여야겠다고 결심한 건 그로부터 얼마 후였다.

두통이 조금 가라앉자 건물 밖으로 나갔다. 박사는 방에 틀어박혀 무언가를 쓰고 있었다.

나는 신선한 공기를 마시며 계곡 이곳저곳을 걸었다.

마음이 그래서였을까, 굳이 길 아닌 곳으로 큰 나무 몇 개를 헤치며 들어갔다. 수풀이 우거져서 지나칠 뻔했는데, 조그마한 동굴이 있었다. 괜히 들어가 보고 싶어졌다. 탐험하는 기분도 들었다.

입구의 식물을 걷어 내고 동굴 안으로 발을 들였다.

몇 걸음 가지 않아 끝에 다다랐다. 안으로 깊이 파인 작은 동굴이었다. 바깥의 빛이 안으로 비쳐 들어와 사물을 분간할 수 있었다.

헉.

나는 놀라 주먹을 입에 처넣었다. 영화에서 주먹을 입에 갖다 대는 장면을 보면 작위적이라고 생각해 왔는데, 정작 상황이 닥치니 내가 그렇게 하고 있었다.

눈앞에 사람이 있었다. 아니, 그건 이상한 '물체'였다.

내장 덩어리 같은 것이 뒤엉켜 있었다. 덩어리 안으로 뼈가 보였다. 두개골은 없었고, 뇌 같은 것이 이빨 위에 놓여 있었지만, 그것은 분명 사람의 형체였다.

나는 주먹을 입에서 빼고, 나뭇가지로 내장을 뒤적여 보았다.

뒤엉킨 창자, 간으로 짓눌린 위장, 그 안에는 피부가 벗겨진 근육이 뭉쳐져 있는…… 사람의 골격 위에 내장이 붙어 있는 '어떤 것'이었다.

지구상에 존재하는 어떤 생물도 아니었다. 어떤 공상과학 영화나 공포 영화에서도 본 적 없는 것이었다. 하지만 분명 '사람'이었다.

그 생경한 물체 옆에 익숙한 무언가가 떨어져 있었다. 자세히 들여다보니 박사와 아침에 먹던 밀키트 조각이었다.

그때 직감했다. 박사의 조수. 연구에 불만을 품고 갑자기 사라졌다던 그 사람.

그는 물체 전송기의 첫 인간 실험체가 아니었을까. 실험 오류로 이렇게 엉망으로 재조립된 채 여기에 버려진 게 아닐까. 아니, 어쩌면 제 발로 연구소를 나와 여기서 생을 마감한 건지도 모른다. 이것도 생이라고 말할 수 있다면 말이다.

어쩌면 초기 실험에서는 양자컴퓨터나 프로그램 오류로 인간의 내외부가 뒤바뀐 건지도 모른다. 그걸 교정한 후 새 실험 대상으로 물색한 것이 바로 나, 마약쟁이 강태수. 여기서 어떤 형태로 뭉개 없어져도 아무런 뒤탈도 없는 인간.

이런 개 같은.

박사는 진정한 개자식이다.

"걱정했어. 며칠간 외출한다고 해서."

그 일이 있은 후 나는 잠시 밖에 나갔다가 돌아왔다. 들이켠 찻잔을 테이블에 놓으며 웃는 박사의 모습이 마치 늑대 같았다.

걱정했다고? 나를? 설마.

"경찰은 코빼기도 못 봤어요. 생각보다 너무 멀쩡하던데요. 이제 조금씩 다녀도 될 것 같아요."

"아냐. 방심하면 안 돼. 당분간은 여기 있어."

날 걱정하는 게 아니겠지. 내가 이곳을 나가 버리면 관찰이 곤란해지니까. 성공의 증거물이 사라지는 거니까.

"두통은 좀 어때?"

"괜찮아졌어요."

거짓말이었다. 조금 전 또다시 총알이 머릿속을 헤집고 다니는 것 같은 두통이 찾아왔다.

"그건 그렇고."

내가 말했다.

"박사님 몸 걱정을 먼저 하셔야겠어요."

"아냐. 난 멀쩡해."

"지금까지는 건강했겠죠."

"좋다니깐."

"앞으로는 좀 안 좋아지실 것 같아서요."

"응?"

박사는 그제야 이상한 느낌을 받은 모양이다.

"제가 외출해서 어딜 좀 들렀어요. 밀수한 약 중에 극약이 몇 종류 있었어요. 그건 딴 데 보관해 두었는데, 다행히 경찰이 몰라요. 거기 좀 다녀왔죠."

"그, 그래서?"

박사의 음성이 떨렸다. 역시 눈치는 빠른 사람이다.

"지금 박사님이 마지막 한 방울까지 비운 찻잔에 넣어 두었어요. 걱정 마세요. 전문 독약이 아니라 당장 효과가 나오진 않아요. 서서히 몸이 가물가물하다가 며칠 내로 사망하실 거예요. 고통이 없대요. 그래서 요즘 안락사용 약물로 비싸게 팔리고 있죠."

"너…… 너, 강태수!"

박사는 내가 거짓말을 하는 게 아니란 것을 금방 알았다. 늘 뱀 같다고 생각했던 눈이 희번덕거리고 있었다. 오랜만에 희열이 느껴졌다.

"왜 그랬지?"

"왜 그랬냐고요? 정말 몰라서 묻는 겁니까?"

"왜……."

말을 반복하는 박사의 태도에 그만 울컥해 버렸다. 나는 손가락으로 내 머리를 가리키며 목청을 높였다.

"이 고통! 이 죽을 것 같은 머릿속 고통! 전부 당신 때문이야! 날 실험실 생쥐로 사용했어! 날 속여서 저 돼먹지 못한 기계 안에 집어넣었어!"

"동물 실험에 이미 여러 번 성공했어. 오차가 있을 수 없는 안전한 실험이었다고……."

"당신 조수는?"

"……뭐?"

박사가 멈칫했다.

"계곡 뒤 동굴에서 봤어. 뼈와 내장이 뒤집힌 인간 비슷한 물건! 그건 실험실을 나갔다던 당신 조수잖아! 인간 실험에 실패해 놓고서 날 다음 제물로 삼은 거야!"

"신현섭이 동굴에 가서 죽었나? 어쩐지……."

박사는 내 말에는 아랑곳하지 않고 고개를 갸우뚱하며 혼잣말처럼 말했다. 아마도 신현섭이라는 조수는 절망감에 연구실을 나가서 방황하다가 동굴에서 생을 마감한 모양이다. 이 인간을 상대로 더 열 올려 봐야 내 꼴만 우습다. 난

다시 목소리를 낮추었다.

"아무튼 같이 갑시다. 박사님. 나도 이렇게 두통을 안고 사느니 좋은 약 먹고 인생 종 칠 생각이니까."

박사는 내 말에 관심도 없었다. 조금 전 비운 찻잔을 들더니 꼼꼼히 들여다보고 냄새를 맡았다. 이윽고 잔을 내려놓고서 말했다.

"아무래도 네 말이 맞는 것 같군. 이물질이 있어. 약하지만 화합물 냄새도 나고. 아주 비싼 약을 넣은 것 같아."

박사는 나를 돌아보았다.

"태수 씨. 난 얼마나 더 살 수 있는 건가?"

"일주일은 더 세상을 볼 수 있을 겁니다. 그러곤 고통 없이 죽는 거죠. 박사님이 내게 한 짓에 비하면 자비를 베푼 거겠죠? 난 죽을 듯한 두통을 맛보고 있으니까."

"일주일이라. 꽤 긴데. 한 가지 궁금한 게 있어."

"뭐죠?"

"지금 내가 병원에 간다면 살 수도 있을 텐데, 왜 독을 먹였단 걸 굳이 알려 준 거지?"

나는 빙그레 웃었다. 복수의 가장 달콤한 순간이다.

"병원에서는 치료할 수 없는 독이에요. 따로 해독제는 있지만, 감춰 뒀어요. 다만 워낙 특별해서 그 약을 제조한 애들만 만들 수 있죠. 아마 지금 브루클린 뒷골목에서 버번이나 빨고 있을걸요. 그러니까 박사님은 죽음의 공포를 일주일간 실컷 맛보실 수 있는 거죠. 그래서 알려 드렸어요. 아무것도 모르고 멀쩡히 생활하다가 고통 없이 죽으면 너무 싱겁잖아요? 복수하는 기분도 안 나고요."

"해독제는…… 가지고 있나?"

"물론 들여올 때 같이 갖고 왔죠. 하지만 꿈 깨시죠. 제가 그걸 건네줄 일은 절대 없으니까요. 눈앞에 있는 나한테 치료제가 있는데도 손 한번 못 써 보고 죽어 가는 심정. 그걸 느끼셔야 하니까요."

"그런가……."

박사는 곰곰이 생각에 잠겼다. 마치 점심 메뉴를 고민하는 듯했다.

조금은 당황스러웠다. 죽음이 임박했고, 해독제가 있지만 주지 않을 거라고도 알렸는데 너무 평온했다. 내 앞에서 무릎 꿇고 울고불고 사정해야 하는 거 아닌가? 어차피 내 마음이 변하지 않을 걸 알고 자존심이나마 지키자 이건가? 이런 게 학자의 이성이란 건가?

박사는 컴퓨터 모니터 앞으로 의자를 당겨 앉았다. 잠시 후 손짓으로 나를 불렀다.

"이리 와 봐."

무슨 꿍꿍이일까. 아무튼 나는 궁금증에 모니터 앞으로

다가갔다.

화면에는 진료 차트 같은 것이 떠 있었다. 놀랍게도 내가 두통을 호소한 날짜, 시각, 증세 등이 상세하게 기재돼 있었다. 알아볼 수 없는 복잡한 공식도 부기되어 있었다.

"네가 두통이 있을 때마다 철저히 기록하고 분석했어. 오류는 고쳐야 하니까. 이건 자네를 위한 것이기도 하지만, 솔직히 내 실험의 완성을 위해서도 꼭 필요한 과정이었어."

"그래서요?"

"최근에야 솔루션을 얻었어. 전송 프로그램의 버그였어. 그게 뇌의 뉴런에 작용해서 두통을 일으킨 거야."

"프로그램 버그가 두통으로?"

박사는 고개를 강하게 끄덕였다.

"두통을 해결할 방법도 알아냈어."

"고칠 수 있다고요?"

기대감으로 입이 저절로 벌어졌다. 극심한 고통에 차라리 목숨을 끊고 싶게 만든 그것. 두통만 해결된다면 난 다시 살아갈 수 있다!

"확실해."

"방법이 뭐죠?"

"한 번 더 전송하는 거야."

고무되었던 기운이 쭉 빠졌다. 나는 움찔했다가 분노의

대사를 쏟아 냈다.

"그 미친 짓을 한 번 더? 장난합니까! 한 번 더 전송했다
간 두통 정도가 아니라 몸뚱이 전체가 곤죽이 될 겁니다.
아하, 독약 먹었다고 보복하려고?"

"아니야."

박사는 고개를 가로젓고는 또박또박 말을 이었다.

"윈도우 버그가 있어 프로그램에 오류가 생길 때 어떻게
하는지 생각해 봐. 대개 프로그램을 재설치하면 해결돼. 이
것도 마찬가지야. 한 번 더 전송하는 과정에서 너의 버그를
수정할 수 있어. 두통이라는 이름의 에러 말이지."

박사가 확신의 눈빛을 쏘아 보냈다. 그의 말보다 그 눈빛
에 더 믿음이 가는 게 불가사의했지만 마음은 이미 박사가
내민 지푸라기를 잡고 있었다. 아니, 다른 길이 없었다. 이
지긋지긋한 두통은 사망 선고와도 같았으니까. 무슨 짓이든
해 봐야 했다. 이걸 해결하기 위해 치르지 못할 대가는 없었
다. 그리고 무엇보다 내겐 박사가 거역할 수 없는 카드가 있
다. 내가 말했다.

"좋습니다. 만약 두통이 사라지면 박사님께 해독제를 가
져다드리겠습니다."

"음. 좋아."

"나한테 해코지는 하지 않으시겠죠?"

"그 정도로 바보는 아니야."

"아시겠지만, 경찰에 연락해도 끝장입니다."

"아니라니깐. 그랬다간 내가 해독제를 얻을 기회도 영원히 날아가지 않겠나."

"역시 잘 아시네요. 이왕 하려면 모쪼록 잘하세요. 그게 박사님을 위한 길이니까요."

"알았네."

두 번째 1호기의 침대에 누울 때는 아무것도 두렵지 않았다. 내가 잘못되었다가는 박사도 해독제를 구할 길이 없어지고 꼼짝없이 죽음을 기다리는 신세가 될 테니까.

저 천재 박사가 온 힘을 다해서 해 줄 거야. 자신이 살기 위해서라도.

눈을 아래로 흘겨 뜨니 벌거벗은 내 몸이 보였다. 안녕, 잠시 후 만나.

난 침대에 누운 채 기계 안으로 스르르 빨려 들어갔다.

스캐너가 내 몸으로 다가왔다.

유리창 밖으로 박사의 옆모습이 보였다. 컴퓨터 앞에 앉아 모니터와 나를 번갈아 보며 키보드를 두드리고 있었다.

박사의 입술이 움직이는 듯했다.

엔터.

이번에도 연극적이다.

어지러운 빛이 눈앞에 깜박였다. 부신 눈을 감았다.

난 잠이 들었다.

2. 태수

코 밑에서 물이 찰랑거리는 느낌이 들었다. 몸은 묶여 있지 않았다. 그저 물에 잠긴 채 비스듬하게 기울어진 침대 위에 몸이 놓여 있을 뿐이었다.

2호기 안이었다. 유리창 너머로 박사의 모습이 보였다.

박사가 유리창에 얼굴을 바싹 대고 활짝 웃고 있었다.

재전송은 일단 성공한 모양이다.

두통은?

머릿속을 이곳저곳 더듬듯이 느껴 보았다. 아직은 괜찮은 듯하다. 정말 박사의 말대로 '버그'가 고쳐진 걸까?

위잉, 소리가 들리고 기계의 문이 열렸다. 나는 알몸인 채로 기계의 문을 통해 밖으로 나갔다.

"축하해."

박사가 웃고 있었다.

나는 벗어 두었던 옷을 주섬주섬 챙겨 입었다.

바지 허리끈을 막 매고 있을 때였다.

지끈, 옆머리에서 통증이 올라왔다.

두통은 그대로였다.

나는 놀라 입을 벌린 채 머리를 짚었다. 버그는 고쳐지지 않았다.

박사의 솔루션은 틀렸다!

이제 해결책이 없는 건가?

"젠장!"

난 소리를 버럭 질렀다.

"두통이 그대로잖아! 어떻게 된 거야! 씨팔!"

마지막 희망이 사라졌다. 욕이 저절로 튀어나왔다.

"역시 그대로군."

박사는 차분하게 말했다. 나는 어안이 벙벙해졌다. 이자는 처음부터 날 고쳐 줄 생각이 없었던 건가? 또 무슨 장난을 친 거지?

박사가 불쑥 말했다.

"'나'는 무엇일까."

"뭐?"

"인간은 지금까지 나는 누구인가를 찾아 왔어. 하지만 우리가 더 궁금해야 할 문제는 '나'는 도대체 무엇인가 하는 거야."

"무슨 개뼈다귀 같은 소리야!"

때와 장소에 맞지 않는 박사의 주절거림에 화가 폭발해 버렸다.

"독이 퍼질 때까지 기다릴 것도 없어. 지금 죽여 주겠어!"

나는 박사에게 다가갔다. 진심이었다. 목을 조르든 흉기를 사용하든 내 인생을 망친 그를 이 자리에서 죽일 작정이었다.

"잠깐."

박사가 내 앞을 가로막듯이 양손을 들었다.

"왜, 이제야 목숨이 좀 아까워졌나? 처음부터 좀 잘하지 그랬어? 예전 당신 조수처럼 등신 되고도 그냥 조용히 나가서 혼자 죽을 줄 알았나? 당신 죽이고 나도 죽으면 그만이야!"

"두통 정도로 자살하긴 아깝지 않아? 좋은 진통제라면 얼마든지 있을 텐데. 네가 들여온 마약도 다 그런 종류잖아."

"그래도 박사, 날 갖고 논 당신만은 반드시 죽여 주겠어!"

하하하하하하하하!

놀랍게도 박사가 배를 잡고 웃었다. 나는 놀라서 그 자리에 얼어붙었다.

이자가 미쳤나?

한참을 웃다가 멈춘 박사가 말했다.

"넌 나를 죽이면 안 돼."

"……왜?"

내가 듣기에도 멍청한 목소리였다.

"난 네 아버지니까."

"무슨 개소리야!"

"난 네 창조자야."

"이 무슨……."

"이리 와."

박사는 손가락을 까딱하고는 몇 걸음 앞으로 걸었다. 자석에 이끌리듯 박사의 뒤를 따랐다. 박사는 1호기 안이 들여다보이는 유리창 안에 섰다.

"안을 봐."

나는 박사가 가리키는 대로 안을 들여다보았다.

"침대 위."

박사가 말하자 내 시선은 침대를 좇았다.

헉. 난 숨을 들이켰다.

침대 위에 내가 있었다.

조금 전 1호기에 들어갔던 모습 그대로였다.

알몸. 아까 눈을 아래로 흘겨 떴을 때 보이던 내 몸 그대로였다.

나는 반사적으로 눈을 아래로 굴리며 지금의 내 몸을 훑어보았다. 손으로 팔뚝과 배를 쓰다듬어 보았다. 온전히, 제자리에 붙어 있다. 그렇다면 저것은?

"이, 이게 어떻게 된……."

말을 잇지 못하고 있는데 뒤에서 박사의 말이 들렸다.

"저건 네가 아니야. 강태수야. 아, 강태수 1이라고나 할까? 지금 넌 강태수 2라고 해야겠지."

"어떻게 된……."

난 바보 같은 질문을 반복했다.

"모든 명령은 윈도우로 한다고 했지? 인간 전송은 분해 후 붙여넣기 방식이야. 즉 1호기에서 컨트롤 엑스로 잘라 낸 다음 2호기에 컨트롤 브이로 옮기는 거지. 하지만 조금 전 강태수가 1호기에 들어갔을 때 난 키보드에서 하나만을 다르게 눌렀어. 엑스 대신 시. 컨트롤 엑스 대신 컨트롤 시로 말이지. 알다시피 복사해서 붙여넣기 명령이야. 그럼 강태수의 원본은 여기에 남고 2호기에는 복사본을 생성하는 명령이 되겠지? 이게 그 결과야. 아, 1호기에 들어간 이상 복사만 해도 이미 원자 단위로 분해돼 생명은 끊어져."

"이, 이, 이런……."

말을 이을 수가 없었다.

"넌 은혜를 갚아야 해. 내가 널 태어나게 했어. 해독제 보관 장소에 관한 강태수의 기억을 그대로 가진 채 말이야. 자, 약을 내게 가져다줘."

박사는 입이 찢어지게 웃고 있었다. 그 모습이 늑대 같다고 느낀 적이 얼마 전에 분명히 있었는데.

박사의 말을 내 이성은 이해하고 있다. 강태수는 박사를 죽이려고 독을 먹였다. 하지만 그는 해독제가 있는 곳을 아는 유일한 인물이기도 하다. 박사는 강태수를 1호기에 집어넣고 복사전송 해 버림으로써 목숨을 노리는 강태수를 제거하면서 강태수의 기억을 그대로 가진 나를 만들어 냈다. 그러고는 창조의 은혜를 빌미로 내게 약을 가져다줄 것을 요구하고 있다.

하지만. 하지만……

난 분명히 마약을 밀수하다 경찰에 쫓기던 중 이곳에 들어왔다. 아침마다 밀키트를 먹고, 박사한테 속아 물체 전송기에 들어갔다. 동굴에서 조수의 시체를 발견하고, 박사의 찻잔에 독을 넣었다. 그게 난데. 강태수인데.

신종 LSD를 들이마시고 브로드웨이 극장에 앉아 「오페라의 유령」을 들었던 기억이 이토록 생생한데. 레드록 공연장에서 짝퉁 밴드가 연주한 「Stairway to heaven」을 들으며 가버렸던 것도 난데. 무엇보다 박사는 내 기억 속 원수인데. 날 망치고도 히죽히죽 웃고 있는 나현 박사에 대한 이 생생한 증오심은 뭐란 말인가?

그게 강태수다. 나다.

아니, 박사의 말대로라면 난 강태수의 기억을 가진 '어떤 것'일지 모른다. 하지만, 강태수의 기억을 가진 어떤 것이 바로 강태수다. 나는 강태수 이외의 다른 무엇일 수가 없다. 무엇보다 확실한 감각이다.

저 옆에 놓인 강태수는 알 수 없고, 알 필요도 없다. 이 기억, 이 증오심은 진짜다.

그리고 내 인생을, 내 몸을 가지고 논 박사, 이 개자식은 죽어야 한다.

나는 한 걸음을 내디뎠다.

딩동.

그때 현관 벨이 울렸다. 방문자는 다그치듯 거세게 벨을 눌러 댔다.

박사는 휴대전화를 조작해 현관문을 열었다.

그러면서 내게 커다란 마스크를 던져 주었다.

"어서 써. 살고 싶으면."

나는 잠시 어리둥절했지만 홀린 듯 박사가 시키는 대로 마스크를 뒤집어썼다.

거친 발걸음으로 두 명의 낯선 남자가 들어섰다.

"여기 강태수 있죠? 체포에 협조 부탁드립니다."

그중 한 명이 신분증과 체포 영장을 꺼내 보였다. 형사들이었다.

다리에 힘이 풀렸다. 조금 전까지 살기등등했던 기세도 연기처럼 흩어져 버렸다. 끝장이다. 하긴 언젠가는 닥쳐올 엔딩이었던가? 그래도…… 이렇게 될 줄 알았다면 진작 체포되는 게 나았어. 괜히 도피생활 하다가 두통을 달게 되었고, 전송이니 뭐니 이상한 짓거리까지 당했잖아.

일이 이렇게 되었으니 저항하는 것도 꼴사납겠지.

양손을 내밀고 형사들을 향해 발걸음을 내디디려는 찰나, 박사가 뜻밖의 행동을 했다.

"이리 오시죠."

박사는 형사들을 1호기 앞으로 데리고 갔다. 침대는 어느샌가 바깥으로 튀어나와 있었다.

"강태수는 여기서 자연사했습니다."

박사는 나, 아니 강태수 1의 시체를 가리켰다.

"죽었어요?"

놀란 형사들이 달려들어 시체를 이리저리 뒤집어 보았다. 수배 사진을 꺼내 비교해 보기도 했다.

"아니, 대체 어떻게 죽은 겁니까? 혹시……."

형사 한 명이 미심쩍은 눈으로 박사를 훑어보았다.

"시체를 부검해 보시죠. 타살 흔적이 조금이라도 나온다면 제가 제일 먼저 의심받을 텐데 자진해서 신고하겠습니까? 자연사입니다."

박사가 일부러 경찰을 불렀군. 조금 전 전송 실험을 할 때였을 것이다.

"약물 과다 복용 탓인지 평소에도 골골거렸습니다."

"그렇군요."

형사들이 입맛을 다셨다. 아쉬워하는 마음이 역력히 전해졌다.

나는 박사의 신호를 알 것 같았다. 그가 나를 위해, 그리고 자신을 위해 내민 손.

강태수 건이, 나의 마약 밀수 사건이 종결된 것이다.

이제 진정으로 박사가 필요해진 건지도 모른다. 혹시 내가 또 다른 '강태수'로서 체포되었을 때, 내가 누구인지, 아니 무엇인지 말해 줄 수 있는 유일한 사람.

난 마스크를 쓴 채 침을 꿀꺽 삼켰다.

바로 앞 침대에 자는 듯 누운 내 시체를 바라보며 생각했다. 나는 분명히 강태수지만, 여전히 박사를 증오하지만, 박사에게 해독제를 가져다주어야겠다고.

친구인 노힐부득과 달달박박은 열반의 맹세를 하고 입산해 각자 수도에 정진합니다. 어느 날 밤 젊은 여인이 박박의 거처에 찾아와 길을 잃었으니 하룻밤 재워 줄 것을 청했습니다. 박박은 불가의 법에 어긋난다며 여인을 단호하게 돌려보냈습니다. 여인은 계곡을 넘어 부득의 거처에 찾아가 역시 재워 줄 것을 청했습니다. 부득은 계율에는 어긋나나 길 잃은 나그네를 외면할 수 없다 하여 여인을 묵게 해 주었습니다. 여인이 부탁하여 민망함을 무릅쓰고 통 안에 물을 받아 목욕까지 시켜 주는데, 순간 목욕물은 금물로 변했고, 여인은 진짜 모습인 관음보살로 현신합니다. 목욕물에 몸을 담근 부득은 성불했습니다. 다음 날 박박은 친구가 계율을 어겼으리라 생각하며 비웃으러 그의 집을 찾아갔다가 성불한 부득을 보고 놀랍니다. 부득의 도움으로 남은 목욕물에 몸을 담근 박박도 결국 성불합니다. 삼국유사의 노힐부득과 달달박박 설화입니다.

수년 전 단편집 『악마의 증명』을 냈습니다. 그땐 그저 중구난방으로 여기저기 썼던 글을 모아 낸다고만 생각했습니다. 그런데 한설이라는 평론가님이 문학잡지 《Littor》 8호에 실은 글에서 이런 평을 해 주었습니다. 제 단편집 밑바닥에 깔린 것이 '계율을 깨는 노힐부득의 당혹감이며, 인간에 대한 애처로움'이라는 거였습니다. 아, 그렇구나. 손가락으로 이마를 툭 맞은 듯한 깨우침이 있었습니다. 작가도 모르는 작품의 심층을 꿰뚫는…… 그동안 그다지 친하지 않았던 평론가라는 직업을 다시 보게 됐습니다. 이번 단편집은 어떤 평가를 받게 될지 궁금합니다.

아래에서는 각 단편을 짧게 소개하겠습니다.(넓은 의미의 '스포'가 있을 수 있습니다.)

당신의 천국 (《법치와 자유》 창간호, 법률방송)

9년 전에 썼다가 묵혀 두었는데, 《법치와 자유》 창간호 원고 의뢰를 받고서 고쳐 실었습니다. 역시 앞날은 모르는 것

같습니다. 다른 버전도 썼는데, 이걸 택하며 자연스레 폐기
됐습니다. 하지만 싣지 못한 이야기, 가지 않은 길은 여전히
아쉽습니다. 제목은 이청준 선생의 『당신들의 천국』에서 가
져왔습니다.

애니 (『애니』, 위즈덤하우스)

인간의 꿈은 단연코 영생일 겁니다. 저를 포함해서요. 하
지만 의학 진보의 속도를 보면 제 현생에서 영생은 그른 것
같습니다. 그래서 해 보았던 공상이 이야기가 되었습니다.
애니라는 이름은 스티븐 킹 『미저리』의 무시무시한 주인공
애니 윌크스에서 따왔습니다.

법의 체면 (《미스테리아》 49호, 엘릭시르)
완전범죄 (《미스테리아》 38호, 엘릭시르)

법정과 인간을 여러 시선으로 보면서 느꼈던 바를 작품화
한 것입니다. 솔직히 말하면 실망이나 안타까움을 느낀 때
가 계기였습니다. 직접적인 발언을 할 수도 있겠지만 그때
뿐이고, 지나갑니다. 무엇보다 저는 창작자입니다. 작품으로
소위 '승화'시키는 것이 맞는다고 생각했습니다. 그래도 써
놓고 보니 판사들한테 멱살 잡힐 글인데, 제 희생이 헛되지
않기를(?) 바랄 뿐입니다.

자료로서 실제 사건 뉴스와 판결문을 참고한 부분이 있습니다. 물론 주제나 전개, 서사는 전혀 다릅니다. 소설이라는 건물을 지을 벽돌로 쓴 것뿐입니다. 당연한 얘기지만, 현실의 결론과 다른 사실관계 주장을 하는 것은 아님을 밝혀 둡니다.

행복한 남자 (《월간중앙》 2017년 9월호, 중앙일보)

현실에 없는 행복을 찾아간 젊은 남자의 이야기입니다. 게재 당시 제목은 「네가 있는 곳은」으로 했다가 되돌렸고, 조금 수정했습니다.

컨트롤 엑스 (《2035 SF미스터리》, 나비클럽)

요즘 SF에 관심이 갑니다. 어릴 적 많이 읽었고, 한때 이과 지망생이었던 기질 덕분이기도 한 것 같습니다. 게다가 인간의 이야기를 하기에 SF가 대단히 좋은 장르라는 생각이 듭니다. 어떤 '가정'을 해 볼 수 있고, 거기서 새로운 관점이 떠오르기도 합니다. 도대체 이 '나'라는 개체가 무엇인지까지도요.

법의 체면

1판 1쇄 찍음 2025년 4월 4일
1판 1쇄 찍음 2025년 4월 11일

지은이 | 도진기
발행인 | 박근섭
편집인 | 김준혁
펴낸곳 | 황금가지

출판등록 | 2009. 10. 8 (제2009-000273호)
주소 | 06027 서울 강남구 도산대로 1길 62 강남출판문화센터 5층
전화 | **영업부** 515-2000 **편집부** 3446-8774 **팩시밀리** 515-2007
홈페이지 | www.goldenbough.co.kr

도서 파본 등의 이유로 반송이 필요할 경우에는 구매처에서 교환하시고
출판사 교환이 필요할 경우에는 아래 주소로 반송 사유를 적어 도서와 함께 보내주세요.
06027 서울 강남구 도산대로 1길 62 강남출판문화센터 6층 민음인 마케팅부

㈜민음인은 민음사 출판 그룹의 자회사입니다.
황금가지는 ㈜민음인의 픽션 전문 출간 브랜드입니다.